1
～エルフの里で
大切に
育てられてます～
in weeds
~ Carefully raised
elf village ~
天然水珈琲
Illustration にじまあるく

contents

プロローグ　どうにも雑草に転生したっぽい

我思う故に我在り……とは言うものの、いったい何時から「俺」が存在しているのかは分からなかった。

こうして思考し、自らと自ら以外の周辺を知覚し、明らかに「俺」という自我がある。だが、ここに存在するはずの「俺」という自我がどうやって芽生えたのか、それまで俺がどのように生きていたのか、自分自身に関する記憶がほとんど存在しないのだ。

俺って誰だっけ……？

いや、俺って何だっけ……？

つらつらと考えてはみるものの、どうにも正しい答えは得られそうにない。

というのも、俺って昔は二足歩行で立って歩き、言葉を話していたような気がするのだ。服も着ていたような気がするし、仕事もしていたような気がする。家族もいたような気がするし、家もあったような気がする。周りには俺と同じような生物がたくさんいて、社会という集団を形成していたような気がする。

なぜかは不明だが、俺の中に存在する知識によれば、それは人間という生物であるらしい。だが、今の俺は明らかに人間ではあり得ない姿をしていたのだ。

密集する木々の梢によって昼でも薄暗い森の中、柔らかい森の腐葉土に根を伸ばし、時おり吹き抜ける風に緑色の葉っぱをそよそよと揺らす。

俺の中の知識に照らし合わせれば、それは「雑草」という生物だった。

いや、雑草というのは数多《あまた》の植物の総称のようなもので、学術名、というのがあるはずだとは思うのだが、俺にはそれを判別するための知識が足りない。

だが、それでも明らかにおかしいことはわかる。

雑草って、俺みたいに考えたりしたっけ？

思考するための器官が脳なのだとすると、それがない雑草は思考できず、よって自我も存在しないと思われる。だが現実には、俺という存在はここでこうして考え、俺という自我を認識している。

雑草って、視覚があったっけ？

視覚を得るために必要な器官が眼球だとすれば、眼球を持たない雑草に視覚は存在しないはずである。なのに俺は自分自身を中心として、それなりに広い範囲の光景を「目視」することができている。

いや、それどころか。

俺の全身を撫でる風の感触も、森の中の清浄な空気の匂いも、時おり梢の間から漏れて俺に降り注ぐ太陽の光の暖かさも、俺は感じて認識することができていた。

実は俺の知識が間違いで、雑草というのはその全てが思考し、自我を持ち、周辺の状況を味覚以外の四感で把握することができるという可能性も、否定することはできないだろう。少なくとも俺のように実際に雑草になってみた者以外には、どれだけ可能性が低くとも断定することはできないはずだ。

とはいえ。

俺のこの知識がどこから来たのかも、確然として明らかにすることはできない。

なぜか「転生」という言葉が浮かぶ。

もしかしたら俺は、人であったものが雑草へと転生したのではないか、と。

まったく荒唐無稽で頭がおかしい推測ではあるが、俺の心は「転生」という言葉になぜか納得を浮かべているのだ。

いやいや、何より――「コレ」だ。

【固有名称】なし
【種族】ウォーキングウィード
【レベル】1／20
【生命力】3／3
【魔力】2／2
【スキル】『光合成』『魔力感知』『エナジードレイン』『地下茎生成』『種子生成』
【属性】地

【称号】『考える草』『賢者』
【神性値】0

俺って何？　どうなってんのこの体？

とかとか。

色々と考えていた時だ。どうやって見ているのかも分からない視界の中央に、この奇妙な文字列が浮かび上がったのである。

どうやら日本語ではないようだが（日本語って何だ？）、問題なく意味を理解することができた。

そしておそらくは、この表示された情報が俺について書いてあることもすぐに理解できた。

見た瞬間に「ステータスだコレ」という思考が反射的に浮かび上がったので、もしかしたらこれは俺にとって馴染み深いものだったのかもしれない。

ともかく、この暫定ステータスによると、俺は「ウォーキングウィード」という種族……生物らしい。

意味としては「歩く雑草」と言ったところだろうか。

え？　歩けんの、俺？

草って歩けるんだっけ？

そんな疑問が湧き上がるが、ともかく動いてみることにする。

すると――、

ずるり。

ぺたん。

ずるり。

ぺたん。

根っこを土から引き抜き、前へ出して地面に着き、体を支える。

その動作を二回。

筋肉もないのになぜ歩けるのか甚だ不思議であったが、歩けることは事実であるようだった。

しかし――、
ずぶずぶ。

滅茶苦茶疲れる。

たったの二歩進んだだけで、疲労困憊であった。

本能が為せるわざなのかどうか、俺は地面の上に出した根っこを土の中にずぶずぶと沈めていく。

ただ地上に根を出して体を支えているだけでも疲労が溜まっていくからである。

体力というか生命力というか、何かを激しく消耗している気がしてならない。

ふと気になってステータスを確認すれば、何を消耗したのかがはっきりと分かった。

【生命力】１／３

【生命力】の値が1に減っていたのである。

もしかしてこれが0になると死んでしまうのであろうか？

確認したくもない。

【生命力】が減ると激しい疲労感に襲われることは実感したので、できるだけ減らさない方向でいこう。

まあ、ともかく。

これで俺が歩ける雑草であることは確認できた。

大して歩けないのが現状であろうとも、ステータスに記されている情報は事実である可能性が高いようだ。

ならば他の項目についても、色々と確認が必要だろう。

そう思い、ステータスの【スキル】の欄に意識を集中する。その中の『光合成』について詳しく知りたいと考えてみれば、ステータスから別枠で表示されるものがあった。

【スキル】『光合成』
【解説】体内に持つ光合成色素に光エネルギーが照射されることで、水と二酸化炭素から炭水化物と酸素を生成し、大気中の魔素と自身の念子から魔力を生成する反応。生命力と魔力を作り出す。
【効果】生命力と魔力を回復する効果がある。

どうやら欄内に表示された情報の詳細を見ることができるらしい。

俺の知識にある『光合成』とは微妙に違うような気がしないでもないが、だいたい合ってる感じもするので信じることにしよう。

俺は別のスキルを確認していく。

【スキル】『魔力感知』
【解説】周辺に存在する魔力または魔素を観測することができる。「高レベル」「上位種族」「称号・賢者」などの条件を満たす場合、他の感覚を補完することも可能となる。
【効果】魔力または魔素を観測する。

うん？

何だか【解説】と【効果】の説明が被っている気がする。しかも【効果】の説明だけが簡素だ。

まあ、たぶんだが俺が周辺の光景を見たり、風を感じたり、匂いを嗅げたりするのは、このスキルのおかげなのだろう。

【スキル】『エナジードレイン』
【解説】物、生物問わずに触れたものから生命力と魔力を吸収することができる。自らの体であればどこからでも吸収することは可能だが、種族によっては特に適した部位が存在することもある。

植物系種族の場合は根がそれに該当する。

【効果】触れたものから生命力、魔力を吸収する。


うん。

やはり【効果】の説明が微妙だ。

しかし、このスキルは便利だな。使おうと思って意識した途端、腐葉土に張り巡らされた根っこ全体から何かを吸い上げる感覚があったのだ。

何というか体の奥から温まるというか、ゆっくりと風呂（風呂とは？）に浸かっているかのような、心地よい感覚がある。先ほどまでの疲労感が徐々に払拭されていく。

【スキル】『地下茎生成』
【解説】地下茎を生成し、養分、生命力、魔力を蓄える。必要に応じてこれらを引き出して使用することもでき、地下茎が無事であれば、新たに体を再生することさえ可能。
【効果】地下茎を生成し、養分、生命力、魔力を蓄えることができる。

地下茎って何だっけ？

ジャガイモとかニンニクという言葉がイメージと共に浮かんでくる。食用？

どうにもそういった作物を生み出し、色々と蓄えることができるらしい。

【スキル】『種子生成』
【解説】生命力と魔力を消費し、次代へ命を繋げるための種子を生成することができる。通常、種子は花が咲いた後に果肉に包まれている。どのように発芽へ至らせるかは選択次第である。
【効果】生命力と魔力を消費し、種子を生成する。

種だけをポンっと生み出すわけではないのか。
まあ、野菜だって果物だって果肉に包まれているのが普通だし、当然なのだろうが。

ふむふむ。
一通り【スキル】の確認は済んだ。
【属性】の詳細は表示されなかったので、次は【称号】を確認していくことにする。

【称号】『考える草』
【解説】如何なる因果か、奇妙にも自我に目覚めた草。どのように思考を巡らせているのかは、物質世界だけに目を向けていては理解できないであろう。魂の器が間違っているのは、必然か、神の悪戯《いたずら》か。
【効果】特別な効果は付与されない。

魂の器が間違っている？

やはり俺は人間だったのだろうか？

必然というのも納得できないが、神の悪戯だったらぶん殴りてぇ。

【称号】『賢者』
【解説】多くの者が知り得ぬ秘密の知識を蓄えた者の証。蓄えた多くの知識は、更なる秘密の知識を暴くのに役立つだろう。
【効果】「鑑定」「自己鑑定」などを行った時、【解説】により詳細が表示される。あるいは知覚系スキルによって得た情報を認識しやすいように加工し、解析系スキルの効果を高める。

おや？

何かこれだけ【効果】さんが色々と説明している。

スキルとかの詳細を表示した時に【解説】がつくのは、称号『賢者』のおかげだったようだ。

他には【神性値】なる項目があるが、これが何を意味するのかは全く分からない。

数値も「0」と表示されているし、増えた時に改めて考えれば良いか。

ただ、これが増えたら神性な雑草にでもなるのかという期待はある。……うん、なんだ神性な雑草って。自分で言っててなんだが、意味不明な存在である。薬草とか霊草？

さて。

これにて一通りの確認は終わったのだが——やはり結論として、俺は人間から雑草に転生してしまったらしいな。

だからと言って人間に戻りたい、などとは不思議と思わないわけだが。

まあ、この森の中でスローライフするのも悪くない。

適当に生きていくかね。

第一話　やっぱ光合成だよね

深い深い森の中にて何日も経った。

日が沈んでまた昇るのを十六回は繰り返しただろうか。

基本的には何も起こらない、平凡と呼ぶにも退屈過ぎる日々だったが、せっかくこうして思考することができるのだ。俺とて何もしなかったわけではないし、何も起こらなかったわけではない。

まず最初に俺がしたのは、動くことだ。

というのも、場所を移動するのが目的なのだった。

何しろこの森、木々は密集していて鬱蒼とした梢によって昼でも薄暗い。

俺の背丈は周囲の木々よりずっと低いのだから、当然、太陽の光をまともに浴びることもできやしない。

時おり太陽の角度によっては、梢の間から漏れる陽光を運良く浴びられるくらいのもので、それだって短時間の出来事でしかない。

もちろん、太陽の光を直接浴びなくとも昼間であればそこそこは明るいわけで、一応、光合成は行える。だが、その効率は非常に悪いと言わざるを得ないのだ。

まあ、光合成に頼らずとも根を張った地面から『エナジードレイン』で魔力やら生命力やらを吸収し、あとは普通に水分と養分を吸収しておけば、とりあえず死ぬ――もしくは枯れる――ことはなさそうであったが、日当たりの悪い場所にある植物が、果たして大きく成長できるだろうか？

いや、できまい。

生物の本能として、俺にも多くのエネルギーを求める衝動はある。

単純に、今の俺にとって太陽の光を浴びるのが快感だということもあるのだが。

そんなわけで、俺は【生命力】の値を大きく減らさないようにしながら、少しずつ少しずつ、木々の梢が支配していない空間を探して移動を開始したのだった。

それは地味で地道で根気のいる作業だった。

一歩進むだけで【生命力】の値が減る。だから一歩進んでは休息し、回復しては一歩進むの繰り返しだ。

幸いにして回復するまでの時間は、たぶん体感で一時間にも満たない程度なのだが、遅々として進まない現状にもどかしい気持ちになる。

そこで、俺は初めて【地下茎生成】のスキルを使ってみた。

地下茎を生成し、そこに生命力を蓄え、移動する時に使用することで一気に数歩進むことができるようになったのだ。

しかし、いくらでも蓄えられる、というわけでもない。

いやいや、感覚的には時間さえあればいくらでも蓄えられそうではあるのだが、多く蓄えればぞれだけ地下茎の大きさも大きくなってしまう。

にんにく程度の大きさであれば、まだ動くことはできたが、じゃがいもみたいな地下茎がいくつも連なっていると、俺のボディでは動こうにも動けなくなってしまうのだ。歩くのに邪魔になるし、何より重すぎる。

そんなわけで、俺は歩くのに支障ない程度の大きさで地下茎を生成し、そこに限界まで生命力を蓄えては数歩進む——ということを繰り返した。

その内、【レベル】が上がって【生命力】の値が増えたので、一日に進める距離も徐々に増えていった。

どうやらレベルというのは、魔物とかモンスターを倒さなくとも上がるようだ。

なぜかレベルを上げるにはモンスターを倒して経験値を稼がねばならない——というような知識があったので驚いたのだが、モンスターを倒さなくても良いのなら、俺にとっては好都合だ。

この軟弱極まりない雑草ボディで、いったい何を倒せと言うのか。

虫……？

まあ、倒せるとしてもそれくらいであろうし、実際虫を捕食できないかと、そういう植物がいると知識にあったので頑張ってみたのだが、あえなく逃げられてしまうこと多数。

今は見逃してやるよ……と虫たちに慈悲をかけつつ、地道に移動することを優先する。

そんな日々が続いて八日後、俺はついに森の中に俺だけの楽園を見つけることができたのだ。

分厚い梢に閉ざされた薄暗い森の中、偶然にも木が生えておらず、木一本分くらいの空間が開けている。

柔らかな陽光が惜しみ無く降り注ぐその場所では、若草色の雑草どもが伸び伸びと葉っぱを繁らせていた。あ、ちなみに俺のように動く草ではなく、何の変哲もないただの草のようである。

俺は地下茎に蓄えた生命力を使いきり、俺の主観としては急いで小さな広場の中心へ移動した。

当然のようにそこにも雑草が生えていたのだが、『エナジードレイン』を使いながら触れるとみるみる内に枯れていく。

同じ雑草ではあるのだが、生きるためには他の命を奪うことも時には必要だ。

まあ、植物である俺ならば奪わなくとも生きることが可能なのだが、今の俺ってば動けるし、これはもう動物とも言えるのではないか？　と自己解釈して気にしないことにする。

とにもかくにも、名も知らぬ同胞よ、許せ。

とかなんとか念じながら、雑草が枯れた場所に根を張ることに成功した。


ほわぁぁああ……!!

太陽の暖かな光が心地好い。

今までになく『光合成』が活発に働いているのがわかる。

太陽の光が五臓六腑（無いけど）に染み渡るぜ……！

などとやっていると、ボディの奥底から力が湧いて来るような感覚。

今までにも何度か経験した、レベルアップ特有の感覚だ。

やはり植物がレベルアップするには、植物らしいことをするのが良いのだろうか？
いや、そんなことはどうだってよろしい。
俺はここでまったり光合成しながら生きることに決めた。
そうして数日、さらに時が流れ――俺が俺という自我を自覚してから十六日目。
ステータスはこんな感じになっていた。

【固有名称】なし
【種族】ウォーキングウィード
【レベル】7／20
【生命力】21／21
【魔力】14／14
【スキル】『光合成』『魔力知覚』『エナジードレイン』『地下茎生成』『種子生成』
【属性】地
【称号】『考える草』『賢者』
【神性値】0

今のところ魔力の使い道は地下茎を作る時にしかないが、生命力はだいぶ増えたので移動可能な距離も長くなった。

いや、しばらく移動しようとは思わないけどね。

何もなくて暇だけど、植物になったからなのか、別に苦痛を感じるほどの退屈ではない。精神は肉体の影響を受けるってやつ？

ともかく光合成できれば満足な俺だったのだが、この次の日、奴等はやって来たのだ。

第二話　小さいおっさん、死す

この森の中に、植物以外の生き物がいないわけがない。

虫は元より、リスのような小動物やウサギのような動物、あるいは鹿や熊のような大型の動物までも見たことがある。

その全てに「～のような」と付くのは、単に俺の知識と合致しない特徴があるために断言することができないからだ。

俺の知るウサギは角が生えてはいなかったし、刃のように鋭い角で猪みたいな動物を切り殺す鹿もいなかった。ましてや立てば5メートル近くの体高を有する種類の熊など知らない。

そんな危険そうな動物たちが跳梁跋扈《ちょうりょうばっこ》する魔窟のような森の中だが、俺からしてみれば意外と危険は少ないことに気づいた。

そもそも肉食の生物ならば、俺になど見向きもしないし、ウサギみたいな草食の動物であっても、この広大な森の中でいくらでも生えている雑草の中から、俺を選んで食べる確率など稀だ。

それでも一度だけ、角の生えたウサギ（以下、角ウサギと呼ぶ）に食べられたことがあったが、たとえ地上部分が全滅したところで地下茎に栄養その他を蓄えている俺ならば、再生するのは容易だったのである。まあ、実際には葉っぱしか食べられてはいないんだけどね。

たまに小さい虫が俺の葉を蝕んだりすることもあるが、その被害とて軽微。

今のところ、俺の命を脅かす天敵の存在は確認できなかった。

だがしかし、やはりここは野生の世界である。

弱肉強食の理《ことわり》は、厳然として在るらしい。

いつものように暖かい日差しを浴びて光合成に勤しんでいる俺の前に、森の奥から「キュイキュイっ！」と緊迫感のある鳴き声をあげて、一羽の角ウサギが飛び出して来たのだ。

だが、現れたのは角ウサギだけではない。

その後ろから角ウサギを追うように「ギャッ、ギャッ！」とよくわからない声をあげながら、身長1メートルくらいの二足歩行のおっさんが現れたのだ。

二足歩行のおっさんとは自分でも何を言っているのかわからないが、事実そんな感じの外見をしていた。

緑色の肌にちょっと尖った耳、禿げ散らかしたように髪の薄い頭部に、手足は細いのに中年太りしたかのように腹が出ている。猫背でがに股で、服らしきものは腰に巻いた毛皮だけ。右手にはこん棒のつもりなのか、ちょっと太めの木の枝が握られていた。

緑色のちっちゃいおっさん、とでも言うべき風体。

だが、奴を初めて見た時、俺の脳裏に（いや脳とか無いというツッコミは、もう……ね？）とある名称が浮かび上がったのである。

あ、ゴブリンだコレ。

ステータスの時と同じく、ゴブリンも前の俺にとっては身近な存在だったのだろうか？

ちょっと臭そうだし嫌である。

ともかくこのゴブリン、どうやら角ウサギを狙っているようだ。

対する角ウサギは追って来たゴブリンを確認し、その反対方向へ逃げようとして――、

「ゲッゲッ！」

「キュキュっ!?」

二体目のゴブリンが角ウサギの退路を断つように現れた。

どうやら悪知恵が働くのか、ゴブリンたちは二体で角ウサギを挟み込むように動いていたらしい。

とはいえ頭はそれほど良くないのか、追い込むにしても地形とかもう少し考慮した方が良いのではないか。角ウサギからしてみれば前後を挟まれたところで、右にも左にも逃げるのは容易い……

そんな風に考えていた俺だが、そこから予想外の展開になった。

「キュキューイっ!!」

やってやらぁっ！　的に勇ましく叫んだかと思うと、角ウサギは前方のゴブリンに向かって素早く突進。

その気迫にゴブリンが怯んだ隙に跳躍！

なんと額に生える鋭い角を、ゴブリンの腹部へ斜め下から突き刺してしまったのである！

「ギャっ、ギィ……！」

と苦しそうに膝をつくゴブリン。

えー。

ウッソだろおい。

ゴブリン弱すぎね？

それとも角ウサギが意外と強いのか。

唖然として俺が見つめる前で、角ウサギはゴブリンに角を刺したままジタバタしている。

傷をさらに抉り内臓を掻き回してやるわ！　的な動きかと思ったが、うん？　なんだかちょっと違うようである。

アレだわ。

たぶんこれ、アレだわ。

角、自分では抜けなくなってるわ。

身動き取れない角ウサギのもとへ、残る一体のゴブリンが迫る。

奴は仲間に角が突き刺さったままだというのに躊躇《ためら》う様子も見せず、

「ギャッ！　ギャッ！」

鬼の首でもとったかのような笑みを浮かべて、手にしたこん棒を何度も何度も角ウサギへ向けて振り下ろす。

角ウサギは息絶え、ついでに角が刺さっていた方のゴブリンも、内臓か血管が致命的に傷ついたのか、大量の出血と共に死んでしまった。

「ギィ〜」

ゴブリンは何事もなかったかのように角ウサギを持ち上げると、仲間の死を気にする様子もなく満足げな笑みを浮かべて森の奥へ歩いて行ってしまった。

えー……。

狩りをするにしても角ウサギ一羽を狩るのに仲間が一体死んでいたら割に合わないどころではないと思うし、そもそも仲間意識とか皆無なのだろうか。

色々とツッコミどころ満載な事件だったよ。

後に残されたのは、ゴブリンの死体が一つ。

ふと。

時間が経って衝撃から我に返ると、俺は気になった。

あのゴブリンの死体に『エナジードレイン』をしたらどうなるのかと。

虫を捕食する植物もいるくらいだ。虫よりも遥かに大きいゴブリンならば、得られる栄養は比べ物にならないのではないか。

なので実際に試してみた。

わっさわっさと体を揺らしながら、苦悶の表情を浮かべるゴブリンの死体へと歩み寄る。

それから死因となった腹部の傷へと根っこを伸ばし、そこから体内へ軽く根を張り『エナジードレイン』を発動する。

すると――、

お？

……おお？

おっ、おおぅ……！！

素晴らしいほどに体に活力が満ち溢れてくる。

地面に根を張って『エナジードレイン』をするのとは、まるで比べ物にならないほどだった。

光合成をしていても、これほどに満たされる感覚はない。

運動したことで（といっても、少し歩いただけだが）失われた生命力もすぐに回復してしまった。

それどころか、体の奥底から力が湧き出すような感覚が何度もある。レベルアップが次々に訪れているらしい。

だというのに、ゴブリンの死体からはまだまだ吸いとれそうであった。

俺は根の一部をゴブリンの死体に広げたまま、他の部分で地面へ根を張る。

そうして地面へ張った根の一部を『地下茎生成』で変化させ、得たエネルギーを次々に蓄えていく。

じゃがいものような地下茎を十数個作っても、まだまだエネルギーは有り余っていた。

さらに貯蓄しても良いのだが、こんな機会がそうそう巡って来るとも限らない。

俺は今まで一度も試したことのないスキルを使ってみることにした。

それはもちろん、『種子生成』だ。

第三話　美味しいだけじゃない、敵も倒せる果実です

スキル『種子生成』を使ってみる。

何となくだが、イメージしたのは林檎だ。

甘い果肉に包まれた種。シャリシャリとした小気味好い食感。

生命力と魔力が消費されてから、そういや草が林檎とか実らせるわけないよな、と気づいたが、スキルはすでに発動した後だった。

途端、マイボディの先端のほうからむずむずとした感覚が生じた。

最初は単なる草にしか見えなかった俺のボディだが、レベルが上がった影響か、あるいは単なる成長のおかげか、今では中心部分に立派な茎を備え、そこから何本もの枝葉を伸ばした姿をしている。

それは草というよりも盆栽……まではいかないものの、ミニチュア版の木に見えなくもない姿をしていた。

俺の知識によればヨモギという草も月日を経ると硬い茎を備えて、上へ上へと成長したはずだ。

単なる草と思われた雑草が、いざひと夏成長してみると、いつの間にか小さな木のようになっている。

そこまではまだ成長していないが、今の俺は食用には適さなくなったヨモギくらいには大きく成長した姿なのだ。

……いや、ちょっと分かりにくいかな？

ともかく、体高にして30センチくらいある立派な雑草が俺だ。

そんな俺が伸ばす枝（と言って良いのだろうか？）の先で、みるみる内に蕾が生まれ、花が咲き、種を包む果実が生じて成長していく。

瑞々しくも張りのある赤い果皮に包まれた林檎が生まれた。

俺が実は林檎の木であるという可能性も完全に否定することはできないが、おそらくそうではなく、イメージ次第で色々な実を生成することができるのだろう。何となく、本能的に？　そんな感じがするのである。

まだゴブリンの死体からもエネルギーを吸いとれそうだし、色々と実験をしてみるのも良いだろう。

とはいえ――、

お、重い……!!

立派な林檎を実らせるには、マイボディはまだまだ小さいと言えよう。

枝の先に実った林檎の重量につられて、全体がしなるように曲がってしまう。抵抗するように力を入れることは可能だが、どうやら歩く時よりも多くの生命力を消費している感覚がある。かといって力を抜けば、茎が折れそうな予感もする。

このままでは動くのもままならないので、なんとか林檎を切り離せないか——と考えてみれば、
ぽとり。

と、呆気なく切り離すことができた。

俺は安堵に胸を撫で下ろし——いや胸はないけどね。そういう心境だと言いたいんだ。

ともかく。

『種子生成』が問題なく使えることは確認できた。

あとは別の果実や木の実などを生成できるか、消費する生命力や魔力はどうなるかを調べていこうと思う。

実際に使ってみた手応えとしては、何かイメージ次第で色々できそうな気がするんだよね。


で。

それから数日。

ゴブリンの死体から『エナジードレイン』で色々吸い上げつつ、色々作ってみた。

甘さの中にほのかな酸っぱさがある蜜柑。

キラキラとルビーのように煌めく大粒の苺。

目にも鮮やかな黄色と完熟した甘い匂いを漂わせるバナナ。

一口嚙めば口の端から果汁が溢れ出るだろう、瑞々しい桃。

ねっとりとした食感に濃厚な甘さを持つマンゴー。

同じくねっとりとした食感に上品な甘さの洋梨。

とにかく思い付く限りに作ってみた。

全部作れた。

果物と見せかけて実は野菜である苺も、小ぶりなスイカもメロンも、キュウリも茄子も栗も胡桃《くるみ》もドングリも、それが果物であるとか野菜であるとか木の実であるとかは関係なく、種子の入っているもの、あるいはそのものであれば、俺の知識にある限りのものがすべて作れたのである。

なかなかに応用範囲の広いスキルであると言えるだろう。

いや、果物とか作っても俺は味わえないからアレだけど、子孫を残すという目的に絞れば、かなり有用なのではないか。

そして――これだけではない。

無数に生み出した果実やら木の実やら野菜やらは、当然、重量が大きいために作った端からリリースしている。

周囲に散乱したそれらは、森の動物たちが拾って食べていたのだが……最近では果実がないのに俺の周辺をうろうろと探し回る角ウサギやらリスもどきやらが多くなってきた。

どうやら、ここに来ればエサにありつけると学習してしまったようだ。

そんな動物たちを見て、俺はふと思った。

知識の中にある既存の果物などは作ることに成功した。

ならば、それらを俺に都合の良いように改良し、新たな果実などを生成できないか――そう考えたのである。

とはいえ、今のところどうしても子孫を残したい、繁栄したい！　という思いは希薄だ。

なので種を確実に発芽させられるような改良ではなく、どうにか栄養を得るために使えないだろうか？

具体的には毒だ。

毒性を持つ植物は数多い。

ウサギさんにも食べられるマイボディに強力な毒性があるとは思えないが、スキルによって作ることはできるのではないか。

『種子生成』を意識しながらイメージしてみれば、何だかできそうな手応えが返ってきた。

だが、生命力よりも魔力を多く消耗しそうな感じである。

毒性を高めれば高めるほど、変化を強めれば強めるほど、より多くの魔力を必要とするようだ。

今の俺のステータスはこうだ。

【固有名称】なし
【種族】ウォーキングウィード

【レベル】11／20
【生命力】33／33
【魔力】22／22
【スキル】『光合成』『魔力知覚』『エナジードレイン』『地下茎生成』『種子生成』
【属性】地
【称号】『考える草』『賢者』
【神性値】0

最初の頃に比べればだいぶ魔力も成長しているし、地下茎に蓄えた分もある。

とはいえ、いざという時に備えて貯蓄を減らしたくないというのは、もはや生物の本能。

なるべくならば地下茎には手を出したくないのだが、どうにも俺の求める「改良」を施すには、素の魔力だけでは足りそうにない。

なので「とっておき」を使うことにした。

今では干からびてカピカピになり、大地に還る寸前といった風情のゴブリンの死体。

その体内に根を伸ばしていたら、心臓の辺りで見つけたものがあるのだ。

それは見た目、小さな黒い石の塊である。かといって胆石とか結石みたいな物ではない。表面は黒曜石みたいにツルツルしているし、何より『エナジードレイン』をした時に大量の魔力が流れ込んで来たのだ。

前の俺はゴブリンが身近な存在であったようだから、すぐにピンときた。

俺の知識に合致する名称が瞬時に浮かび上がってきたのである。

あ、魔石だわコレ。

もしかしたら何かに使えるかもと、魔石から全ての魔力を引き出さずに残しておいたのだ。

それを今こそ使うとき！

俺は『エナジードレイン』で魔石から魔力を吸い上げつつ、『種子生成』で目的の果実を作る。

周囲に漂うのは芳醇な甘さを思わせる香りであり、嗅げば思わず食べたくなるような匂い。

そして林檎の実自体には、できる限り強力な毒を蓄積させる。

毒と一口に言っても色々ある。具体的にどんな毒が良いのかイメージしなければならない。ならばすぐに効果が確認できるようなものが良いだろう。

速効性があり、神経系を麻痺させ、呼吸困難から死に到らしめるような毒。

伸ばした根の先で、ゴブリンの魔石（仮）が粉々に砕け散る。

俺の持つ全魔力を消費しても、まだ足りない。

地下茎に蓄えた魔力も吸い上げ、じゃがいものような地下茎二つ分を消費したところで、ようやく目的の果実が生成された。

それは林檎だ。

毒林檎である。

白雪姫（どちら様？）も一口でコロリな猛毒林檎である。

当然、重いのですぐにリリース。

落ちた林檎はコロコロと転がり、すぐに止まった。

俺はしばらく様子を見る。

角ウサギさんやリスもどきちゃんを実験台にするのは心苦しいが、この周辺を主な棲み処にしているらしいのが彼らなのだ。

すまぬ。君たちの死は無駄にはしないから……などと思っていると、辺りに漂う香りに誘われたのか、さっそくこの場に近づいて来る気配を感じた。

森の奥から現れたのは——、

「ギャッギャッ！」

——おめぇかよ！

ゴブリンだった。

いやまあ、むしろ好都合だけども。

ゴブリンは地面に転がる林檎を見つけたらしい。

「ギャ？　ギィっ！」

喜びの声をあげて駆け寄って来る。それから警戒感などまるで無い様子で林檎を拾い、むしゃり、と大口開けてかぶりついた。

しばし、むしゃむしゃとゴブリンが林檎を咀嚼する音だけが響き、

「ギャっ!?　ギィ……！」

突然びくりっと体を震わせたゴブリンは、手にしていた林檎をボトリと落とす。

それから苦悶の表情を浮かべて喉を押さえると、そのまま膝をついて倒れ伏した。

びくんっびくんっと痙攣するゴブリン。

その動きが徐々に弱くなってきて。

――お？

俺は体の奥底から活力が湧き出すような感覚に驚いた。

もしかして、と思いステータスを確認すると、案の定レベルが一つ上がっていたのだ。

おそらくだが、あの毒林檎でゴブリンを倒したことで経験値的な何かを得たのだと思う。光合成や『エナジードレイン』をするだけでなく、やはりモンスター的な存在を倒すことでもレベルは上がるようだった。

いや、むしろレベルの上げ方としてはこちらが王道なのかもしれないが。

ともかく。

少々予想外に魔力を消耗してしまったが、『種子生成』が能動的な栄養摂取に役立つことも確認できた。

まあ、消費する魔力が多すぎるので、そう頻繁には行えないのだが。

だけど、もう一回くらいはできるかな？

俺は、倒れ伏し息絶えたゴブリンのもとへ移動すると、彼の体に根を這わせた。

『エナジードレイン』を発動する。
——君の死は無駄にはしない！

第四話　幼女あらわる

猛毒林檎でコロリしたゴブリンの死体と魔石を元手に、さらに猛毒を持つ果物を生成した。

だが、それを食べたのはゴブリンではなく角ウサギさんだったため、ゴブリンを毒林檎で仕留め、その死体を栄養に毒林檎を作り、さらにゴブリンを仕留め、その死体で毒林檎を作る……という夢溢れるループは呆気なく終わってしまった。

なぜなら角ウサギさんでは猛毒林檎を作れるだけの魔力を得られなかったからだ。

一応、角ウサギさんにも魔石はあったのだが、体の大きさがゴブリンと比べて小さいためか、魔石の大きさもそれに比例して小さく、得られる魔力も少なかったのである。

とはいえ、地面からの『エナジードレイン』と『光合成』を行える俺は、時間さえかければ無尽蔵のエネルギーを得られるに等しい。

せっせと光合成に励み、生命力や魔力を地下茎として蓄え、余裕ができれば猛毒林檎を生成して森の住民たちを仕留める生活が続いた。

もうすでに数えるのが面倒になってきたが、俺が自我を自覚してから三十日ほどは経っただろうか。

レベルはすでに16まで上昇し、マイボディの背丈は40センチ近い。

だが、さすがにレベルが高くなるほど上がりづらくなるのか、今ではゴブリン一体を仕留めただけではレベルが上がらず、『エナジードレイン』や『光合成』でも同様になっていた。

しかし、焦ることもないだろう。

これまた時間をかければ、自然とレベルが上昇することは間違いないのだから。

なので、今日も今日とて『光合成』に励んでいた——時だった。

「〜〜！　〜〜！」

音。

鳴き声？

いや違う。

ソプラノというのだろうか。

高く澄んだ綺麗な「声」が、ひどく陽気なメロディを紡いでいる。

「言葉」ではなさそうだ。

意味のない音の連なり。

それは鼻唄とでもいうべきだろう。

誰の？

ゴブリンがこんな綺麗な声を発するはずがない。

ならばゴブリンではない。

俺にとっては、おそらく完全に未知の存在であるはずで、そいつが俺を害する可能性を否定できない。だから警戒心を抱くべきだと分かっているのに、警戒心の欠片もない、思わず脱力するようなメロディと声を聞いていると、警戒しようとも思えない。

敵じゃない。

根拠もなく本能でそう思った。

そして、その陽気なメロディの主はどんどんこちらへ近づいて来るようだ。

普段は視覚や聴覚を補完している『魔力感知』を、本来の役割に沿って働かせてみる。

すなわち、メロディの主の魔力を感じるように。

それは存外簡単に成功した。

メロディの主の魔力を触れるように観測する。

大きい。

俺自身やゴブリンなどよりも、余程大きく膨大な魔力を感じた。

だが、不思議と恐怖は覚えない。

温かい。

むしろ親しみを感じるような温かさを感じる。

声の主が薄暗い森の奥から、この小さな広場へやって来た。

柔らかな陽光に照らされて、その姿が露になる。

メロディの主は、まだ小さな子供だった。

陽の光を紡いだような細く艶やかな金色の髪。

透き通るように白いが、不思議と不健康さを感じない肌理《きめ》細やかな肌。

翡翠色の瞳には無邪気で楽しげな感情が浮かんでいる。

幼くも整った顔立ちは、誰であっても無条件に心を許しそうなほどの愛らしさで。

独特な紋様が刺繍された若草色のワンピースに、厚手のズボンを穿いている。

明らかに幼い少女だが、その年齢を俺は推測することができなかった。

前の俺は、たぶん人間だった。

そして少女——いや、幼女は、たぶん人間ではない。

彼女の金髪の下から伸びる、先の尖った長い耳。それを見た途端、今まで何度かあったように、とある単語が浮かび上がる。

あ、エルフだわコレ。

おそらく、前の俺はエルフとも身近な関係だったのだろう。

名称だけでなく、エルフが森の民と呼ばれることや、整った外見の者が多いこと、そして何より人間よりも寿命が長いという情報が、知識として浮かび上がってきた。

だからこそ、目の前のエルフ幼女が何歳なのか判別できない。俺の知識も完全ではなく、エルフの寿命は人間の二倍とする説から十倍とする説まで混在していて、どれが正しいのか俺自身にもわからないのだ。

だが、エルフ幼女の外見を人間として当てはめるなら、おおよそ五歳くらいの幼さであった。

そんな幼い少女が、なぜか右手に良い感じの長さの棒（木の棒だ）を持ちながら、こんな森の中を歩いている。

『魔力感知』で周囲を探ってみたが、同行者らしき存在は感じ取れない。

つまり、エルフ幼女は一人だった。

それを見て、俺は思わず――、

――危ねぇなぁ。親は何やってんだ。

そんな心配をしてしまう。

この森は角ウサギやゴブリン、それから鋭い角で何でも切り裂くイカれた鹿や巨大すぎる熊まで生息する危険地帯なのである。

こんな幼子一人で歩くには、あまりにも危険すぎる場所なのだった。

だが、俺の心配などもちろんエルフ幼女に伝わるわけもない。

なのでハラハラしながら見守っていたのだが……。

――ん？　何か探してんのか？

突然、キョロキョロと周囲を見回し始めた幼女に疑問を覚える。

幼女は何かを探しているようであった。

落とし物か、もしくは森の素材……例えば薬草などを採りに来たのであろうか？

小さな広場をうろうろと歩き出す。しばらく探しても諦める様子はない。まるで探し物がここにあると確信しているかのようだ。

地面に視線を落とす幼女は敵ではなさそうだが、子供というのは何をするか分からないからな。いきなり意味もなく葉っぱとか千切られるかもしれない。

なので俺としては、早く探し物を終えて立ち去ってもらいたいのだが。

それに何より、今この時に森の魔物がやって来てもおかしくないのだ。目の前でエルフ幼女が悲惨な目に遭う光景を見たくはなかった。

――ここは危ないぞ、早く帰れよ。

無警戒にこちらへ背を向けているエルフ幼女に、そんな言葉を放つ。

とはいえ、ただの思考であり思念だ。空気を震わす声でもないから、聞こえるわけがなかった。

――ほっ？

だが、まるで俺の「声」が聞こえていたかのような絶妙なタイミングで、エルフ幼女がこちらへ振り向いた。

その翡翠色の瞳は、真っ直ぐにこちらを捉えている。

――偶然？

まあ、単なる偶然だろうと結論を下す間にも、幼女はトコトコとこちらに近づいて来る。

そうして手を伸ばせばすぐに触れられる距離まで近づいて、幼女はその場にしゃがみこんだ。俺の背丈と同じ高さになった視線が、じぃ～っと動くこともなく向けられている。

幼女は徐々に徐々に、顔を近づけて俺を覗きこんで来る。

――ちょちょちょっ！　近い近い近い！

角ウサギに食われた時のトラウマがよみがえる。

この幼女も俺のことを食うのではないか。そういえばエルフは草食で肉は食わないと知識にあった。だからといって生えている草をそのまま食うほど野性味に溢れているとは思わなかったが、現実は俺の知識より奇なりである。

——俺は食っても美味くない！　腹を下すぞ!?

言葉が通じないとは無力である。

だがそうだ。俺には地下茎がある。いくら葉っぱや茎を食い荒らされようとも、死ぬわけではないのだ。

観念して力を抜いた俺（比喩的表現）は、けれど脱力した瞬間を狙ったように放たれた幼女の叫び（?）によって、思考に空白が生まれた。つまりびっくりしたってこと。

「わぁああっ!!　～～!?　～～!!?」

最初の叫びだけは聞き取れたが、あとに続く言葉らしきものは聞き取れない。

というか、俺の知識にはない言語のようだ。

推定エルフ語で捲し立てる幼女は、そのニュアンスからおそらくは何かを問うているようであった。それもたぶん、俺に、だ。

——いやいやいや、言葉わからねぇし。日本語でオケ？

とか何とか思ってみれば、

「にほ、ご？　おけ？」

と、エルフ幼女は首を傾げる。
同時に幼女の発した言葉に、俺はしばし硬直してしまった。
その意味を理解してようやく、
——ぅおえええええええッッ！！？
俺の意識は硬直から立ち直った。
そして驚愕する。そりゃもうどえらい驚愕する。
こ、こ、こいつ……俺の言葉が聞こえてるぞ！！？

第五話　おいちゃんが、果物あげよう

突然現れたエルフ幼女だが、もしかしたら俺の言葉が聞こえているかもしれない。

俺が思い浮かべた言葉を反復したということは、その可能性は極めて高いはずだ。

この推測に確信を得るため、俺は恐る恐るエルフ幼女へ向けて喋るつもりで、思念を紡いでみた。

――まさか、俺の言葉が聞こえてるのか……？

そんなわけないよね、と思う。

いやしかしもしかしたら、とも期待してしまう。

自我が芽生えてからこの森の中で独り、誰とも会話することも交流することもなく一月生きてきた。

たったの一ヶ月と言えばそれまでだが、やはり孤独を感じることもあった。そりゃ光合成や猛毒林檎でゴブリンたちを狩る生活はそれなりに充実感もあったが、せっかく自我という意識があるのだ。俺のようにはっきりした意識を持つ存在と、会話してみたいと思っていた。

誰とも何とも交流できないのなら、誰も「俺」という自我を認識しないのなら、いつか俺は自我を持つ必要もなくなって、意識までも失ってしまうのではないか。

そんな恐怖心もあった。

だから――、

「――！」

エルフ幼女がまるで「そうだよ」とでも言うように、にぱーっとした笑みを浮かべて頷いた時、
俺はやはり嬉しかったのだと思う。

――お、おお……！　おお……！　マジかー……!!

意思の疎通が成立した事実に、俺はひどく感動してしまう。

もし俺が涙を流せる体だったなら、なさけなく泣きじゃくっていたかもしれない。

そんな俺に、エルフ幼女は、

『ねぇねぇ、あなたはせいれいさん？』

…………え？

今のはいったい……？

突然のことに思考も感情も追いつかない。

幻聴かな？　と己の正気を疑っていると、

『ねぇねぇ、あなたはせいれいさんなの？』

またもやそんな「声」がした。

空気を震わす音ではない。幼女の口は動いていなかった。

――こ、こいつ……俺の頭に直接……っ!?

というやつだ。

頭の中に直接思念で話しかけられたというか、幼女の意思を理解させられたというか、そんな、いわく形容しがたい現象。

だが、例によって例のごとく「念話」という単語が浮かび上がってくる。

どうやら前の俺にとっては、既知の現象であったようだ。ゴブリンといいエルフといい念話といい、前の俺は何でも知ってるなー。

とはいえ、これで目の前の幼女限定ではあるが、双方向で会話ができるということだ。

ちなみに、幼女は俺の心の声が聞こえているようではあるが、これまでの経緯から察するに、全ての思考を聞いているわけではなさそうだ。幼女が反応していたのは、僅かでも彼女に向けた思念だけであったから。

なので、エルフ幼女は今も俺の返答を待っていた。

さて、何と答えるべきか。

「せいれいさん」とは「精霊さん」ということであろう。

もちろん、俺は精霊さんなどではない。雑草である。しかしそう正直に答えた場合、失望されてしまわないだろうか。「いや、ただの雑草だよ」「そうなんだ、ふーん。じゃあいいや」とか言われて立ち去られでもしたら、俺は二度と立ち直れないかもしれない。いや待て。だがこうも考えられないか？　もしかしたら俺に自覚がないだけで精霊であるという可能性も……無きにしもあらず。

……ふむ。

俺は幼女に答えた。

――そうだよ。精霊さんだよ。

『わぁああ！　やっぱり！　そうなんだー！　くさのせいれいさんには、はじめてあったー！』

くさのせいれいさん？

……草の精霊さん、か。

なんだか微妙な気分になる字面だが、幼女の反応から察するに珍しい存在のようである。

純真無垢な幼女を騙しているという罪悪感？

そんなもの、あるわけがない。なぜならば――俺は今日、たった今から、草の精霊さんだから
だ！

まあ、それはともかく。

――ところで、お前はこんなところで何してるんだ？　一人だと危ないぞ？

せっかく俺と会話ができる貴重な存在だ。

間違っても魔物どもに襲わせるわけにはいかん。

なので心配してそう聞けば、

『おまえじゃないよ、セフィだよ』

――あ、うん……そっか、ごめん。

質問の答えではないが、とりあえず謝っておく。

幼いとはいえ、レディをお前呼ばわりはダメだったか。

気を取り直して。

——で、セフィ。こんなところで何してるんだ？　ちゃんと大人と来ないと、この森は危ないぞ？

保護者といっしょならここまで来れるよね？　という言外のニュアンスを含ませておく。

だって、もう会えないとかなったら……寂しいじゃん？

『おさんぽしてたの。あと、セフィはハイエルフだから、ひとりでおさんぽしててもだいじょうぶなんだよ？』

との返答。

エルフじゃなくてハイエルフだったのか。

それがどう「一人でもだいじょうぶ」に繋がるのかは、俺の知識にもなかった。ハイエルフがエルフの王族とか呼ばれているくらいの知識はあったが、前の俺もさすがにハイエルフの詳しい生態は知らなかったようだ。

——そう、なのか？　まあ、大丈夫なら良いんだけど……。

万が一魔物に襲われたら、猛毒林檎に付けた甘い香りによる誘惑効果を強化した果物を作れば、セフィを逃がすくらいの時間は稼げるだろう。

——と、猛毒林檎でふと思い付く。

俺は果物が作れるのだ。それもとびっきり甘くて美味しいやつをな。

そんな美味しい果物をセフィにあげたら、どうなると思う？

きっと、

『くさのせいれいさんすごい！　セフィまいにちここにあそびにくる！』

と、なるに違いない。

俺は己の名案に自画自賛すると、さっそく実行に移すことにした。

さも今思いついたように、

——そうだ、セフィ、お近づきのしるしに、これ、やるよ。

『なにー？』

と首を傾げるセフィの前で、俺は『種子生成』を発動し林檎を作る。

魔力を大盤振る舞いして糖度を高めに高めた、蜜たっぷりのあまぁ〜い林檎だ。

枝の先に実った瑞々しい林檎を、セフィの前に差し出す。

『わぁー！　すごい！　りんごだぁ！』

——食べて良いよ。

『いいの!?　ありがとぉ！』

満面の笑みを浮かべ、セフィが差し出した手に林檎を落とす。

セフィは受け取った林檎を疑うこともせず口にする。小さな口を大きく開けて一口、シャクリ、と。

その様子を見届けて、俺は思考が読まれないよう内心でニヤリとした。

事は俺の思惑通りに推移する。その証拠にセフィは、

『すごぉい！　あまぁいっ！　おいしぃーっ!!』

俺の林檎のあまりの美味しさに、目を見開いて叫んだ（とはいっても念話だ。口はいまだにシャクシャクと咀嚼している）。

おまけに手をぶんぶんと振り回し、全身でもって如何に林檎が美味しいかを表現していた。

――だろぉ？

と返しつつも、俺は笑い声を出さないようにするのに苦労した。

くっくっくっ、食べたな？　――と。

もちろん毒などない。だが、こんなに美味しい林檎、他では味わえないだろう。

つまり、セフィは俺なしではいられない体になったってことだ！

さあ！　言うが良い！

毎日ここに遊びに来ると！

『みんなにもたべさせたい！　くさのせいれいさん、もっとりんごつくれる!?』

しかし返答は俺の予想に反してさらに純心だった。

「みんな」というのが誰かは知らないが、セフィには独り占めするという発想はなかったらしい。

良い子である。

――え？　まあ……作れますけど？

そう俺が肯定すれば、セフィの行動は実に迅速だった。

『じゃあいこう！』

――え？　行くってどこに？　って、ちょちょちょっ!?

セフィは左手に食べかけの林檎を持ち、右手に持っていた良い感じの枝をぽいっと捨てると、空いた右手で俺のボディをむんずと摑んだのだ。

そして、まったく躊躇うことなく力を込めて引っこ抜く！

ぶちぶちぶちっ！　と根が切れて、地面の下に蓄えていた全ての地下茎と切り離された。

俺は――、

――いッ、イデェエエエエエエエエッッッ！！！

あまりに乱暴な所業に絶叫を上げる。

いきなり何てことするんだこの娘は!?

しかし、当のセフィは俺の絶叫を聞いて、なぜかキョトン顔だ。

『……いたいの？』

――痛いに決まってん、
と、そこまで言ったところで、ふと我に返る。

――いー……たくないな。

そういや俺、草だった。

べつに痛覚とかなかったんだよね。思えば角ウサギに食われた時も、痛いとかなかったし。

いやだけど、そういう問題じゃないと思うんだ。

――いや痛くはないけどさぁ、もうちょっと優しく扱ってよね！　根っことか切れちゃったし！

『そっかぁー、ごめん』

素直に謝るセフィに、こちらも毒気を抜かれる。

――わかれば、良いんだよ……。今度からは気をつけてよね。

『うん！』

言ってから気づいたが、今度からもなにも、引っこ抜くのは止めてほしい。

『じゃあいこっ！』

と、セフィは俺を右手に握ったまま駆け出してしまう。

広場から森の中へ。

セフィは目印もない森の中を迷う様子もなく進んでいく。

――いやだから、何処に？

今度の問いには、ちゃんと答えてくれた。

セフィは駆けながら元気良く言ったのだ。

『セフィのおうち！』

と。

第六話　エルフの里は近かった

「揺れる！　揺れるぅッ!?　揺れるっ!?」


──のぉおおおおおおッッ!?　揺れる！　揺れるぅッ!?

『もうすぐだから、だいじょぶ』

──だいじょばない！　全然だいじょばなぁあいッ!!

俺を右手に握りしめながら、セフィは森の中を駆ける。

ぶんぶんと勢い良く体が上下させられるのは酷い経験であったが、長い時間こうしていなければならないのかという俺の絶望的な予想は、良い意味で裏切られた。

考えてみれば幼いセフィの足でそう遠くまで行けるわけもない。

道なき森の中をそれほども駆けることなく、セフィの足は勢いを弱め、自然、俺の強制的な上下運動も終わりを迎えた。

トコトコと歩きながら、セフィは俺を胸の前に掲げて『ほら！』と前方を指差した。

そこにはなるほど、確かに家があった。

一見するだけで、複数の家屋が建っているのがわかった。

本来ならば、見えないはずなのに、だ。

なぜならば、家は「柵」の向こう側にある。

いや、「柵」というよりもそれは、もしかしたら「壁」なのかもしれない。俺の知識にある遥か昔、人間の国家が都市レベルだった頃、都市一つを丸々囲うような防壁であり市壁。あるいは城壁のような役割を持つ防御施設。

だがそれは、崖から切り出した石材でできているわけではなかった。

木目をさらす木材――棒状に切り出されたそれが何本も何本も地面から突き立っているらしいのが、辛うじて「柵」の上部を見れば分かる。棒状の木材の上部分だけが、わずかに覗いているからだ。

そしてその棒に巻き付くように、あるいは棒から棒へ這って行くように、夥《おびただ》しい量の茨が、何者も通さないかのように壁を形成していたのだ。

有刺鉄線――という単語が思い浮かぶ。

しかし浮かび上がったイメージとは違い、鋭そうな棘はあっても鉄線ではなく、茨なので一本一本がそこそこ太い。ゆえに隙間など無いに等しく、向こう側の光景を見ることができない。まさに「植物の壁」とでも呼ぶべき物に成り果てていた。

その植物の壁は、おそらくいくつもの家々がある空間をぐるりと囲んでいるのだろう。

おそらくは集落や村、里とでも呼ぶべき共同体を。

そしてだからこそ、壁の向こう側にある家をこちらからはっきりと見ることなどできないのだ
――その家が、地面の上に建っているのならば。

――ほえー……しゅごぉーい。

我ながら間抜けな感想を漏らしつつ、俺はそれらを見上げる。

茨の壁の向こう側には、樹齢千年を軽く超えるのではないかというほどの、太くて高い木々が何本も生い茂っていた。

そしてそれらの枝の上、かなり高い位置に梯子や階段、あるいは枝から枝へ渡された橋のような道が縦横無尽に走っており、所々に小さめの家が何軒も建てられている。

樹上都市――というには些《いささ》か規模が小さいが、それでも十分に現実離れした光景だった。

しかし、それにしても、と思う。

何だか茨の壁の向こう側にある木々は、森の木々に比べて異様に太くて大きく立派なような気がする。距離的には完全に同じ森を構成する木々だと思うのだが、あちらだけ成長が速いというか。

と――、そこまで観察したところで、妙にセフィが得意気になっているのに気づいた。

何というか、ドヤ顔である。かなりドヤってるな、これは。

――どうした？

『ふふーん！　すごいでしょー！』

どうやら、先ほどの俺の呟きを聞いていたようだ。

まあ、あえて否定することもないし、素直に同意しておこう。

――ああ、すごいな。エルフの集落なのか、ここは？

まさか住んでいるのが全員ハイエルフというわけでもあるまい。

もしそうだったら、ハイエルフの希少価値が大暴落だ。もう「ハイ」の文字を取った方が良いんじゃないか、とツッコミが入ることだろう。

だが、言外の問いに気づいているのかいないのか、セフィは否定することなく頷いた。

『うん、そうだよ！　セフィがつくった！』

やはりそうか。

ここはエルフの集落らしい。

まあ、考えてみれば当然で、セフィのような幼い子供がこんな森の中に一人で住んでいるわけもないし、少人数だとしても危険だ。それなりの集団を形成するのが自然の成り行きなのだろええええええええ!?

――はい!?　セフィが作ったぁ!?

いやいやあり得ねぇだろ。

幼児に何が作れるというのか。

しかし、ハイエルフの詳しい生態を把握しているわけでもないから、いまいち否定しきれない俺がいる。

『そうだよ！　もー！　ちょーがんばってつくった！』

頑張って作れるものとは思えないが。

幼児特有の拡大解釈の可能性が大。

――嘘だろ？　何を作ったんだよ？

『うそじゃないよ。あれとか』

と、セフィは茨の壁を指差す。

『セフィがわっさーっ！　ってやったの。あと、あれとか』

と、セフィは茨の壁の向こう側に生えている馬鹿デカイ木々を指差す。

『セフィが、がんばれー！　って、めっちゃおうえんしてあげた』

わっさー？

おうえん？

よくわからないが、説明するセフィのどや顔には一点の曇りもない。

ハイエルフの魔法か何かで、少しだけ手伝ったとか、そんな感じなのだろう。しかし余計なツッコミを入れてヘソを曲げられても面倒だ。

――……そうなのか、すごいな、セフィは。

『ふふーんっ！』

胸を張るセフィ。

ここは好きなだけドヤらせてあげたいところだが……どうにも、そうはいかないようだ。

――なあ、セフィセフィ。

『ん？』

――あのエルフたち、すごい勢いでこっちに向かって来るけど、お迎えか？

『あ』

前方、エルフの里を囲む茨の壁だが、完全にすべてを閉ざしてしまえば出入りはできない。

当然、こういった構造物には出入り口として門のような物が存在してしかるべきだ。それは茨の壁も例外ではなく、俺たちが向かわんとしているところに、茨がアーチ状になった出入り口らしき物があった。

そこに門兵のように立っているエルフが二人いたのだが、彼らは近づいて来るセフィの存在に気づいたらしい。

その瞬間、凄まじい勢いで走り出して近づいて来たのだ。

おまけに、

「～～!!　～～～ッ!!」

何事かを叫んでいるし、表情は険しい――というか、もしかして怒ってる?

まさかセフィが抱えている俺を魔物か何かと勘違いしているのではあるまいな?

俺のようにプリティな雑草ちゃんに危害を加えるとは思いたくないが、あの形相を見るとその可能性も否定できない。

いざとなればセフィに取り成してもらう他ないのだが、頼るべき相手としては幼女は些か心許ない。

しかし、俺を連れて来たのはセフィだし、何とかしてもらわないと困る――と、件《くだん》の幼女を見上げてみれば。

『あわわわ』

セフィこそ慌てふためいていた。

あ、うん。

だいたい把握したわ。

――セフィ君？　ちょっと聞いても良いかな？

『な、なな、なに？　いまちょっとそれどころじゃない。はやくにげないと』

どこへ逃げるんだよ。現実逃避すな。

――君ぃ、もしかしてだけど……内緒で外に出て来たんじゃないか？

『そっ、そんなことない。ちゃんといってきますした。……こころのなかで』

ダメだろ、心の中じゃ。

セフィがガタガタと震えている間に、全力疾走してきたエルフ二人はこの場に到着した。

たぶん、どちらも男だが顔が美形すぎてよくわからない。でも胸は無いから確実に男だろうと思われる。そんな彼らは年若い青年のような姿をしていた。

「～～!!　～～ッ！！！」

推定エルフ語だから何を言っているのかわからないが、声の調子や表情からして、どうやら叱っているようだ。まあ、当然だけども。

この後セフィは青年エルフ二人にめちゃくちゃ怒られた。

当のセフィはしょんぼりしつつ項垂れ、ごめんなさいをするかと思えばハッと何かを思いついたように顔を上げ、なぜか俺を青年エルフたちの前に差し出して、律儀に俺にも分かるようにしつつ言ったのである。

「『せいれいさんによばれてしかたなかった！』」

――えッ!?

俺のせいにすな！

第七話　全員俺の（果物で）虜にしてやるぜ、という話

何やらセフィは全ての責任を俺に押しつけようと画策していたようだが、そうは問屋が卸さない。といううか、さすがに青年エルフ二人は良識ある大人であったらしく、セフィの嘘など端からお見通しのようだ。

だが、セフィは推定エルフ語で何事かを捲し立て、やはり何事かを言い繕うことに成功してしまったようだ。

青年エルフたちは疲労感たっぷりにため息を吐き、俺を抱えたままエルフの里に向かって歩き出すセフィの両側を、護衛するように、あるいは脱走防止のためにだろうか……？　ともかく付き従うように歩き出す。

――セフィさんセフィさん。

『ん？　どしたの？』

言語の壁によって展開についていけない俺は、セフィに事情を聞こうと語りかけるが、なんとたった今まで叱られていたはずのセフィさんは、もうすでにけろりとしている。メンタル強ぇなおい。

――どうなったの？　叱られた？

『だいじょぶ。これから、セフィのむじつをしょーめいする！』

ふんすっ、と勢い込んで言うセフィだが、いやあなた、無実じゃありませんからね？

――どうやって証明するつもりだよ？

『せいれいさんがみんなのまえでくだものつくる。そーすれば、せいれいさんがせいれいさんだって、わかる』

……はて？

俺がたとえ精霊だからといって、セフィが勝手に脱走した事実は変えられないと思うのだが。

青年エルフたちにも何か考えがあるのか、それともセフィを叱ることを諦めただけなのか。

もしかしたら、俺＝精霊という事実が証明できれば、俺に呼ばれたという嘘も本当にできる、ということなのかもしれない。

随分と穴だらけな論理だと思ったが、次のセフィの一言ですべてがどうでも良くなった。

『せいれいさんなら、ここにいっしょにすんでいいって。ちがかったらもりにすててこいっていわれた』

――よっしゃ、俺に任せなさい。全力で美味しい果物を作ってしんぜよう。

今さら森に戻れとか酷いじゃんか。

エルフの里の中なら魔物もいないだろうし安全だろうし、俺もここで暮らしたい。

となれば、やることは決まっている。俺のあまぁ～い果物でエルフたちを魅了してやろう。

『ん。たよりにしてるぜ、あいぼー』

——お、おう。……どこでそんな言葉覚えたんだよ。

そうして俺たちはエルフの里の中へ入っていくわけだが。

その前に。

——ヘイ、そこのエルフの青年たち、俺ってば草の精霊だから、これからよろしくな！

と、思念を飛ばしてみる。

しかし、青年エルフたちは微塵も反応を示さなかった。

——…………。

『どしたの？』

無視されて凹んだ俺の様子に気づいたのか、セフィが首を傾げる。

——いや、今エルフの青年たちに話しかけてみたんだが、俺の声が聞こえていないみたいなんだ。

と説明すれば、簡潔な回答が返ってきた。

『せいれいさんのこえがきこえるのは、このさとじゃセフィとちょーろーだけだよ？』

——ぬ？　そうなのか？

『ん。セフィはとくべつ。ちょーろーはとしのこうっていってた』

長老は年の功？

それはよくわからんが、どうやらセフィが特別な存在らしいのはわかった。そういえばハイエルフだって言ってたもんな。

——この里にセフィ以外のハイエルフはいないのか？　長老はハイエルフなのか？

『ちょーろーはハイエルフちがう。セフィだけ』

どうやら他にハイエルフはいないようだが、両親とかはどうしたんだろうか？

ハイエルフが突然変異的にエルフの中から生まれるとかなら良いが、デリケートな事情があるのかもしれない。

聞くにしても、もう少し落ち着いてからの方が良いだろうな。

❖ ❖ ❖

で。

俺たちは茨の壁にできたアーチ状の出入り口を潜った。

その先にはエルフの里が広がっていたわけだが、意外（？）なことに、エルフたちの住居は全てが木の上に建てられているわけではないようだった。

どうやら里の外からでは茨の壁に遮られて見えなかったが、ちゃんと地面の上にも家が建っていた。

全体的に木の上の建物よりも大きめな造りをしている。

そんな里の中を、入り口から真っ直ぐに伸びる道を奥へ奥へと進んで行くと、広場のような開けた空間に出た。

「のような」も何も、広場そのものであるのかもしれないが。

ここまで来たところで、セフィがようやく俺を地面の上に降ろす。

『ここでみんなにくだものつくる。……セフィがあなほってあげようか？』

どうやら俺をここに植えるつもりらしい。

だが、穴を掘ってもらう必要はなかった。

――いや、大丈夫だ。

言うと、俺はずぶずぶと地面に根を沈めていった。

そしてさっそく『エナジードレイン』を発動してみると、なんだか森の中よりも多くのエネルギーを吸収できた。栄養的なものがこちらの方が多いのだろうか。

だが、さすがにセフィにあげたような果物を作るとなると、地下茎の蓄えが欲しいところだ。

セフィに引っこ抜かれた時に、地下茎全部置いて来ちゃったんだよね。

セフィに肥料的な物はないかと聞こうとして、俺は少しぎょっとした。

――セフィ……って、うお⁉

いつの間に集まったのか、いまや広場には大勢のエルフたちが大集合していたのだ。

俺とセフィを囲むように眺めるエルフたちの前で、セフィは何やらエルフ語で語りかけている。

その手には食べかけの林檎が掲げられ、それを指差しながら何事かを説明している。集まったエルフたちは何だ何だと不思議そうにしながらも、どこか面白そうな表情でセフィの演説を見守っていた。

そして地味に青年エルフの二人は、俺の方を見ながらギョッとした顔をしている。どうやら根を沈める時に動いた俺を見て驚いたようだ。もしかしたら、本当にただの雑草だと思われていたのかもしれない。

――セフィ。

まあ、それはともかくとして。

俺はセフィに肥料を要求すべく声をかける。

『どしたの?』

――果物を作るのは良いが、栄養が足りない。何か肥料くれ。

『ひりょー? ひりょーってなにあげればいいの? セフィのおうえん?』

たぶんそれは肥料ではない。

――そうだな……魔石って言ってわかるか? あとは魔物の捨てるところの肉とか骨とかあれば良いんだが。

今さらだが、ゴブリンとか角ウサギとかが何と呼ばれているのかは不明なのだ。魔物ではなく単なる動物と呼ばれているかもしれないし、魔石も結石とか思われている可能性もある。

『ませき、セフィ、わかる。いしころ』

――お、わかるか。石ころではないけど、たぶんそれだ。

『わかった。もってきてもらう』

どうやら魔石で通じるようだ。

セフィは頷くと、集まったエルフたちにおそらく魔石か魔物の肉を持って来てもらうよう説明した。

それを聞いて一人二人のエルフたちがこの場を離れ、

『いまもってくるって』

しばらくすると戻って来た。

一人が小さな魔石をいくつか手に持ち、一人が木製の桶を持ってきた。

エルフたちはセフィに促され、それらを俺の目の前に置く。魔石はともかくとして、桶の中身は……、

――うげ。グロいな……。

大量の血の中に動物か魔物かは知らないが、内臓や腸が浮いていた。

どうやらエルフが肉を食べないというのは間違った知識であったらしい。おそらくは狩った獲物を解体した時に出た、血や内臓を持ってきたのだろう。

『これで、くだものつくれる？』

――ん、まあ、これだけあれば何個か作れるだろ。

まずは目の前に置かれた魔石へと、俺は引き抜いた根っこの一部をわさわさと動かして触れる。

それから『エナジードレイン』を発動すると、大量の魔力を吸収することができた。

一つ一つの魔石は角ウサギくらいの大きさだが、全部で四つあったのでゴブリンの魔石一つよりも魔力の総量は多いだろう。

次に桶の中身の血と内臓だ。

桶の中に根っこの一部を入れ、同じく『エナジードレイン』を発動する。

みるみる内に血液を吸い上げ、内臓は干からび縮んでいく。

その様子を見ていたエルフたちが、どこか戦《おのの》くような声を上げた。見ればひきつった表情を浮かべている者が多数。

なぜか引いているようだが、俺の果物を食べさせれば心の壁など一撃で粉砕できるはずだ。

今の魔石と血と内臓で、失った地下茎も四つほど新たに作り出すことができた。

地下茎一つには俺一株分の魔力と生命力が蓄えられているから、糖度マシマシ林檎も四個は作れるだろう。

では。

——よし、いくぞ！

宣言し、『種子生成』を発動して枝の先に真っ赤でつやつやな林檎を生み出す。

あっという間に実った林檎に、集まったエルフたちは皆が驚きの表情を浮かべていた。「おお～！」と、これだけは聞き取れるどよめきが漏れる。

——セフィ、この林檎なら四個まで作れるからな。もっと欲しかったら、もっと肥料を持って来てくれ。

『ん。わかった。たべさせていい？』

——良いよ。

実った林檎をセフィに渡す。

セフィはそれを、まずは青年エルフたちに食べさせることにしたようだ。

受け取った青年エルフはひきつった顔だ。俺の林檎が食べられないってのか？　失礼な奴である。

しかし、義務感に駆られたのか何なのかは知らないが、意を決した表情を浮かべると青年エルフは俺の林檎に恐る恐る口をつけた。

そして、青年エルフの両目がカッと見開かれる。

「～、～～ッ!!」

何と言ったのかは分からないが、悪い雰囲気ではなかった。

青年エルフはそれまで躊躇っていたのが嘘のように、勢い良く林檎にむしゃぶりついていく。あっという間に林檎を食べ終えると、一言。

「～～～」

『ちょーおいしーって』

なぜか自分が得意気になったセフィが通訳してくれた。

――ふふん。そうだろうそうだろう！

『みんなもたべたいって。せいれいさん、もっとつくって！』

――良いだろう。だけど大量に作るには肥料が足りないぞ？

くっくっくっ、この里のエルフ全員、俺なしじゃいられない体にしてやろう――などと思いつつ答えれば、セフィが周囲のエルフたちに何事かを説明。数人が一気に走り出して行った。

たぶん魔石や肥料になりそうな物を取って来るんだろう。

その間に、俺はとりあえず林檎を三個生み出してセフィに渡してやる。

『ありがとー！』

受け取ったセフィがエルフたちにそれを渡していく。相手は青年エルフその2と、魔石と桶を持ってきたエルフだ。彼らはシャクリと林檎を食べ……、

「「「～～～っ!!」」」

全員が何事かを叫ぶ。

その瞬間、周囲で見ていたさらに何人かのエルフたちが急いで何処かへ走り出して行った。

たぶん、自分たちが確実に食べるために肥料を取りに行ったのだろう。肥料の提供者が優先して食べられるのは当然のことだからな。

そして、その俺の予想はどうやら当たりであったようで、最初に走り出して行ったエルフたちがそれぞれに魔石や骨や内臓などなど、あるいは他に肥料になりそうな物などを持って戻って来た。

俺はそれらを『エナジードレイン』で吸収し、片っ端から林檎へと変えていく。

本来なら手間賃としてエネルギーの一部を回収したいところだが、今はエルフたちを籠絡……もとい、彼らに受け入れられることが先決だ。

なので大盤振る舞いして林檎を次々と作り出していく。

そうしてその日、エルフの里に林檎旋風が吹き荒れることになったのであった。

第八話　セフィのおうちと雑草の名前、あと称号

俺は大勢のエルフたちに林檎を振る舞った。

その味は森で暮らすエルフたちにとっても驚愕の美味しさだったようで、言葉は分からないけれど絶賛している様子なのは、彼らの表情や反応を見ていれば理解できた。

一通りの人々に林檎を振る舞い終えると、セフィが青年エルフ二人の前に立って胸を張る。

その顔は「どうだ！」と言わんばかりのドヤ顔だ。

「〜〜〜〜？」

「〜〜、〜〜〜〜」

セフィが何事かを言うと、青年エルフ二人は顔を見合わせ、どこか諦めたように頷いた。

それを見てセフィは歓声を上げ、ぴょんぴょんと跳び回り全身で嬉しさを表現する。

喜びの舞を披露し終えたセフィに、俺は事の成り行きを尋ねた。

——セフィ、結局どうなったんだ？　俺はここに住んで良いのか？

『うん！　セフィといっしょならすんでいいって！』

——おお！　やったぜ！

天敵の類いはあまりいないとはいえ、やはり魔物どもが跳梁跋扈する森の中は危険だ。何かの間違いや事故、ゴブリンとかのイタズラや思いつきなどで害される可能性は否定できなかった。それゆえに安全な里の中で暮らせるのは実に嬉しい。

この里の中は土も良いし、セフィのそばなら退屈することもなさそうだ。

──そんじゃまあ、これからよろしくな。

『うん！』

──で、俺はどこに居れば良いんだ？　ここにこのまま植わってれば良いのか？

人間のように雨風が凌げる家は必要ないとはいえ、はたして何処で暮らせば良いのか。畑とか？

『せいれいさんはセフィといっしょにくらすの』

しかしセフィは否定した。

はて？　一緒に暮らすとは言っても、長時間地面から根っこを抜いているのは植物的に危険だ。じわじわと生命力が減っていくのであるから。

どういうことかと疑問を浮かべていると、

『もぉー！　セフィのおうちにいくって、さいしょにいったでしょ！』

ぷんすか、とセフィが怒りながら言う。

──お、おお？　……そういえば、そんなことも言ってたな。

どこに行くのかと聞いた俺に「セフィのおうち！」と答えたのだったな。

単にエルフの里に行くという意味で、まさか一緒の家で暮らすことになるとは考えていなかったが……。

――植え木鉢とか、用意してね？

不思議と嫌ではない俺がいる。

むしろ気分は高揚しているかもしれない。

『うん、いいよ！』

セフィは嬉しそうに頷いた。

『このうえに、セフィのおうちある』

広場で集まったエルフたちが解散した後、俺はセフィに抱えられてとある大木の根本までやって来た。

その大木はエルフの里の中でも中心付近にある、一等巨大な大木だ。

――この上にかぁ――……。

俺はちょっと呆然としながらも、セフィが指し示した場所を見上げる。

遥か頭上、大木から伸びる枝の上に器用に建てられた家が確かにあった。

しかし、容易に登れるような高さではなかった。少なくとも俺には無理だ。

――どうやってあそこまで登るんだ？

俺には無理だが、かといって幼女なセフィに可能なようにも思えない。

しかし、セフィは自信満々な様子で教えてくれた。

『このつたをつかう。これにまりょくをむんってながすと、うえまでつれてってくれる』

次に指差されたのは、大木の枝から地面まで垂れ下がる一本の蔦だ。

随分と太く丈夫そうな蔦で、実はここに来た時から気になってはいた。まさかあれをロープ代わりに登るのではないかと。その場合、難易度的には大木の幹を登るのと同じくらい難しいと思うのだが、どうやら自分で登る必要はないらしい。

『せいれいさんはセフィにくっついてて』

——お、おう。こうか……？

俺はセフィの細腕に自分の根を巻き付けて体を固定した。

『じゃあいくよ？』

セフィは俺の返事も待たずに、蔦を両手で握りしめる。

『魔力感知』でセフィから蔦へ向かって少量の魔力が流れ出すのを知覚する。

すると……、

——お、おお!?

蔦がひとりでに動き出す。

たぶんどこかに巻き上がっているのだと思うが、蔦を掴んだセフィごと、上へ上へと引き上げられていく。

浮かび上がって来たイメージとはだいぶ異なるが、これは「エレベーター」なる物に似ているな。

いや、安全性とかの面では全然比べ物にもならないのだが。

高所恐怖症の人とか、これ使うの絶対無理だよね。

——おー……なかなかに、良い見晴らしじゃないか。

しかし幸い、俺は高所恐怖症ではなかったようだ。

森の中から一本だけ突き抜けた高さを持つ大木である。上へ昇っていくと自然、木々の梢が織り成す緑の絨毯を眼下に望む光景へと変わる。

エルフたちの樹上都市的な建物とも合わさって、それは随分と幻想的な光景に見えた。

『ついた』

しばし美しい風景に見入っていると、目的の場所に到着したらしい。

そこには大木の枝と枝の間に床となる板を渡して、その上に建てられたこぢんまりとしているが立派な造りの家があった。

ドアや窓の類いはないらしい。完全に開けっぱなしの吹き抜けである。防犯の概念とかなさそう。

風が強い日とか、どうするのかと思ったが、どうやら木戸的な物がすぐそばに置いてあったから、これで戸締まりをするのではなかろうか。

まあ、あまり使われている様子はないが。

『ふふーん！』

——ん？

ふと見れば、セフィが家の前に立って胸を張っている。

それから両手で家をバッと示すように広げると、

『ここが、セフィのおうちです』

ドヤ顔で言った。

セフィが何を求めているのか、精神的には遥かに大人である俺には手に取るようにわかる。

――おお、立派な家だな。すごいな。

『でしょー！　セフィがつくった！』

――またかよッ!?

果たしてハイエルフとはいえ、幼女にこの家を建築することができるのか。

見たことがないから確実に否定することはできないが、ハイエルフの魔法があれば、不可能ではないのか……？

一点の曇りもないセフィのドヤ顔を見ていると、もしかして本当に？　と思えてくる。

たぶん補佐的なことを魔法でしたのだとは思うが……真実は闇の中である。

ともかく、俺たちはセフィの家の中に入っていく。

『なにもないところですが、どうぞ、くつろいでください』

――これはご丁寧に、どうも。

中に入ったところで、部屋の中央辺りに置かれたテーブルの上に俺は乗せられた。

家の中を見渡すと、タペストリー的な布が壁面に飾られ、床には毛皮の絨毯などが敷かれている。

壁際にはタンス的な衣装入れがあり、あるいは観葉植物なのか何なのか、鉢植えに入れられた何かの植物が多数。窓際にはおそらくセフィ用のベッドが一つだけ置かれていた。

だが、一番不思議なのは天井からぶら下げられた木製の「檻」だ。

いや、あるいは木質化した蔦で編まれた「鳥籠」だろうか。

ともかくその籠の中には鳥ではなく緑色のふさふさした丸い物体が置かれ、仄かな光を放っているのである。

察するに、照明の代わりだとは思う。

――セフィ、あれ、何だ？

『んー？　あれはねー、マリモっていうんだよ。ひかるべんりなやつ』

――へー。

マリモか。

あれを見た瞬間に「マリモ」という単語とイメージが浮かび上がってきたから、前の俺も知っている物のようだ。ただ……マリモって光ったっけ？

まあ、実際光っているんだから、それが事実なのであろう。マリモが光らないというのは前の俺の記憶違いなのだろう。

――しかし……。

と、俺は少し言い澱んだ。

家の中は壁などで仕切られてはおらず、部屋はここ一つだけだ。室内は綺麗で、住むのに困るようではない。だが、室内にあるベッドも家具も一人分だけで、どこか閑散とした印象を受ける。

――セフィは、ここに一人で住んでるのか？

どう見ても他に住人がいるようには見えない。

『うん……』

頷いたセフィの表情は、どこか寂しげだった。

常に明るい印象しかないその顔に、悲しげな表情が宿るのを、俺は見ていたくなかった。

――そっか。なら、今日からは二人暮らしだな。

『ふえ？』

――セフィと俺の、二人で住むことになるんだろ？　これからよろしくな！

枝の一本をセフィに向かって差し出しながら言えば、

『――うんっ！』

セフィはパッと笑って、握手するように俺の枝を握った。

『よろしくね！　せいれいさん！　……あ！』

――どうした？

言葉の途中でセフィが声を上げる。

何事かと問えば、

『そういえば、セフィ、せいれいさんのなまえしらない』

ということに思い至ったらしい。

しかし、名前か。すでに何度も確認しているが、ステータスに俺の名前は載っていなかったし、かといって前の俺の名前も思い出せない。

なので今の俺は名無しなのだ。

――名前なー。名前ないんだよな、実は。

『そなの？』

――おう。まあ、この際だし、俺もそろそろ自分の名前を決めるか。

今までは森で一人（いや、一株？）だったから必要なかったが、これからはエルフの里で暮らすことになるのだ。そろそろ名前が必要な時だろう。

――なんて名前にするか……ここは俺に相応《ふさわ》しい偉大で格好いい名前を……。

などと考えていると、

『じゃあ、セフィがつけてあげるね！』

――え？　いや、それはちょっと……。

幼女のネーミングセンスに期待などできるであろうか？　いや、できまい。

ネーミングセンスとはそれなりに知識の積み重ねがあってこそ輝くものであろう。「くさ」とか「わらわらわら」とか適当すぎる名前を付けられたら末代までの恥である。

だが、セフィは俺の言葉なんて聞いちゃいなかった。

『ユグ！　きょうからそれがせいれいさんのなまえね！』

決定してしまった！

――ユグ、か……。まあ、思ったよりマトモだったし、それで良いか。
実のところ、それを聞いた瞬間に妙にしっくりきていた俺がいたのも事実だった。
『ふふ～ん、よろしくね、ユグ！』
――ああ、よろしくな、セフィ。
こうして俺とセフィは共に暮らすことになったのである。
ちなみに、後でステータスを確認してみると、きちんと名前が「ユグ」になっていた。

【固有名称】『ユグ』
【種族】ウォーキングウィード
【レベル】16／20
【生命力】48／48
【魔力】32／32
【スキル】『光合成』『魔力感知』『エナジードレイン』『地下茎生成』『種子生成』
【属性】地
【称号】『考える草』『賢者』『ハイエルフの友』
【神性値】1

【称号】『ハイエルフの友』

【解説】ハイエルフから親愛の情を向けられ、または向けた者の証。それはエルフ族にとっても信頼に値する称号である。森の中で行動しやすくなり、植物魔法の効果が少しだけ上昇する。あなたは森の民の一員となった。

【効果】エルフ族から好感度上昇。森林行動補正・小。植物魔法効果上昇・小。

ちなみにこんな【称号】が増えていた。

「親愛の情を向けられ……」などと解説欄には書いてある。

うん……まあ……。

……照れるぜ。

第九話　エルフの里での日常

前の俺の影響があるのだろうか、今の俺は植物だけど普通に寝る。

夜は光合成もできないし、寝る時間だ。

もちろん眠らないことも可能だし、何かあればすぐに起きるのだが、それでも眠りというのはやはり必要だと思う。長い夜の時間を何もすることなく一人で過ごすのは、なかなかに苦痛だからだ。

何か夢中になれる娯楽でもあれば別なのだろうが、森の中のエルフの里にそんなものは存在しない。

なのでセフィがおねむの時間になれば、必然的に俺も就寝するのがここ最近で日常となっていた。


——ぬお？　朝か——……。

セフィと共に暮らすことになってから、はや数日が経過した。

俺の目覚めはエルフの里でも一番早い。

里の中で最も高い場所にあるセフィの家。その窓際に置かれたベッドのそばに、俺の寝床たる鉢植えは置かれている。ゆえに窓から差し込む朝日を一身に浴びて、俺の一日は始まる。

ちなみに目覚めが最も早い理由は、セフィの家が最も早い時間に日の出を迎えるからだ。地上よりも高い場所の方が、日の出が早いという知識が俺にはあった。実際、窓から下を見下ろしてみると、エルフの里の地上部分に日の出の光は当たっておらず、まだ朝を迎えていないことがわかる。

——ふむ……まだ寝かせておいてやるか。

朝日で光合成を再開しながら、すぐそばのベッドの上へ視線を飛ばす。

そこではセフィが実に幸せそうな寝顔で熟睡している。まだ起きるには早すぎる時間であるし、俺は起こさず光合成に専念することにした。

ちなみに、いま俺が植わっている鉢植えでは『エナジードレイン』ができない。

土が少ないために、すぐに栄養素その他が枯渇してしまうためだ。

その点は不便だが、森での生活より移動することの多い現状、地下茎を蓄えても移動が面倒になるし、すぐに消費することになるので不便とは感じていない。

俺はしばらくの間、窓から流れ込んでくる早朝の爽やかなそよ風に枝葉を揺らし、光合成に勤しんでおく。

そうしてしばらく経ち、エルフの里全体が朝日に包まれる頃……、

——お、来たか。

『魔力感知』が、あの不可思議な蔦を使って大木を昇って来る存在を捉えた。

平均的なエルフ一人分の魔力。

その存在はセフィの家の前まで到着すると、躊躇う様子もなく玄関……といって良いのか？　と

もかく入り口から中へ入って来た。

それは色素薄めの茶色の髪を複雑に結い上げた女性で、人間で言えばだいたい二十歳くらいの外見をしている。実年齢は怖くて聞いていないから不明だ。

彼女の名前はメープル。

セフィのお世話係らしく、毎朝この時間になると起こしにやって来る。

室内に入って来たメープルは、一度立ち止まると俺の方へ視線を寄越し、

「〜〜、〜〜」

何事かを言うと、軽く頭を下げた。

おそらく朝の挨拶だろう。対する俺も返事をするように軽く枝をわさわさと動かしてみせると、メープルは柔らかく微笑んだ。

いや、初日は悲鳴をあげられたもんだが、今では朝の挨拶もスマートに交わせるほどの仲である。

「〜〜、〜〜」

メープルはベッドで寝ているセフィのもとまで歩み寄ると、その体を優しく揺り動かしながら起こす。

セフィは最初、眠そうにしながらもゆっくりと覚醒していき、

『おはよう、ユグ』

——ああ、おはよう、セフィ。

子供ゆえの寝起きの良さなのか、一度目が覚めるともう眠そうな様子もない。

にっこりと朝の挨拶を交わすと、メープルに甲斐甲斐しく世話されながら、朝の支度をしていく。

メープルが部屋の端に置いてあった大きな器をテーブルの上に置くと、手を翳して何やら唱えていく。同時に、彼女の体内から魔力が放出されるのを知覚する。

「〰〰」

器の少し上に何処から湧いたのか水の塊が浮かび、静かに器の中へ落下していく。

魔法。

水生成の魔法だ。

さすがはエルフというべきなのか、彼らは魔法が得意な種族であるらしい。このように生活の中でちょっとした魔法を駆使する光景を、ここ数日何度も目にしていた。

俺の知識にも魔法の存在はあった。

しかし、魔法が使われる光景を見ていると、どうにもワクワクして止まらない。憧れのような感情も浮かび上がって来るのだ。

どうやら魔法の存在を知ってはいても、前の俺は魔法というのを使うことはできなかったようだな。それゆえの憧れなのだろう。

——ふっふっふっ、しかし、今の俺は一味違うぜ。

ここ数日、魔法についてできるだけ多くのことをセフィから聞き出していた。

要領を得ない彼女の説明によれば、魔法を使うには二つの絶対的な条件があるらしい。

一つは魔力。魔法を使うためのエネルギー。

そしてもう一つは属性。魔法を使うための才能というか、素質。魔力を現象へ変化させる上で必要となるもの。

その二つのどちらとも、今の俺は所有しているのだ。

つまりどういうことか？

そう、今の俺は魔法が使える——ってことだ。

正確にはその素養があるということで、目下魔法習得を目指して修行中なのである。

まあ、このことについては後述するとして。

器に水が溜められた後は、セフィは顔を洗い、口の中をすすぎ、金色の髪に櫛を通してもらって寝癖を直す。

最後に寝間着から着替えると、準備は完了だ。

『じゅんびできた！　ユグ、いこう！』

——おっしゃ、じゃあ行くか。

セフィの準備が整うと、俺は鉢植えから根っこを引き抜く。

そんな俺をセフィが抱えるので、俺は根っこをわしゃわしゃと動かしてセフィの左腕に巻きつけ、落っこちないように体を固定する。

ちなみに、エルフの里では朝食は食べないらしい。

少し早めの昼食を摂り、後は夕飯を食べてから寝る、というのが普段の生活サイクルのようだ。

ちなみにエルフたちの食事は、意外にも肉も普通に食べているようだ。

なぜかは知らないが、前の俺の知識にはエルフは菜食主義という知識（あるいは偏見か？）があったのだが、里に来て早々果物を作らされた時、肥料に動物の血や内臓を出されたことからも分かるように、食肉を得るための狩りは普通に行われているらしい。

しかし肉を食べるとは言っても、肉食中心というわけではない。

基本は里にある畑で育てた野菜や穀物、森で採れる果物などの植物性の食品が大半を占めていた。中でも果物や蜂蜜などの甘味は貴重で、おまけにエルフたちは甘い物を好む傾向にあるようだ。

だが、蜂蜜も果物も十分に手に入るわけではない上に、品種改良されていない野生の果物の味など推して知るべしである。

そんなわけだからか、俺の作る糖度マシマシな果物たちは全エルフにとって正に革命的な甘味の登場であったらしい。作るこっちも忙しくて困っちゃうほどに大人気なのである。

つまり、俺が大人気なのだと言い換えても過言ではあるまい。ふふん！

「〜〜〜！」

「〜〜〜」

セフィがメープルに「いってきます」と挨拶をする。いや、ニュアンス的に、おそらくだが。

メープルは出掛ける俺たちを見送り、セフィの家の掃除やら洗濯、それから昼食の用意などをするようだ。

ともかくそうして家を出ると、太い枝から地面に向かって垂れ下がる蔦にしがみついて少量の魔力を流す。すると蔦が地面に向かってゆっくりと伸びていく。自然素材１００％な天然のエレベーター（？）だ。

地面に降り立つと、セフィの「お仕事」が始まる。

幼女なので毎日遊んでいるかと思えば、どうやらセフィに課せられた――というか、里のためを思ってセフィが自主的に行っている日課……もとい、仕事があるようだった。

『じゃあ、きょうもみんなをおうえんしていきます』

――うむ、やってくれたまえ、セフィ君。

『かしこまり』

セフィのお仕事とは、里の木々や里を囲む茨の壁を「おうえん」していくことである。

おそらくこれは魔法の一種なのではないかと考察している。というのも、
まず最初に「おうえん」するのは、セフィの家がある里一番の大木だ。

『がんばれー！』

その幹に手を当てて、言葉と共に魔力を流していく。

セフィの魔力総量からすれば大した量ではないが、今の俺からすれば膨大と評するになんら違和感はない魔力。

それが大木の隅々にまで広がっていくのが知覚できた。

すると、心なしか大木が活力に満ち溢れ、生き生きとし始めたように見える。

セフィによれば、こうやって「おうえん」することによって病気に強くなり、より大きくより頑丈に成長することができるのだとか。

里の中の木々が、周囲の森の木々に比べて明らかに大きいのも、セフィの「おうえん」の賜物であるらしい。

『よしっ！　げんきになった！』

「おうえん」が終わるとセフィは満足気に頷き、けれどキリリとした表情で次の木へ向かう。

『じゃあ、つぎのきにむかう』

——おう。

『はやくしないと、ひがくれてしまう』

——そうだな。

『まったく、セフィはまいにちいそがしい』

——お疲れさまです。

『ちょーつかれるから、ユグにはセフィをおうえんしてほしい』

——任せろ。

『あと、げんきになるいつものやつも』

——じゃあ、仕事終わったら作ってやるよ、桃。

『おー！』

そんな感じで、「おうえん」するセフィを応援するのが俺の役目だ。

あと、仕事終わりの一杯みたいな感じで、果物を要求してくる。最近では桃が一番のお気に入りらしい。

セフィは里中の木々を「おうえん」していき、それが終わると今度は茨の壁をぐるりと見て回る。補修が必要なところがあれば、植物魔法らしき何かで茨を操り穴を塞いだり、千切れた茨を癒やしたりしていく。それから最後に全体へ「おうえん」して、セフィの仕事は終了だ。

ここまでで、だいたい昼食の時間になる。

なので一旦家に戻り、メープルが用意していた昼食を食べる。基本は野菜や野草の入ったスープに、野生の果物や木の実、あるいは胡桃やどんぐりなどの木の実で作ったクッキーのような物……などだ。これに最近では俺が作った果物がデザートとして食卓に上がる。

セフィがまだ幼女だからなのか、それともエルフ全体としての特徴なのか、食事の量は多くない。前の俺の知識からすると、おそらくかなり少食な部類なのではあるまいか。

ともかく。

それから少しだけお昼寝をして、起きたらまた外へ出掛ける。

ちなみにセフィが昼飯を食べている間、俺も鉢植えに戻り水や栄養を補給する。

その際にメープルが用意してくれる小さな魔石や、狩った動物を解体した時などに出た端材などを肥料として、『種子生成』でセフィに催促された桃を生み出す。これは昼食後にセフィがデザートとして食べる。

用意された肥料が多い時などは、もう一つ生み出してメープルにもご馳走したりする。

それでも栄養が余れば、鉢植えの中に小さな『地下茎』を生成しておくこともある。

これは最近気づいたのだが、一度地下茎と切り離されたら再度繋がることはできないが、『エナジードレイン』を使うことで蓄えた栄養などを吸収することはできるようだ。

なので今は、里のあちこちに小さめの地下茎を蓄えていたりする。

まあ、問題は早く回収しないと芽を出しそう――ってことだろうか。そのまま成長させれば、たぶんウォーキングウィードになるんじゃないかと推測しているのだが、試してみたことは一度もない。

いや、なんか恐いし。

ともかく、昼食後のお昼寝から目覚めたセフィと俺は、もう一度外へ。

やって来たのは里の広場だ。

そこにはエルフの幼子たちが何人か集まっている。

俺は広場の目立つ場所に植えられ、しばらくここで過ごすことになる。

セフィと幼子たちは皆で遊ぶ――もとい、修行をするのが日課であるらしい。

修行をするのだと聞いた俺は、以前、セフィに聞いてみたのだ。何のための修行なのかと。あるいは将来、成りたいものでもあるのかと。

セフィはふんすっと、勢い込んで答えたものだ。

『さいきょうのけんしになるっ！』

――なんでだよッ!?

最強の剣士とはあまりに予想外な回答であった。

魔法が得意なエルフらしからぬ目標だ。

俺はずびしっと枝でセフィの腕を指し示しながら、

——そんなぷにぷにの細腕で、どうやって最強の剣士になるんだよ。

『だいじょぶ。あとちょっとすれば、むきむきになる！』

——無理だろ。現実を見よう？

『むりじゃない。ゆびさきひとつで、くまさんもばくさんできるようになる！』

——それはもう剣士じゃないだろ。

などという会話が繰り広げられたが、どうやらセフィの決意が固いことだけは確かであるようだった。

そんなセフィは里の子供たちと一緒に修行をする。内容は木の枝を使ったチャンバラごっこから、体力強化のための追いかけっこ。あるいは虫捕りなど。

その間、俺も暇をしているわけではない。

『光合成』と『エナジードレイン』を発動しながら地下茎の生成をしたり、あるいは里のエルフたちが魔石や肥料を持って俺のところへやって来ることがある。

「〜〜〜」

何を言っているのかは相変わらず分からないが、俺の果物を欲しているらしいことは理解できる。

俺は与えられた肥料を『エナジードレイン』で吸収し、その半分くらいを手間賃として回収しながら、残る半分のエネルギーで果物を作る。

林檎だけだと飽きてしまうかもしれないので、梨、葡萄、柿、桃、蜜柑などなど……とにかく色々な果物を作ってみせる。

その内、特に気に入った果物があるエルフは、肥料と一緒にその果物を持ってきて指差しながら何事かを説明するようになった。

おそらくこれを作ってくれ、とでも言っているのだろう。

俺がその通りにしてやると、嬉しそうな表情を見せるので間違ってはいないようだ。

そんな感じで、俺の存在は実にあっさりとエルフたちに受け入れられていた。

だが、のんびりと果物だけを作っているわけでもない。

俺は常に上を目指す意識の高い雑草なのだ。セフィが遊――いや、修行している間に、俺だけが無為な時間を過ごしているわけにもいくまい。

では、俺にできる修行とは？

それはもちろん、魔法の修行である。

正直な話、魔法を初めて見た時から使いたくて堪らない俺がいる。

強力な攻撃魔法をバンバン放ち、森の魔物どもを駆逐する俺。それは何だか格好いいと思う。たぶんセフィも『すごい！　ユグ、かっこいい！』と目を輝かせて言うはずだ。

なので俺は、セフィから聞き出した話をもとに独自に魔法の修行をする。

俺が持つ属性は「地」である。

セフィの話によれば、地属性は「土魔法」「鉱物魔法」「植物魔法」の適性があるらしい。

それらの魔法であれば、修練次第で会得することができるようだ。

可能性は無限大である。

そして、魔力を動かす感覚は、すでに体得していた。『種子生成』や『地下茎生成』を発動する時に、何度も魔力を消費しているのだから当然だ。

あとはどのように魔法を発動させるか。

呪文を唱えてみた。

——大いなる大地の精霊よ、岩の槍と化して我が敵を穿て！　アースジャベリンっ!!

ダメだった。

ただ恥ずかしいだけだった。

イメージが足りないのかと思い、頑張って想像してみた。

——アースジャベリンっ！

ダメだった。

悲しくなるだけだった。

魔力が足りないのかと思い、さらに多くの魔力を使ってみた。

——アースジャベリンっ！

ダメだった。

徒労感に襲われるだけだった。

他にも色々、魔力を体の中で循環させてみたり、一ヶ所に凝縮させてみたり、拡散するように放出してみたり、いきなり難易度の高い魔法だから失敗するのかと、小さな穴を掘ろうとしてみたり、レンガっぽい岩の塊を作ろうとしてみたりもしたが、すべて失敗した。

だいたい、セフィの魔法を使う時の説明も、

『ぐわーってまりょくをだして、うごけーっとか、おおきくなれーっとか、がんばれーっとかいうと、つかえるよ？』

という説明だった。

その説明通りにやってみたつもりだ。しかし失敗。

これはもう、セフィの説明以外の何かが必要だとしか思えないが、セフィにはそれが何か分からないらしい。

かといって他のエルフに教えを乞おうにも、まず言葉が通じないのだ。

――アースジャベリンっ！

一縷の望みをかけて、今日もアースジャベリンするが、やはり成果はなさそうであった。

そんな時だ。

『ほっほっほっ、精霊殿は土魔法が使いたいのですかな？』

珍しくもだいぶ老いた姿のエルフが現れた。

髪は白髪で、伸びた眉毛が目を隠し、真っ白な髭も胸の辺りまで伸びている。背筋こそ伸びて矍鑠《かくしゃく》とした様子だが、杖をついて歩くその姿は、まさに……、

――長老……。

であった。

いや、この里に来てから会うのは初めてだけどね。

『さすがは精霊殿ですかな、儂のことをすでにご存じとは』

念話でそう告げる老人の言葉。それは確実に、俺の言葉に対する返答であったのだ。

セフィが長老なら俺の声が聞こえると言っていたし、本人も俺の呟きを肯定した。どうやら本当に長老であったらしい。

――俺の声が聞こえるのか？

『姫様ほどはっきりとでは、ありませんがの』

老人はどこか愉しげな笑みを浮かべて、頷いた。

第十話　長老と魔法の話

俺の「声」が聞こえるということは、以前セフィが言っていた長老に違いないのだろう。

見た目もまさに長老と呼ぶしかないような感じだし、何より本人も頷いていた。

エルフの里で暮らし始めて数日、会うのはこれが始めてだが、なかなかに油断ならないような気配を感じる。

というよりも、だ。

——もしかして、俺を警戒してたりしたのかな？

俺の存在は初日からすでに、エルフたちに広く知れ渡っている。

なのに今さら会いに来るというのは、些か違和感を覚えた。俺のことなど気にしてもいない、と言われればそれまでだが、長老の言葉の端々、こちらを窺う視線、相対して感じる雰囲気や態度などに、どことなく慇懃な印象を受けるのだ。

俺の言葉を聞き、長老はわざとらしく目を見開いてみせる。

『これは驚きですな。ウォーキングウィードに宿った精霊というから、生まれたばかりの微小精霊とばかり思っていましたが、こうもはっきりとした意識をお持ちとは』

食えない爺さんである。

俺の種族がウォーキングウィードだと確信しているのもそうだが、俺の意識がはっきりしていることくらい、ここ数日様子を窺っていたならば知っているはずだからである。

わざわざ腹の探り合いみたいなことをする気もないので、俺は率直に疑問をぶつけてみた。

——つまり、これはあれか……最終確認とか、そういうやつか？

長老はなぜか、俺を警戒、もしくは疑っていた。

俺の存在を悪しきものではないかと考えていたのだろう。

だが、俺を疑っていたこと自体には、別に不快な感情は覚えなかった。

おそらくセフィの身をそれだけ案じているという証拠だからだ。

『ほう……！　そこまでお分かりになりますか。……なるほど、これはかなり位階の高い精霊様のようですな。仰る通り、念のため、というやつです。ご無礼をお許しくだされ、精霊様』

精霊殿から精霊様へと呼び名が変わり、瞬く間に発する気配がただの好々爺然としたものに変わる。そうして俺に頭を下げてみせた。

長老が言った通り、本当はこの数日で俺がセフィに害を成す存在ではないと確信していたのだろう。

——別に良いよ。どうやら俺みたいな存在って珍しいみたいだしな。

『ええ、かなり。貴方様のような確たる意識を持った精霊様が霊樹でもなく、まさか草に宿るなど、この爺めにも信じがたく』

まあ、そりゃそうだよね。

実際、精霊の存在を知っていたとしても、まさか道端に無造作に生えているような見た目の雑草に、それが宿っているなど普通は考えもしないだろう。

そして、こんなに流暢に喋る……というか思考する存在が、精霊でもなくただの雑草、もといウォーキングウィードであるとは夢にも思うまい。

だからか、長老はすでに俺が精霊であることを疑ってもいないようだ。

……いやまあ、俺は草の精霊さんですけどね？

ともかく、長老は続けて言葉を口にする。それは俺を警戒していた理由だ。

『ですので正直な話、精霊様ではなく何か得体の知れない存在であるのではないかと、警戒していたのが本当のところなのです』

――なるほどね。

大抵の人には聞こえないとはいえ、草が流暢に喋っていたら、そりゃ警戒もするってものだ。

エルフ的には霊樹とかであれば違和感も覚えないらしいが。

『ご不快に思われますかな？』

――いや別に。当然のことだと思うよ？　気にしないで良い。

『そう言っていただけると、ありがたく』

――それよりも一つ、聞きたいことがあるんだが。

『なんでしょう？』

――魔法の使い方、教えてくれない？　セフィの説明じゃ分かりにくくてな。

『ほっほっほっ！　姫様は天才ですからのう。他人に説明するのは苦手なのですよ』

――爺馬鹿？

とか思いつつ、やはり姫様というのはセフィのことかと納得する。

『かく言う儂もそれほど上手く教え導くことはできませんが、精霊様が土魔法を使えない理由なら、説明して差し上げられるでしょうな』

――おお、マジで？

『ええ。では、少し魔法のことについて、お話ししましょうかの』

こうして俺は長老から簡単な魔法の手解きを受けることになった。


長老の説明によれば、魔法の発動に必要となるのは魔力、属性であるのは確かだが、だからといって属性が持つ適性魔法のすべてを扱えるわけではないらしい。

たとえば、

『精霊様が持つのは地属性とのことですが、土魔法と鉱物魔法はあまり相性が良くないですな。植物の精霊様ですので、おそらくは植物魔法に適性が特化しているはずです』

ということらしかった。

まあ、精霊というか……植物そのものだけど。

『我らエルフも地属性を持つ者は大勢いますが、土魔法と鉱物魔法を使える者はあまり居りません。こちらも、ほとんどが植物魔法に特化していますな』

つまり、そもそも俺には土魔法の才能がないということのようだ。

そりゃいくら練習してもアースジャベリンできないわけだよ。

『そして魔法の使い方ですが』

と長老は続ける。

『魔法は基本的に「生成」「変形」「変化」「操作」という工程がありましてな、たとえば氷の槍で敵を攻撃するとしましょうか』

——ふむふむ。

『この場合、まずは「生成」で水を生み出し、「変形」で槍の形へ変え、「変化」で水を氷と化し、「操作」で敵へ向かって射出する——という工程になるのです。もちろん、すべての工程を必要とするわけでも、必ずしもこの順番でなければならない、というわけでもありませんが。たとえば「水生成」で生み出した水を空中に留めておくのも、敵へ向かって撃ち出すのも「操作」ですからな』

——つまり今の例で言えば、「操作」は水を「生成」した段階から最後まで発動している……って感じか。

『ほっほっほっ！　さすがは精霊様、理解が早いですのう』

せっかく生み出した水がすぐに地面に落ちたりしたら駄目なのだから、当然だろう。

――もともとある物質を利用する場合は、「生成」は必要ないってことで良いのかな？

『ええ、もちろんですな』

――その方が魔力の消費は少なくて済むよな？

『それもまた然り、ですな』

うむうむ、と長老は頷く。

――なるほどなー。まあ、魔法を使うには各工程をしっかり意識しなきゃならないってのは理解できたよ。それで、肝心の魔法の発動方法はどうなるんだ？

魔法を使うには属性と適性に左右されるのはわかった。

あとはどうやって魔法を発動するのか。呪文が必要なのか、杖が必要なのか、特別な魔力の操作方法があるのか、などだ。

『それは簡単ですな。魔力を体外に放出し、拡散しないように纏め、そこに生成したい物を具体的に脳裡へ描きながら、それを生成するという強い意思を込めるだけです。すでにある物を操作する場合は、操作対象へ魔力を込め、それをどのように「変形」させたり「変化」させたり「操作」するのかを鮮明に想像することです。まあつまり、必要なのは魔力と想像、意思です』

意外と難しいこともないようだった。

しかしそうなると……、

――え？　呪文とかは？

『あー、あれは想像力や意思力を補うためのものですからな。熟練者でも発動する魔法名くらいは唱えた方が効率が良くなりますが、それ以上の詠唱は未熟な者が唱えたり、素質的に苦手な魔法を補助するために使われますな。まあ、例外として複数人での儀式魔法でも使われたりしますが。あと、思春期の若者などは自作の呪文を詠唱する傾向がありますな』

——……へぇ。

それはなかなか、痛いね、心が。

——となると、俺の土魔法が失敗していた理由は単に素質がなかったからか。

『儂もこっそり見ていましたが、特別おかしなところはありませんでしたぞ……呪文以外は』

——え？

『いやいや何でもありませんぞい』

——そう？

『はい』

——しかしそうなると、俺ってば植物魔法なら使えるってことか。

『そうですな』

——植物魔法って、何ができるの？

『植物の成長を無理矢理早めたり』

——健康に悪そう。

『植物を元気にしたり』

——ああ、セフィの「おうえん」ね。

『あとは植物をある程度操ることもできますな』

——茨の壁とかがそうか。

『果実をすぐに実らせることもできますぞ。まあ、魔法でやるとすごく不味くなるのですが』

——そうなの？

『ええ、精霊様の果物とは比べ物にもなりませんわい。それにいくつもの品種を自在に実らせることも不可能ですな』

なるほど。

それでエルフたちに俺の果物が人気なわけか。

考えてみれば、植物魔法で俺のように果物が生み出せるのなら、俺の果物をあんなに喜ぶわけがない。植物魔法で果物を実らせることができても、味が悪いからそうしていない……というわけか。

俺が精霊だと信じられる理由は、ここにもありそうだな。普通はできないことをやっているから、とか。

何でできるのかと言われれば、たぶん俺のは魔法じゃなくてスキルだから、とか？

——しかし地味だな、植物魔法。

『いやいや、森の中で暮らすには大変に便利な魔法ですぞ？』

そうだけど、俺が求めていたのはそういうのじゃないんだよなぁ。

無双するには弱いっていうか。

セフィの手伝いくらいなら活用できそうだが、今のところ、あまり必要な場面が思い浮かばない魔法でもある。

俺自身の成長を促進するとしても、レベルが上がらなければ意味がないし、大きくなるとセフィに運んでもらうのが大変になりそうだから却下だ。

まあ、この魔法については追々研究していくとして。

――他に、俺でも使えそうな魔法とか、ない？

『ありますぞ』

――あんのかよッ!?

ダメもとで聞いたのに、あっさりと頷かれた。

『属性によらない魔法……つまり、無属性魔法ですな。これは魔力があれば、誰でも習得可能なものです。少々難しい魔法が多くはありますがな』

――それってどういうことができるんだ？

『身体能力の強化……は、精霊様にはあまり意味がなさそうですな』

長老は俺のボディを見下ろしながら言った。

まあ、心惹かれる魔法ではあるが、俺の身体能力を強化してもねぇ？

『あとは……「念話」の魔法など、いかがですかな？』

――何っ!?

俺は思わず声をあげる。

今は一方的に俺の「声」を拾ってもらう関係上、俺の「声」が聞こえるセフィか長老以外には意思の疎通ができないが、この「念話」が使えれば他のエルフたちとも会話できるようになるかもしれない。

――それってセフィや長老が俺に声を届けるのに使ってるやつだろ？　俺にも使えるのか!?

『もちろんですじゃ。ただ、この魔法は一方的に声を届けるだけですからのう。精霊様が里の者と会話するには、同じく「念話」が使える相手か、もしくは精霊様が我々の言葉を聞き取れるようになる必要がありますな』

とはいっても、意思の疎通がぐっと容易になるのは事実だ。

是非とも習得したい魔法であった。

――その「念話」、俺に教えてくれ！

『ほっほっほっ！　もちろん構いませんとも。……ですがのう』

と、一転して困った表情を浮かべる長老。

『儂も老いぼれですからな……やはり長時間立ったり歩いたり、誰かと話したりするのは疲れるものですじゃ。それが「念話」で会話するともなれば、魔力も少ないですが消費しますしのう』

――？

何が言いたいのか、と俺は内心に疑問符を浮かべる。

『疲れた時にはこう、甘い物が体に良さそうですのう。甘い果物とか、良いですのぅ……』

授業料に果物寄越せってことらしい。

まあ、この広場には地下茎の蓄えもあるし、全然構わないんだけどね。

――わかった。教えてくれたら長老の好きな果物、やるよ。

『おお、それはすみませんな、催促したみたいで。儂の好きなだけ果物をくださるとは、ありがたいですのぅ』

――好きなだけじゃねぇよ!?

都合の良い聞き間違いをしないでほしい。

第十一話　念話、そして植物魔法

長老と出会った日から、さらに一月以上が過ぎた。

その日から俺の魔法鍛練の時間には長老が現れるようになり、彼の指導の下に「念話」を始めとするいくつかの無属性魔法を習得すべく、日々鍛練に励むことになった。

無属性魔法の鍛練方法は一貫して単純であり、基本的には魔力の操作力を向上させることを目的とする。

「念話」の発動方法は、魔力に自身の意思や言葉を乗せて対象へ届ける――というものだが、言葉にすれば単純なこれも、実際に行うとなれば難しいものであった。

自身が放出する魔力を媒体として、そこを伝播するように意思を発するのだが、その感覚を摑むのに三週間近くもの時間を要してしまった。

それでも「念話」の習得時間としては、だいぶ短い方であるらしい。

そもそも魔法が得意で魔力の扱いに長けるエルフであっても「念話」は高等技術の部類に属し、扱える者は少数であるとか。

その割には当たり前のようにセフィが使っているのだが、長老に言わせれば魔法の才能に関して、セフィは本当に天才であるらしい。

まあ、それは何となく分かるのだが。

何しろ毎日の日課であるセフィの「おしごと」も、普通のエルフならば到底不可能な規模だ。エルフの里にある木々の活性化と茨の壁全体の修復。一人で行える仕事量ではなかった。そもそもセフィでなければ魔力が足りないのだ。

加えて、種族的に得意な植物魔法とはいえ、当然のように魔法を行使し、失敗することもない。

これはなかなかに驚嘆すべきことであろう。

とはいえ、わざわざ幼い子供がやることであろうか？

セフィ自身は楽しんでそれらを行っているから、あえて何も言うことはしなかったが、それでも魔法の練習中、長老に聞いてみたことがある。

――セフィの負担が大きくないか？　どう考えても幼女に任せる仕事量とは思えんのだが。

長老を始めとして、里のエルフたちがセフィを大事に思っていることはわかる。だからこそ、セフィを酷使するような真似をエルフたちがするとは思えない。

ゆえに答えはわかっている。

エルフたちがお願いしたのではなく、セフィが自主的に行っているのだと。

『不甲斐ないことです。我らでそれができれば姫様のお手を煩わせることもないのですが』

――なぜセフィは、そんなことをしてるんだ？

だから問題は、セフィが「おしごと」をする理由だ。

今でも十分なほどにエルフの里の木々は大きいし、茨の壁も毎日見回る必要はない。それでもセフィは里中を歩き回り、里の守りを強くしようとする。

『姫様は我らを守ろうとしてくださっておるのです』

それはいったい何からであろうか。

問おうとした俺に、

『ぬ、精霊様、魔力の操作が甘くなっておりますぞ』

はぐらかすように言われて、その日は聞くことができなかった。

まあ、そんなことがありつつも無事に「念話」の魔法を習得し、それからさらに一週間ほど経った。

ちなみに、魔法の指導に対する長老への報酬は、一日に二個の果物だった。


朝。

いつものように窓際で目覚める。

セフィの安らかな寝顔を確認してから、光合成をしつつ日課となった魔力の鍛練を行う。

全身を巡らせるように魔力を操作したり、一ヶ所へ集中するように動かしたり、あるいは体外に放出してから拡散させず、球形にて留める練習だ。

無属性魔法に必要な魔力の精密操作を習得するための鍛練ではあるが、他の魔法にも無駄にはならない。魔力操作が向上すれば、全ての魔法をより効率的に発動することができるのだ。

目に見えるような目覚ましい成果はなく、成長を自覚し辛いゆえに継続するのが難しい鍛練だと長老は言っていた。

だが、植物になった影響か、今の俺は随分と気が長くなっている。

淡々とした鍛練の繰り返しにも、意外と苦痛を感じることはなかった。

そうこうする内に、メープルがやって来る時間となった。

『おはよう、メープル』

家の中に入って来た彼女に向かって、俺は「念話」にて朝の挨拶をした。

念話は意思を直接に伝えるものだから、エルフ語を習得していなくとも問題なく通じるのだ。そもそもそうじゃなければ、俺はセフィと会話できていないわけで。

『おはようございます、精霊様。今日もお早いのですね』

対するメープルはにっこりと微笑みつつ、こちらも念話で返事をくれた。

初めて念話で話しかけた日には跳び上がって驚いてくれた彼女だが、今では慣れたものである。ちょっと残念。

ちなみに、メープルは里でも上位に入るくらい魔法の腕が良く、問題なく念話を使えたらしい。

それでも俺に念話で話しかけてこなかったのは、セフィや長老と違って俺の声が聞こえないばかりか、表情や身振り手振りでも俺の意思を察せないため、最初から意思の疎通を諦めていたのだとか。

まあ、これが人間同士であれば、言葉が通じなくともボディランゲージで何とか意思の疎通がはかれるのかもしれないが、確かに雑草相手にボディランゲージでの会話は難易度が高すぎるか。

そしてもう一つ、どうでも良いと言えばそうなのだが、メープルや長老を始め、里のエルフたちは俺のことを「精霊様」と呼ぶ。

俺の名前が「ユグ」であることは知っているはずだし、名前で呼んで良いと言ったのだが、呼び方を変えるつもりはないようだった。

精霊として俺を敬っているのか、あるいは心に距離があるのか……真実を聞く勇気は持てない。

まあ、そんなわけで俺のことを「ユグ」と呼ぶのはセフィだけだ。

『おはよー、ユグ』

『おう、おはよう、セフィ』

メープルに起こされたセフィが朝の挨拶をしてくる。

それからいつものように顔を洗って着替えると、セフィの「おしごと」の時間だ。

里の中の木々に「活性化」の植物魔法をかけていく。あ、「おうえん」のことね。それから里を囲む茨の壁をぐるりと確認してまわり、補修が必要な場所を直し、最後に全体へ活性化をかける。

これらの行為に具体的にどのような効果があるのか、セフィに聞いたことがある。

エルフの里の木々は今でも十分大きいし、生命力に溢れている。茨の壁も同様だ。それを敢えて毎日行う理由は何なのかと。

『わるいやつがよってこなくなる』

と、セフィは簡潔に説明してくれたが、なぜそうなるのかと聞けば、

『セフィのいこうに、みんなおそれをなすからって、ちょーろーがいってた！』

セフィの威光に皆畏れをなす……？

威光……？

俺はドヤ顔で胸を張るセフィを観察し、威光らしきものを確認できないかと集中してみたが、欠片もそのようなものは感じられない。ちょっとおバカっぽい幼女にしか見えない。

あのジジイ、説明が面倒だからって適当なことを教えたんじゃあるまいな。

その可能性は大だ。

まあ、ともかく。

いつものようにセフィの「おしごと」を終えると、昼食、そしてお昼寝だ。

目覚めたら里の広場へ行き、いつもならセフィは里の子供たちと一緒に鍛練という名の遊びに興じるはずであったが、この日は違った。

いや、ここ最近は違った、というべきか。

広場にはエルフではない人影があった。

人影とは言うものの、それは人ではない。二本の腕と二本の足、頭と胴体を備えた人型ではあるから、遠目には人影に見えることだろう。

しかし、それを形作るのは肉でも骨でも血でもない。

木質化した茎が骨格となり、絡み合うように全身を這う蔦が筋肉となった、植物でできた人形であった。

この一月、俺はなにも念話だけを鍛錬していたわけではない。

俺に適性があるという植物魔法を使って何かできないかと、色々実験を重ねていたのだ。

俺自身が植物なだけはあって、俺はすぐに魔力が許す限りの植物魔法を習得することができた。

これは念話のように習得に時間もかからず、説明を受けただけで成功したほどだ。

だが、多くの植物魔法は俺には無用の長物だった。

植物の成長を早めたり、元気にしたり、果実を作ったりする。

俺以外の植物にそうする理由を思い付かなかったし、俺自身にするならばスキルを使った方がずっと効率が良い。

そこで、スキルと植物魔法を両方使って、何かできないかと考えてみた。

植物魔法の中でも、俺が使う意味のありそうな魔法に「クリエイト・プラントゴーレム」の魔法があった。

これは植物を材料にゴーレムを生み出す魔法だが、魔法で生み出したゴーレムというのは欠点の塊みたいなものだった。与えた魔力が尽きると崩壊してしまうし、いちいち命令しないと動かない。おまけに魔法で生み出した疑似生命なので、ちょっとお馬鹿というか、重い荷物を運ばせるとか、全力で暴れさせるとか、そういう使い方が主になる。

長老の話では魔法だけで作るのではなく、半魔道具として生み出されたゴーレムならばその限りではないそうだが、俺にそんな物を作る技術も知識もない。

ならば代わりに、疑似ではなくちゃんとした生命にすればどうだろう。

俺はまず『種子生成』で果実を生み出した。

甘さを増幅したり、特別な効果をつけたりせず、生命力と魔力を多く蓄えるような果実を。

見た目は林檎のそれに、今度は植物魔法の「グロウ・プラント」をかける。

当然のごとく種は芽吹き成長し、あっという間に雑草が生える。

……いや、たぶんウォーキングウィードになったんだと思う。

林檎の木にはならないだろうことは、想像してたよ。想定内だよ。

ともかく。

こうして一株のウォーキングウィード――俺の分身とも言える子供（？）が生まれたわけだ。

意識が繋がってたりはしないし、完全な別個体だが、おそらく間違いないだろう。

このウォーキングウィードに、さらにグロウ・プラントの魔法を何度もかけ続けた。何しろ、このままではゴーレムの素体としては小さすぎるからである。

結果――枯れた。

どうやら、急成長させると栄養が足りずに枯れてしまうようだ。

自分で実験しなくて良かった。

俺はこの失敗を活かし、次に生み出したウォーキングウィードには、時間をかけてグロウ・プラントを何度も使っていくことにした。

結果――逃げた。

グロウ・プラントを毎日少しずつかけていくはずだったが、次の日になると生み出したウォーキングウィードは何処かへ去っていた。

そりゃそうだよ。だってあいつら動くんだぜ？　いや、俺もだけど。

広場に放置していたのが間違いだったのか。だからと言ってセフィの家にいちいち連れ帰るのも面倒臭いし、持っていくセフィの負担だろう。家の中も狭くなるし、邪魔だよね。

逃げないように檻で囲んでやろうかとも思ったが、その前にダメもとで試してみたことがある。

三株目のウォーキングウィードに、俺は念話で『ここから動くな』と命じてみたのである。

俺自身、まさかその命令に従うとは思っていなかった。そもそも念話で命じたとはいえ、普通のウォーキングウィードに意識があるのか。あったとしても俺の命令に従うのか。

まあ、限りなく雑草に近い生物だし、無駄かな、と半ば確信していたのだが。

次の日。

広場へ行くとウォーキングウィードは昨日と同じ場所にいた。

次の日もその次の日も、ずっと同じ場所にいた。

それでもしやと思って、色々命じてみた。

すると不思議なことに、ウォーキングウィードは俺の言葉に従ったのである。

とはいえ、色々実験する内に判明した事実もある。命じても従わない場合、それはウォーキングウィードには不可能であるということ。

たとえば、どうやらこいつらは俺と違って周囲を視覚や聴覚で把握しているわけではないらしい。感じているのは、たぶん光と魔力。それで判断できる範囲内のことには従ってくれる。

例を挙げると、「俺の方に来い」ならば可能。「セフィの方へ行け」は無理。なぜならセフィを判別できないから。

もちろん「エルフの里を一周して来い」というような命令も無理だ。

「『エナジードレイン』を使え」とか「『種子生成』を使え」とかは可能で、「『種子生成』で林檎を作れ」は無理だった。たぶん林檎を知らないからだろう。

とりあえず、こちらの命令には従ってくれることは判明した。

ちなみにセフィや長老にも念話で命じてみてもらったが、これには従わないようであった。やはり俺を上位者と判断しているらしい。

とはいえ、命令できる事柄はそう多くなく、便利とは言えない。

それでも命令に従うということは、自我があるかどうかは別にして、意識らしきものはあるらしい。おまけに最初はできないことでも、きちんと丁寧に教えてやればできるようにもなる。どうやら学習能力があるらしい。

スキルも使えるし、普通のゴーレムよりは頭も良くて有能なのではないか。

予想外の発見であったが、悪いことではない。

俺は実験を続けるため、ウォーキングウィードにグロウ・プラントをかけ続けた。

そうして数日かけて、大人のエルフと同じくらいまで成長させたのである。その姿はもはや雑草というよりも若木と呼んだ方が良い見た目であったが、感じる魔力の量から判断するにレベルは俺よりも下であるようだ。

ここまで成長した時点で、俺はこのウォーキングウィードを素体として「クリエイト・プラントゴーレム」の魔法をかけた。

メキメキと音を立ててウォーキングウィードは変形していき、貧相な見た目の人型となる。

ゴーレムとなった時点でウォーキングウィードとしては死んでいるならば、固有のスキルは使えなくなっているはずだ。そこで確かめるため『種子生成』を使うよう命じてみれば、問題なくスキルは発動した。なぜか猫じゃらしみたいな見た目の、稲科の種子が生成されたのである。

ゴーレムでありながらウォーキングウィードでもある奇妙な存在が生まれた瞬間であった。

普通は生きている生物にクリエイト・ゴーレムの魔法はかけられないらしく、セフィや長老に別のウォーキングウィードに試してもらったのだが、やはりゴーレムにはならなかった。

これは俺が生み出したウォーキングウィードに、俺がクリエイト・ゴーレムの魔法をかけたから可能なことらしい。

なぜかは分からない。

長老が言うには、生物は普通クリエイト・ゴーレムの魔法に抵抗するが、上位者である俺の魔法だから抵抗せずに従ったのではないか、と予想していた。

ちなみに、最初は木質化した茎と葉っぱだけの貧相な見た目のゴーレムだったが、あとから里の中に生えている蔦を切り取り、ゴーレムの材料として追加したところ、今のような蔦人間っぽい外見へと変化し、力も向上したようである。

こうして出来上がったプラントゴーレム。

名前はゴー君。

普段は広場に常駐させており、足の一部を根に変化させて地中へ潜らせ、全身の所々にある葉っぱで『光合成』を行い、生命力と魔力を回復させている。

その腹部には僅かな空洞があり、中には俺が作ったじゃがいもみたいな地下茎を三個ほど収納させている。緊急時には『エナジードレイン』で回復薬代わりにするよう命じているので、よほどのことがなければ魔力切れで崩壊することもないはずだ。

一応、エネルギーを自給可能なゴーレムであった。

あとたぶんだけど、成長とかレベルアップとかするんじゃないかな。

ゴー君を生み出すまで一週間ほど、セフィと長老には先にも説明したように、色々と手伝ってもらったのである。

だからか、セフィもゴー君には愛着が湧いているようであった。

『きょうはどうやってかいぞうしよう』

広場に立つゴー君を前に、楽しそうにそんなことを呟いているが、もう完成してるからね？

『けんとかつけたい』

『いや金属は無理だろ。できて木剣くらいだからね？』

『むりかー……。じゃあ、かわりにくちからひをふくようにしたい』

『火を吹いた瞬間にゴー君も燃えちゃうだろ』

などと、二人で話していると長老もやって来た。

『ほっほっほっ、今日はどうしますかな？』

『あ、ちょーろー。いま、ゴーくんをかいぞうするそうだんしてた』

『なるほど、それならば』

と長老はセフィの言葉に頷き、左手に握った物を掲げて見せる。

『ちょうどここに、エルダートレントの芯木から削り出した木剣がありますからの、ここは一つ、ゴー君の右手と融合させてみますかな？』

『それいいっ！　さすがちょーろー！』

『いや何でそんなの持ってんだよ』

『ほっほっほっ、いやいや、姫様に褒められると照れますなぁ』

何だかんだで長老も楽しんでいるようだが、エルダートレントって……名前からしてたぶん、めっちゃ強い奴だよね？　そんな素材をこんなことに使って良いのか。貴重なんじゃないのか。

というか、この爺さんが一番ノリノリなのでは？

『できれば普段は腕の中に収納しておき、有事の際には抜剣する感じにできると良いですのぅ』

『それ、かっこいいかもしれない……』

長老のアイデアにセフィが目をキラキラさせて言う。

『ということですので、精霊様、頼みますぞ』

『いや、別に良いけどさぁ……』

俺はゴー君にエルダートレント製の木剣というふざけた代物を握らせると、邪魔になりそうな鍔《つば》の部分を植物魔法で変形させて無くし、鍔のない直剣に加工する。ついでにゴー君の前腕部に収まるように長さも調整したが、そもそもゴー君の腕は長めなのであまり詰める必要はなかった。

それから右腕の中に木剣を収納できるように想像しながら、クリエイト・プラントゴーレムの魔法を行使する。

木剣とゴー君の右腕が一体化し、右腕の中に木剣が仕舞い込まれていく。

後には見た目的には今までと変わらない右腕が残った。

『ゴー君、ちょっと木剣出してみて』

俺が言うと、ゴー君は右腕を前に突き出し……、

『おー！　すごい！』

『これはこれは、なかなか良いですのぅ』

右腕の中から木剣が飛び出し、その柄をゴー君が握る。

その姿を見た二人が歓声をあげた。

そして長老は、なんでもないことのように提案する。

『では、ちょっと魔物と戦わせてみますかな？』

おい、ジジイ。

『ゴーくんがたたかってるとこみたい！』

セフィが目をキラキラさせて賛同し、俺たちはゴー君の性能試験、もとい実戦をすることになった。

第十二話　ゴー君の可能性

エルフの里を囲む茨の壁。

そのアーチ状に開いた門を潜って外に出る。

門番をしていたらしい青年エルフの二人が、外へ出ようとするセフィを見てギョッとした顔をしたが、すぐそばにいる長老を見て、問題ないと判断したらしい。普通に通してくれた。

それからゴー君の肩に乗って細かな指示を出し歩かせる俺に、

『お気をつけて、精霊様』

と、見送ってくれる。

青年エルフたちの実年齢は分からないが、彼らは門番を勤めるだけあって実力者らしい。念話も普通に使えた。

『おう、ありがとな』

と返事をしつつ、俺はわさわさと枝を振る。

それから長老の先導でエルフの里周囲に広がる森の中へ。

とは言ってもセフィがいるのだ。万が一にも危険に晒すわけにはいかないし、里からそれほど離れるわけもない。

しかし、だ。

おそらくは里に近いであろう場所で、俺は角ウサギやゴブリンどころか、見るからに強者の空気を漂わせる巨大熊や、角の切れ味がおかしい鹿など、明らかに危険な魔物を見ている。

そう、セフィと出会う前にいた、楽園と勝手に名付けた森の広場、その周辺でのことだ。

今まで里が魔物の襲撃にあったとは聞いていないが、そんな魔物どもが近くを彷徨《うろつ》く場所を歩いていて平気なのか。

率直にそう問えば、

『里には結界がありますからな。それに里の外でも、今は姫様がいますからな。森の中であれば強い魔物……つまり、それなりに高い知能を持つ魔物は襲って来ないでしょう』

という答えが。

まあ、それだけでは意味が分からんのだが。

なのでもっと詳細な説明を希望する。

『いやいや何でだよ。セフィにそういう力でもあるのか？』

『姫様の威光を畏れて近寄って来ないのですよ』

しかし、ジジイはふざけた返答をした。

それにセフィが得意気になって同調する。

『ほら～！　セフィのいったとおりでしょ！』

『とはいえ』

とジジイは続ける。

『ゴブリンなどの低級な魔物は、姫様の威光にも気づかず襲いかかって来ますので、一人でこっそり外を出歩くなど言語道断ですぞ？』

俺と出会った時の一件を言っているらしい。叱るような口調だ。

でもちょっと待って？　それってもしかして、セフィの威光とやらを認識できない俺も、ゴブリン並みだと馬鹿にしてない？

い、いや……きっと気のせいに違いない。あえて追及する真似は勘弁してやるけどね。

まあ、それはともかくとして。

長老のお叱りに……セフィは当然、素直には謝らない！

『だ、だいじょぶ。セフィ、つよいし』

魔法の腕から推察して、たしかにセフィの潜在的な戦闘能力は高いのだろう。しかし、それと実戦は別であるし、セフィはまだ実戦経験もろくにないに違いない。格下相手であっても後れを取ることは十分にあり得た。

長老もそれを分かっているのだろう。

理路整然と、くどくどとお説教を垂れ流し始める。

セフィもこれには早々に音を上げて、

『わ、わかった……こんどからは、だれかについてきてもらう』

と約束した。

長老も満足げに頷き、話が綺麗に纏まったようになったが……ちょっと待てよ。

俺はまだ納得していない。セフィの威光とやらについてだ。

『セフィの威光って、具体的に何だよ？』

もしもジジイが耄碌《もうろく》してテキトーなことを言っているのであれば、ぶっ飛ばす。

しかし残念なことに、どうにもそうではなさそうだ。

『ふむ、そうですな、分かりやすく説明するならば……生命としての格が隔絶した相手に、格下のものが襲いかかることはないでしょう？　たとえば鼠がドラゴンに挑もうとは思わないように』

『まあ、彼我の力量差が理解できるなら、そうじゃないか？　鼠もドラゴンくらい大きな奴に挑もうとは思わんだろうな』

『森における姫様と魔物たちの差は、まさにそれです』

などとジジイは頷いてみせる。

その顔は冗談を言っているようには見えない。『ふふーん！』と得意気に胸を張るセフィを見ていると、信じる気にはなれないが。

『いやー、それはちょっと……嘘でしょ？』

そんなわけねえ……という俺の考えを否定するように、長老は首を横に振った。

『森という環境下におけるハイエルフは、まさに半神にも近しい存在なのですよ』

か、神ときたか……。

　ますます眉唾な話になってきたが、長老は否定することはなかった。

　更なる説明を求めようと思ったが、その機会は失われてしまう。

「ギャギィ！」

　森の奥からゴブリンどもが現れたからだ。

　……ちょっと今話中だったんだけど。空気読めよな。


『ユグ、ゴブリンきた！　はやくゴーくんを！』

　セフィが嬉しそうに報告してくれる。

　どうやらさっそく、ゴー君の戦う姿を見たいらしい。

『わかったわかった』と返事をしつつ、俺はゴー君に指示を出す。『ゴー君、アイツを倒せ』

　わさり、と枝でゴブリンを指し示して言えば、ゴー君もどれを倒せば良いのか理解できるだろう。

　おまけにゴー君は意外な賢さを見せた。俺が指示するまでもなく、自らの判断で右腕から木剣を出し、装備してみせたのだ。

　そして俺を肩に乗せたまま、早足程度の速度で駆けて行く。

「グギャっ!?」

　向かって来る植物人形にゴブリンは驚いたような声をあげる。

「グギギ！」

しかし逃げることもなく、自らよりずっと大きいゴー君に向かってこん棒を振り上げ走り出す。

一度交戦してみなければ、彼我の戦力差を理解できないのかもしれない。哀れなことである。

両者は当然、すぐに激突する。

それは戦闘と呼ぶまでもない結果に終わった。

ゴブリンの攻撃の間合いに入るより、ゴー君が攻撃可能な間合いにゴブリンを捉える方が遥かに早い。何しろゴー君の身長は170センチほどもあり、その腕は膝関節よりも僅かに下辺りまで伸びていて、エルフたちよりも腕が長いのだ。

おまけに武器は木剣で、これまたゴブリンが持つ貧相なこん棒よりも長い。

間合いの広さがゴブリンとは比べ物にならないのだから、一方的に攻撃できるのは自明の理だ。

そして間合いが長いということは、それを振るう武器の先端速度もずっと速くなることを意味する。

例えば剣よりも槍が強いと言われるのは、単に間合いの長さによる有利だけではなく、武器の長さによる先端速度の加速により強力な攻撃を繰り出せるからでもある。

ゴー君の長い腕と木剣による間合いの有利、そして剣先までの長さによる先端速度の加速。おまけに木剣の素材となったエルダートレントというのは、凄まじく硬質な素材であったらしい。

それら複数の要因が積み重なり、ゴー君の攻撃は驚くべき結果をもたらした。

大上段から片腕で鞭がしなるように振り下ろされたゴー君の一撃は、ゴブリンの脳天に直撃すると容易にその頭蓋骨を砕いた。

脳天が陥没したゴブリンの頭部は、頭蓋骨の変形による内圧で眼球が飛び出し、見るも無惨な有り様に変わり果てていた。倒れ伏したゴブリンを確認するまでもなく、即死である。

『…………グロっ』

幼児に見せるには教育上良くないのではないか。

そんな酸鼻な光景であった。しかし、

『すっごぉい！　ゴーくんつおいっ！』

セフィは気にした様子もなく、目をキラキラとさせてはしゃいだ。

この幼女、メンタル強すぎではないか。あるいは森で生きるエルフには、この程度で狼狽《うろた》える者などいないということなのか。

『うむうむ、これはなかなかに強力な一撃ですのぅ。やはり武器にエルダートレントの木剣を選んだのは正解だったようですじゃ。普通の木剣ならば、威力に耐えきれず壊れてしまうところですからのぅ』

長老も当然のようにゴブリンのことはスルーで、ゴー君の性能考察に余念がない。

そして余計なことを言い出した。

『しかし、これではゴブリンが弱すぎてゴー君の能力が分かりづらいですのぅ。もう少し手応えのある魔物がおれば良いのですが』

『むむっ、たしかに。ゴーくんはこんなもんじゃない。まだまだやれるはず』

そんな二人の意見により、もう少し森を彷徨くことになった。

ちなみに、倒したゴブリンは俺とゴー君が美味しくいただきました。『エナジードレイン』で。


それからしばらくして。

「――グルル」

現れたのは一頭の狼だ。

僅かに緑がかった体毛に包まれた、体高がセフィほどもある巨大な狼である。

『フォレストウルフですか、ちょうど良いですの』

と長老は事も無げに頷いているが、おいこら待てや。

『おい長老！　セフィの威光とやらで、それなりに賢い魔物は寄って来ないんじゃなかったのかよ!?』

対峙するフォレストウルフとやらは、明らかにゴブリンなどより数段は強そうだった。

『これはそこそこ強い魔物ですが、頭の方はそれほど、ですからのぅ』

という返答が。

たしかに粘着質な涎を垂らす姿からは、森の狩人的な賢さは感じられない。おまけに狼のくせに一頭で現れているし。狼は群れで狩りをするんじゃないのか。

『ご安心なされ。姫様は儂がしっかりと守りますのでのぅ。精霊様はゴー君に指示を頼みますぞ』

『ゴーくん、がんばれー！』

セフィに危険が及ばないのなら、別に問題はないのだが……ジジイの俺に対する態度が、何かぞんざいじゃない？　俺の被害妄想なのであろうか？

ちなみに、セフィの「がんばれー！」は普通の応援である。魔法ではない。

『いや、っていうか、これはさすがに無理じゃね？』

頭の出来は残念なのかもしれないが、それでも巨大な狼である。

ゴーレムであるため鈍重な印象のあるゴー君では、さすがに分が悪いと思いつつも、

『ゴー君、あいつを倒せ』

俺は指示を出した。

その結果、ゴー君の木剣による一撃は避けられ、フォレストウルフがゴー君の喉元に噛みつく。

ちなみに俺は、事前に危険だと感じたのでゴー君の肩から降り、セフィの横で戦いを見守っていた。

『あー、ダメか？』

『いやいや、そんなことはありませんぞ。御覧なされ』

さすがに喉元に食らいつかれたら、もう終わりだろうと思ったのだが長老の意見は違ったらしい。

言われてよく見れば、ガジガジと食らいつかれているのにゴー君は意に介した様子もない。というかダメージを受けた様子もなかった。

考えてみれば木質化した茎と蔦が複雑に絡み合った首である。狼に噛まれた程度で噛み千切られるほど柔ではなかった。というか、無数の繊維が絡み合っているのだから、普通に頑丈だわ。

『そういや喉が急所とかでもないしな』

ゴー君はゴーレムであり植物だ。人型をしていても人間のような急所があるわけではなかった。とはいえ、あれだけ密着していれば木剣による攻撃もできないだろう。どうするのかと見ていれば、果たして本能によるものか、あるいは思考の結果なのか、ゴー君はフォレストウルフを抱き締めるように両腕を回した。

その力はかなりのものらしい。

狼は苦しげな悲鳴を上げて、せっかく噛みついた喉から口を離してしまう。

骨が軋み砕けるような音が、ここにまで響いてきた。

そして……、

『お、おお……なんてエグい殺し方だ……』

ゴー君の全身を這う蔦。

それがうぞり、と蠢いたかと思うと――次の瞬間、拘束された狼の目、耳、鼻、口へ向かって蔦が殺到。体内へ無理矢理侵入していく。

それが狼の体内のどこまでを破壊したのかは、外からでは分からない。

けれど、口から侵入した蔦が気管を辿って肺をズタズタにするくらいはできただろう。

狼の口から溢れ出す鮮血が、その証拠であり、そしてそれで十分でもあった。

狼が絶命し、ゴー君が蔦を引き抜き元の人型へ戻る。地面へ投げ出された狼の体に外傷はあまりないが、死んでいるのは明白だった。

『ゴーくん、すごい！　つおい！』

とセフィは無邪気に喜んでいるし、

『フォレストウルフをここまであっさりと倒すとは、予想以上の性能ですのぅ……。更なる強化を図ったら、いったいどうなることやら……いやはや、年甲斐もなくワクワクしてきましたわい』

ジジイは静かに興奮している。

そして俺は……、

『え……、マジ？　もしかして、俺より強くね？　っていうか、レベル上がったんですけど……』

エルフの里にやって来てから一月以上、魔物を倒していなかったのが原因か、レベルの上昇は極めて緩やかで、五日前にようやく17レベルになったばかりだった。

しかしゴー君がフォレストウルフを倒した瞬間、体の奥から活力が湧き出すような感覚がした。

自然成長によるレベルアップだと日数の計算が合わないから、目の前のフォレストウルフから経験値的なものを得たのは間違いない。

『ゴー君が倒しても、俺にも経験値みたいなのが入るのか……』

別個体ではあるが、俺から生まれた俺の分身みたいな存在だし、プラントゴーレムとしては俺が作った存在でもある。だからなのか、ゴー君が獲得した経験値的なものの一部が、俺にも流れて来ているようだ。

予想外だったが、好都合なことでもある。

『これは……ゴーレム増やしてみるか？』

意外と賢いし、周辺の情報も大まかな形や距離くらいは把握しているらしい。
ちゃんと教えてやれば、多少複雑な命令でもこなすことができそうだ。
維持費も基本かからないし、もしかして、有能じゃない？

第十三話　ジェラ……っ！

その後もゴー君は何体かのゴブリン、角ウサギ、やたら好戦的な猪などを次々と打ち倒していった。

ちなみに猪は長老曰くクレイジーボアという名前らしい。

なんでも敵と見れば狂ったように相手を仕留めるまで突進を続けることから、そう名付けられたのだとか。

このクレイジーボアだけは少々苦戦したが、勢い良く突進してきたところにゴー君が振り下ろしたエルダートレント製の木剣がカウンターのように脳天へ入り、ゴブリンより遥かに頑丈な頭蓋を砕いたことが致命傷となったようだ。

とはいえ、ゴー君もクレイジーボアの突進を何度も受けて弾き飛ばされていた。ダメージがないはずなかろうと確認してみれば、腹部へ収納していた俺の地下茎の内二つが『エナジードレイン』で吸収されていた。

回復薬代わりに使用したのだろう。

そんな激戦を制したゴー君は、自らの有能さをしっかりと俺たちに見せつけた。

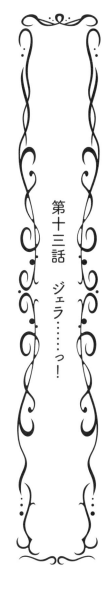

どうやら大気中の魔力や魔素の濃淡で大まかな地形や構造物の形などを把握しているらしく、森の中での行動も支障ない感じであった。

これならば、色々と仕事を任せることもできそうだ。

戦闘力もそこそこ高いし、確かに有能であることは、俺も認めよう。

『はー、ゴーくんはすごいなー！　セフィのつぎくらいにつよいかもしんない』

『セフィ、ゴー君ってば、俺が作ったゴーレムだからね？　それってつまり、俺がすごいってことだからね？』

セフィがあんまりにもゴー君を持ち上げるので、製作者である俺の功績をそっと主張してみる。

だが、

『ちがうでしょ！』

『え!?』

『すごいのはユグじゃなくてゴーくんでしょ！　ゴーくんのてがらをよこどりしちゃ、メッ！』

『……はい』

すごい勢いで怒られてしまった。

いやまあ、うん……。

ともかく、何体か魔物を倒したところでゴー君の性能試験はセフィと長老の二人にとって大満足に終了した。

その帰還の途中、ついでとばかりに遭遇したゴブリンを初戦よりも明らかに滑らかになった動きで、ゴー君が屠る。レベルアップでもしたのだろうか。

そしてまた、それを見たセフィが褒めるのだ。

『うーん、ゴーくんはもしかして、てんさい?』

『………』

その後、俺たちは無事に里へ帰りついた。

そのまま広場へ戻る。

『きょうはなかなか、ゆーいぎなひだった。ゴーくんのかっこいいとこもみれたし』

『ほっほっほっ、そうですのぅ』

『………』

そろそろ時刻は夕刻に差し掛かろうとしていた。

家に帰れば、メープルが夕飯の準備をして待っているはずである。

彼女を長時間待たせるのも可哀想だ。さっさと帰ろう。そうしよう。

しかし、セフィは名残惜しそうな表情でゴー君を見上げ、それから『あっ!』と何かを思いついたような顔をした。

『そうだ!　ゴーくんもセフィのおうちくる?』

『………………(ジェラ……っ!)』

俺の中で何かが燃え上がった。

『セフィ、残念だがゴー君は外にいた方が良い』

『そうなの？』

『ああ、今日はゴー君も頑張ってだいぶ疲れただろうからな。日没まで日に当ててやった方が良いだろうし、ゴー君が入れる鉢植えもウチにはないだろ？』

『ああー、そっかー……そうかも』

『だろ？　今日のところは、ゴー君もゆっくり休ませてやろうぜ？』

『うん、わかった。じゃあ、ゴーくん、またあしたね！』

そう言ってセフィはゴー君に手を振り、踵《きびす》を返す。

いつもなら俺もセフィと一緒に帰宅するところだが。

『そうだ、セフィ、今日は先に帰っててくれ。俺はちょっとだけ、このあと用事がある』

『ようじ？　なにするの？』

『いや、なに、ゴー君のメンテナンス……まあつまり、保守点検とかな。セフィが里を囲む茨にやってるのと同じことだよ』

『あー、それはだいじなー。うん、わかった。はやくかえってきてね』

『おう！』

家へ帰っていくセフィをわさわさと枝を振って見送り、その姿が見えなくなったところで俺は呟いた。

『さて、と』

『精霊様、何をするつもりですかな？』

『長老、いたの?』

『そりゃいいましたわい』

『まあ、いいいや。何でもないから、長老も気にせず帰ってくれ』

『はあ……』

俺はゴー君の体をわさわさと登り、その肩に摑まると指示を出す。

『ゴー君、里の門まで行くんだ』

するとゴー君は迷う様子もなく動き出す。

どうやらすでに門の場所を記憶したようだ。まったく君は優秀な奴だよ。

しかし、だ。

主より優れた配下など、いてもらっちゃあ困るんだよ……?

悪く思うな。

内心でそう呟きつつ、俺はまだ門のところにいた青年エルフたちにゴー君を預けると、ゴー君には「とある命令」を下した。

それから一人（一株?）で帰ったのである。


そして翌日。

いつものように昼寝を終えて広場へやって来ると、セフィは首を傾げた。

『あれ?　ゴーくんは?』

そこにはゴー君の姿がなかったのである。

『ああ、ゴー君なら里のすぐ外を、茨の壁沿いに巡回してるよ。里の自警団（青年エルフたちが所属する集団）の一員として、みんなの役に立ちたいっていう、ゴー君の願いでね』

『そーなの？　ゴーくんしゃべらないのに？』

『喋らなくても俺にはわかるさ。なんせゴー君は俺の子供みたいなもんだからな』

『へー、そーなのかー……きょうもあそぼうとおもったのになー……』

『大丈夫だ。なにもいなくなったわけじゃないからな。いつでも会えるし。それより、ここ最近は子供たちと遊んでなかっただろ？　久しぶりに一緒に遊んで来たらどうだ？　ほら、子供たちもセフィと遊びたそうにこっちを見てるぞ？』

そう言って枝で指し示した方向では、里の子供たちが遠巻きにセフィの様子を窺っていた。彼らもセフィと遊べなくて寂しそうにしているのだ。

それを見たセフィは、

『うん！　セフィ、みんなといっしょにあそんでくる！』

『おう！　気をつけてなー！』

ゴー君のことも忘れて、嬉しそうに子供たちの方へ駆けて行った。

俺は枝をわさわさと振って見送りながら、内心で笑みを浮かべた。

——計　画　通　り　！

第十四話　はじめての進化を経験した

ゴー君の性能試験をした日から一週間が過ぎた。

この間、俺はプラントゴーレムを新たに二体生み出していた。

もちろん、『種子生成』で生み出したウォーキングウィードを素体にした、ゴー君と同じく特殊なゴーレムだ。

しかし、全てがゴー君と同じというわけにもいかなかった。

長老が所持していたエルダートレントの木剣は一振りしかなく、「クリエイト・プラントゴーレム」の魔法で素体と一体化させる武装は別の物にせざるを得なかったのだ。

一体は里を囲う茨の壁から、少量の茨を拝借して合成させてみた。

実戦にて性能を試してみたところ、茨を鞭のように振るうばかりか、自由自在に操るゴーレムが誕生した。ゴブリンや人間などの皮膚の薄い生物相手ならば、捕らえただけで肌をズタズタに引き裂く凶悪な攻撃になるだろう。

もう一体には少し困った。

植物製かつ良さげな物が他になかったのだ。

別に茨や適当な木剣でも良かったとは思うのだが、セフィや長老がそれではつまらないと煩《うるさ》かったので、渋々何かないかと頭を捻った。

そこで取り出したのが、武器ではないが俺が作った猛毒林檎だ。

ゴブリンや角ウサギ程度ならば一瞬で絶命させる程度には毒性の強い毒物である。

この毒を自由に生成できたなら、攻撃手段になり得るのではないか。

とはいえ、この毒物をどうやってプラントゴーレムに生成させるかが問題だった。

元はウォーキングウィードで『種子生成』のスキルを持っているのは確認済みである。なので不可能ではないと思うのだが、プラントゴーレムには猛毒林檎を作るための知識がない。

知能は意外と高いので、現物片手に教え込めば何とかなるかと思ったが、これは非常に難航した。

林檎らしき見た目の果実は生成できるようになったし、毒性も弱いながら付与できるようになった。だが、それだけだ。

そこで発想の転換。

一から作るのは難しい。しかし複製ならばどうか、と。

誘惑効果付きの猛毒林檎を生成した俺の枝。

これをそのまま切り取り、「クリエイト・プラントゴーレム」の魔法でプラントゴーレムの腹腔――ゴー君が俺のじゃがいもを収納している場所と同じ――の中に接ぎ木するように融合接着させ、一体化させた。

その上で、この猛毒林檎と同じ果実を生成せよと命じてみたわけである。

結果としてこれは成功した。

自身の一部であるからか、俺が生成した猛毒林檎と全く同じ物を、難なく生成できるようになったのである。

まあ、ここから毒物だけを付与したり、誘惑効果だけを付与したり、あるいは毒物だけを好きな場所に生成したりできるようになるかは――プラントゴーレムの研鑽次第だろう。

ともかく。

こうして完成したゴーレム二体に、俺は「ゴー君2号」「ゴー君3号」と名前をつけた。

そして初代――ゴー君1号と合わせて三体でパーティーを組ませ、里の周辺を巡回するよう命じて送り出したのである。


それから、さらに三日が経った。

里のすぐそばを巡回しているだけあって、ゴー君たちが魔物とエンカウントする頻度は少ないようだった。それでも皆無というわけではないし、ゴブリンなどの雑魚がほとんどとはいえ、何体か魔物も倒している。

すると、どうなるか？

当然、ゴー君たちが得た経験値的なものの一部が、俺にも流れ込んで来るわけである。

すると、どうなるか？

当然、レベルが上がる。

すると、どうなるか？

当然、レベルが20になってカンストした。

すると、どうなるか？

これ以上のレベル的成長はない可能性もあったし、覚悟してもいた。

しかし幸運というべきか、俺の成長が頭打ちになったわけではないようである。

というのも……、

『セフィ！　セフィ〜ッ!!』

俺は俺の出せる念話の最大音量……といって良いのだろうか？　ともかく果てまで届けとばかりに思念を大にして発した。

ちなみに今は昼時。

昼食を食べ終えたセフィは、ベッドの上でスヤスヤとお昼寝中だった。

あまりに気持ち良さそうに寝ているので起こすのは忍びないのだが、黙っていても結果は同じだ。

結局は起こすことになってしまうだろう。それも強制的に。

『う〜ん……、なにー……？』

眠そうに目を擦りながらセフィがベッドから起き上がる。

そんなセフィを急かすように、俺は言った。

『すまんが今すぐ俺を広場まで連れて行ってくれ！』

『なんでー？』

その疑問はまったく妥当なものだったが、残念ながら説明している時間も惜しかった。

内側から活力が湧き出すような感覚はレベルアップ時特有の感覚だったが、それを何十倍にも強めた感覚が今、俺を襲っていた。

ともすれば、内側から爆発してしまいそうな、あるいは人間が排泄を限界まで我慢している時ってこんな感じ？　というような……。

いや、後者の喩えは少々品に欠けているか。

それはともかく。

『この家を護るためだッ！』

俺はそう言った。

全てを説明する余裕がないから、結果だけを端的に伝えたつもりだ。

するとセフィは「キリリッ」というより「きりりっ」とした幼女的真剣な表情を浮かべ、

『セフィのおうちを……？　うん！　わかった！』

事情は飲み込めないまでも、俺の真剣な思いが伝わったのだろう。

セフィは一つ頷くと、ずぼっと俺を乱暴に鉢植えから抜き取り、急いで家を出た。

そして……、

『な、なんとか間に合ったか……』

まだセフィの遊び友達でもある里の子供たちがやって来ていない時間帯。

里の広場のいつもの場所にて根を地面に下ろした俺は、内心で安堵のため息を吐いた。それから眼前に表示された「文言」を見つめる。


『レベルが上限に達しました。

進化条件を満たしています。進化しますか？

はい／いいえ』

いつもならばステータスが表示される画面に、そんな問いが表示されていたのだ。

進化するかどうか、こちらの意思を確認している割には、体の内側から襲ってくる感覚からすると、そう長い時間保留にすることもできなそうだ。

かといって「いいえ」を選んで二度と進化できなくなったりしても困る。

どうなるか分からない現状、「いいえ」を選ぶことはできない。

だが、ここならば安全に進化できるだろう。明確な言葉ではなく、感覚、あるいは本能的にそのことが理解できた。

ちなみに、現在の俺のステータスはこうなっている。

【固有名称】『ユグ』
【種族】ウォーキングウィード

【レベル】20／20
【生命力】60／60
【魔力】40／40
【スキル】『光合成』『魔力感知』『エナジードレイン』『地下茎生成』『種子生成』
【属性】地
【称号】『考える草』『賢者』『ハイエルフの友』
【神性値】8

さて。

ここからどうなることか。

【神性値】というのが未だに不明だが、エルフの里で暮らすようになってから、少しずつだが増えていた。けれど数値的には、まだまだ低い値だ。

わざわざステータスに表示しているのだ。何の意味もない数値であるとは思えないが……。

ともかく。

俺は表示された問いに、視線と意識を向けて「はい」を選択した。

第十五話　さらば『考える草』よ、特別な進化のために

『進化が選択されました。
【種族】〈ウォーキングウィード〉は【種族】〈トレント〉へ進化します。
【称号】を確認しました。
特殊進化条件を満たしました。
【称号】『賢者』の保有により〈トレントワイズマン〉へ進化可能です。
【称号】を確認しました。
特殊進化条件を満たしました。
【称号】『ハイエルフの友』の保有により〈マナトレント〉へ進化可能です』

選択した瞬間、画面を文字が流れていく。
それによると薄々予想していた通り、俺は「トレント」なる種族へ進化可能らしい。

「トレント」って「樹人」とも呼ばれる動く樹のことだよね。動いていない普段は完全に樹木にしか見えないというやつ。

ということはやはり、セフィの家で進化しなかったのは正解であったらしい。

いきなり「トレント」になって体積重量が大増量したら、家が壊れるか床が抜けてしまう。

しかしどうにも、ただの「トレント」へ進化するのではなさそうだ。

おまけに、画面に流れる文字はまだ終わっていなかった。


『【称号】『ハイエルフの友』を確認しました。

【神性値】の保有を確認しました。

【神性値】「10」を消費することで、特殊進化〈マナトレント〉の位階上昇が可能です。

【神性値】が不足しています。

還元可能な【称号】を確認しました。

【称号】『考える草』を還元し、【神性値】「5」を獲得可能です。

【称号】『考える草』を還元しますか？

はい／いいえ』

正直なところ何がなんだか分からんが、『考える草』に特別な効果はなかったはず。ならば失っても問題ないだろう。

俺は「はい」を選択した。


『【称号】『考える草』を【神性値】へ還元します。

【神性値】「5」を獲得しました。

【神性値】「10」を消費することで、特殊進化〈マナトレント〉の位階上昇が可能です。

【神性値】を消費しますか？

はい／いいえ』

ここで「はい」を選択すれば、そのまま「マナトレント」とやらへの特殊進化と位階上昇が開始されるのだろう。

もう一つの特殊進化先には「トレントワイズマン」とやらもあるが、どちらを選ぶべきか。

何となくだが、どちらの進化でどのようになるのか、大まかだが理解できた。

「トレントワイズマン」は魔法特化。これも本能に刻まれた情報なのか、魔法による攻撃手段の拡充が図られるような気がする。

対して。

「マナトレント」はより霊的な進化と言えば良いのか、エルフたちが崇める精霊、それが宿る御神木、その前段階のさらに前段階くらいの存在になりそうだ。順調に進化を重ねていけば、いずれ精霊にも成れる的な。

進化の先を考えるならば「マナトレント」の方が最終的には強力な存在へ至るだろう。

けれど、単体としての戦闘能力を求めるならば「トレントワイズマン」の方が圧倒的に上だ。

おまけに順調に進化していけるという確証もないのだから、「トレントワイズマン」を選んだ方が生存戦略的には正解な気もする。

しかし――、ここでの選択は決まっているだろう。

特殊進化。

そのさらに位階上昇とやらができるのだ。

詳細は分からないとはいえ、弱くなることはないはずであるし、どのような能力を得るのか、「トレントワイズマン」が魔法特化だと分かったように、朧気ながら理解できたのだ。

そして、「マナトレント」を位階上昇させることによって得られる能力が、俺の選択を決定付けた。

俺は【神性値】を消費するかという問いに、「はい」を選んだ。

瞬間……、

『お、ぉおおっ!?』

進化が始まる。

『ユグ!?　どーしたのっ!?』

『大丈夫だ！　進化が始まるから、セフィは少し離れてろ！』

俺の叫び声にセフィが心配そうに声をあげる。

俺は心配させないように説明しながら、少しだけ距離を取ってもらった。

そのタイミングを見計らったかのように、俺の体が一気に成長していく。

根は深くさらに広範囲に張り巡らされ、一本一本が太くなっていく。

茎は長く長く上へ伸びていき、その太さはもはや茎などとは呼べない。茶色の樹皮に包まれたそれは、幹だ。

太く立派な幹からは何本もの枝が伸び、その先で青々とした葉を大量に茂らせている。

セフィが急速に成長していく俺を、歓声をあげながら見上げていた。

『ふおおおおお～!!』

そこにあるのは、見た目には一本の樹木だ。

それもエルフの里にあるどの木々よりも低く、まだまだ若木とでも呼ぶべき小ささ。

だが十分に「樹」と呼べるほどの大きさはあるだろう。普通の森ならば、どこにでもありそうな木々の一本。

しかし、俺やセフィ、エルフたちのように魔力を捉えることができる感覚を有しているならば、評価はまったく違うものになるはずだ。

根は大地から大量の魔素を吸い上げ、幹の中には魔力と生命力が循環する。広がった枝の先では青々とした葉の一枚一枚が、効率的にエネルギーを生産していく。

纏う雰囲気は、どこか神性なものを感じさせる、そんな樹だ。

明らかに以前とは比べ物にならない力を感じる。

俺としては、いきなり何段階も存在の格が上昇したようにも思えた。

それほどの変化だ。

そしてそれは、自身のステータスを確認したことで確信に変わった。

【固有名称】『ユグ』
【種族】霊樹・マナトレント
【レベル】1／50
【生命力】150／150
【魔力】230／230
【スキル】『光合成』『魔力感知』『エナジードレイン』『地下茎生成』『種子生成』『地脈改善』『変異』『憑依』『結界』
【属性】地　水
【称号】『賢者』『ハイエルフの友』
【神性値】3

色々と数値が上昇したこと以上に、新たなスキルが有能そうだ。

おまけに水属性を新たに獲得していて、植物魔法だけではなく、別な魔法も習得できそうな予感。

「マナトレント」の位階上昇とやらは、おそらく種族名のところに「霊樹」と付いていることだろうか。

詳細はこれから色々と確認していくべきだが、ともかくウォーキングウィードであった頃よりも随分と強化されたことだけは間違いなさそうだ。

だが、問題もある。

『ユグがりっぱになった』

『ふふん、だろ？　マナトレントに進化したんだぜ？　しかも霊樹だ』

驚きに目を丸くしながら、親戚のおばちゃんみたいなセリフを言うセフィに、少しばかり得意気に応じる。

それも当然だと思ってほしい。

何しろ普通ならトレントに進化するところ、特殊進化で位階上昇の特異な進化を遂げたのだ。我ながらなかなかのものだと思う。

しかし、セフィは驚きつつも喜んでいる様子はない。

コテン、と首を傾げて、

『ユグ、ちっちゃくなれたり、する？』

そんなことを聞いてきた。

『いや、それは無理だな』

いまや立派な木になった俺だが、この新たな体を小さくすることはできそうにない。

ということは、だ。

『そっか～……じゃあ、もう、セフィのおうちには、はいれない？』

セフィは寂しそうに問う。

この巨体では、今までのようにセフィの家で一緒に暮らすことはできないだろう。それは確かだ。

だが……、

『いや？　俺はこれからもセフィと一緒に暮らすぞ？』

『ふえ？　どうやってー？』

当然のように言う俺に、セフィは目を丸くして問う。

その答えは、進化前に確認できたとある能力――つまり、俺がマナトレントになることを決意したスキルにあった。

『ふっふっふっ、まあ、見てろ』

そう言って俺は『種子生成』のスキルを発動した。

同時に新たに獲得した『変異』のスキルも発動する。

ただ『種子生成』を発動させただけでは、おそらく「トレント」か「マナトレント」になる種しか生成できないだろう。そこで『変異』を使用することにより、俺は「ウォーキングウィード」になる種子を生成したのである。

そうして枝の先に生成した林檎を地面に落とし、「グロウ・プラント」の魔法で発芽、成長させる。

すると生まれたのは、進化前の俺とほとんど変わりない姿のウォーキングウィードであった。

あとは『憑依』のスキルを発動させ、対象となる依り代を生み出したばかりのウォーキングウィードに指定すれば……、

『これなら今まで通りに、一緒に暮らせるだろ？』

『ふおお～っ！　ユグがぶんれつした!?』

ウォーキングウィードの体で念話を発すれば、こっちの体に俺の意識があることが理解できたのだろう。驚きながら見つめてくる。

とはいえ、セフィの言う分裂とは違うのだが。

『分裂したんじゃなくて、こっちの体に憑依したんだよ』

『へー……そっかぁー』

頷くセフィだが、たぶん理解してないな、これは。

『まあ、今まで通りに暮らせるってことだけ理解すれば大丈夫だ』

『おー！　それならわかる！　やったぁー！』

理解したセフィがぴょんぴょんと跳ねて喜んでくれた。

俺も一安心である。今さら外で一人で暮らすっていうのも、なんか寂しいのだ。

第十六話　進化した俺の素晴らしい力

霊樹・マナトレントに進化した翌日から、新たに得た能力などの検証を開始した。

まずは何といってもスキルだろうか。

色々と増えたスキルを「自己鑑定」――つまりはステータス画面で確認していく。

【スキル】『地脈改善』
【解説】マナトレントの種族固有の能力。地下深くを流れる地脈に干渉し、その支脈を引き寄せる効果がある。濃密な魔素の流れである地脈が地表近くへ引き寄せられることにより、周辺は魔素の豊富な地へと変化する。ただし、根を張る場所を変えると効果は途切れる。
【効果】周辺環境を魔素の多い地へと徐々に変化させる。

このスキルは意識して使うようなスキルではないようだ。

俺がただその場に在るだけで、本当に少しずつ地脈を引き寄せるというスキル。

魔素が豊富になれば、その地に住む生命は魔力を回復しやすくなり、また長く暮らすことで魔力量も増えていくだろう。

最終的には、根から直接地脈の魔素を吸い上げられるようになるかもしれない。

デメリットがあるとするなら、俺やエルフたちだけでなく、周辺に暮らす魔物も強化されてしまうことだろうが……まあ、そこら辺は何とかなるだろう。

【スキル】『変異』
【解説】自身の一部を変異させる。変異には魔力を使用し、自身の知識、想像力の範囲内で可能となるが、自身からかけ離れた変異となるほど魔力を消費し、また失敗しやすい。
【効果】自身の一部を変異させる。

俺の依り代となるウォーキングウィードを生み出す際にも使ったスキルだ。

だが、本来の使い方としてはマナトレントとしての自身の体を変異させるのが正しい（？）のだろう。

実際に試してみたところ、枝の一部を蔦へ変化させたり、葉を大きく変異させたり、樹皮を硬質化したりと、実に応用性の高いスキルだった。

だが、あまりに応用性が高すぎるために使いこなすには時間がかかりそうだ。

【スキル】『憑依』

【解説】自身の意識を依り代へ憑依させ、操る。依り代は自我のない生命かつ敵対していないことが条件。自我がある場合も同意があれば可能となる。憑依中は依り代の能力しか使えない。

【効果】依り代へ憑依する。


スキルの効果は名前の通り。

もう少しだけ詳しく説明するならば、俺がウォーキングウィードに憑依している間、俺は依り代となったウォーキングウィードが持つ能力、スキルしか使うことができない。例外は憑依の解除くらいであろうか。

だが、それにしても色々と有用なスキルだと思う。

『変異』と同じく応用の利くスキルであり、また本体が危険に晒されないところも具合が良い。

おまけに思わぬ効果もあった。このスキルで憑依している間、ステータスを確認すると依り代のステータスを確認することができるのだ。

鑑定のスキルを持たない俺にとっては、限定的とはいえ自分以外のステータスを見られるのは新鮮で面白く、新たな発見もあった。

まあ、それらについては追々説明していこう。

【スキル】『結界』
【解説】自身が知覚・認識した空間に結界を張ることができる。その効果は自由に変更可能だが、効果および範囲によって消費される魔力も変化する。

【効果】結界を張ることができる。


このスキルは今のところあまり使い道がない。

というのも、俺がいるエルフの里にはすでに結界が張られているからだ。しかもその範囲は俺が張れる結界よりも遥かに広い。今の俺では里すべてを覆うような広範囲の結界は展開することができなかった。

とはいえ、いつか使う日が来るかもしれないので、どのような結界が張れるかは確認している。

実際に展開できたのは――、
物体の通過を制限する「物理結界」

魔法の通過を制限する「魔法結界」

他者の認識に作用する「幻惑結界」

――の三種類であった。

だが今は、いつの日かこの里がある森中を俺の結界で覆えるように夢見て、研鑽に励むばかりである。

とまあ、スキルについてはこのくらいであろうか。

他に強化された点といえば、新たな属性を得たことだろう。

俺が新たに得たのは水属性で、この属性によって使えるようになる魔法は「水魔法」「氷雪魔法」「生命魔法」の三つだ。

とはいえ、地属性と同じくこの全てに適性があったわけではない。

俺に適性があったのは水、もしくは水を主な溶媒とする液体を操る「水魔法」

そして回復や一時的な能力強化や能力低下を付与することのできる「生命魔法」

――の二つだった。

一方で「氷雪魔法」とは相性が悪いらしく、まったく使える気がしない。まあ、俺ってば植物だし、基本的に寒いよりは暖かい方が快適に過ごせるからね。たぶんそこら辺の生態が影響しているのではなかろうか？

ともかく、地属性よりは使える魔法が多く、おまけに「生命魔法」と『種子生成』を組み合わせることによって、面白いものを作れるようになった。

なんと、俺が生み出した果実に「生命魔法」の効果を付与することに成功したのだ。

食べれば傷が癒える果実とか、身体能力が上昇する果実とか……里のエルフたちに食べさせてみたところ、評判はかなり良かった。特に傷が癒える果実などは、本来、希少な霊薬の材料になるとかで物凄く貴重なものらしい――と長老が言っていた。

どこかと交易があれば俺の生み出した果実を金銭に換えることができるのだろうが、このエルフの里は隠れ里であるらしく、どことも交流がないらしい。

いや、金なんかあっても使う場所がないんだけどね。

このように色々と強化された俺なのだが、基本的な暮らしぶりはウォーキングウィードであった頃と変わらない。

エルフたちから肥料を貰い、果実をあげたり、依り代とした雑草姿でセフィと一緒に暮らしながら、時おり長老から魔法を習ったり、あるいは新たなプラントゴーレムを生み出したり、ゴー君たちを強化したり……。

何しろエルフというのは寿命の長い種族である。

加えて森の中は変化に乏しく、けれどのんびりとした日々がずっと続いていくのも悪くはないだろう。

第十七話　進化したゴー君を操縦してみる

さて。

俺が霊樹・マナトレントに進化してから、はや一月以上が経過した。

マナトレントに進化して得た新たなスキル『憑依』は、対象の同意があれば何にでも、あるいは誰にでも憑依することが可能だ。

今や立派な樹木へと成長した体や、依り代として生み出したウォーキングウィードの体も悪くはないが、たまには自由に動ける体を使ってみたいとも思う。

具体的には人型だ。

俺の周りにはエルフがたくさんいるし、時々だけど彼らのように人型の体で生活してみたい、という願望が湧き上がることもある。

だがしかし、他人に自らの体を明け渡すなど、よほどの信頼が双方になければ成立しないだろう。

俺としても無理に借りようとは思わない。だいたい言葉では了承を得ても、いざスキルを使ってみたら憑依できませんでした――とかなったら、かなり気まずいし心にダメージを負うだろう。俺が。

なのでエルフの誰かに体を借りるのは論外……いや、時期尚早だ。

しかし、だからといって人型の依り代を諦める必要はない。

ちょうど良い適任な存在が、俺にはいるじゃないか。

誰かと言えば、それはもちろんゴー君たちである。

とはいえ、『憑依』のスキルを得てからこれまで、実はゴー君たちに憑依してみたことはない。

なぜかと言えば、単に進化後の体や能力を把握したりと色々忙しかった……わけではないが、意識が他に向いていたのは確かだ。

だが、今日この日、俺はふとゴー君にも憑依できるはずだと思い至ったのである。

そのきっかけとなったのが、進化だ。

いやいや、俺の進化ではない。

ゴー君たちの進化である。

そう、なんと、俺の進化より遅れること一月余り、遂にゴー君たちは進化してしまったのだ。

その姿を見て、俺は前述した憑依に関して思い当たり、これは試してみねばならないと決意したのだった。


『ユグ、ゴーくんにひょういしないの？』

『いや、する。するけど……ほら、気持ちの整理が必要だろ？　今、精神を集中しているところだから』

『もーけっこうじかんたってるよ？』

『まだだ、まだ焦るような時間じゃない……』

エルフの里の広場、そこに聳える俺の本体。

その前に、セフィとゴー君1号がいた。

進化したゴー君1号は、以前の蔦が絡まったような歪な人型から、木材を人型に削り出したような姿へと変わっている。

両腕が膝関節の下まで伸びているのは同じだが、より人型に近い滑らかな造形になったと言えるだろう。身長は3メートル近くあり、巨大化もしている。目の前にすればかなりの威圧感を覚えるような、頼もしい姿だ。

『よし、いくぞ』

そんなゴー君1号に、俺は憑依せんと試みる。

用意は……できた。

何の用意かって？

決まってる。ゴー君に憑依を拒絶されても、傷つかないための心の用意だ。

覚悟を決め、俺はスキル『憑依』を発動した。

瞬間、

『お、おお!?　……成功だ！』

俺の視界が入れ替わり、目の前には聳え立つマナトレント――つまりゴー君1号の体から、俺の本体を見ていたのだ。

『わっ！　ゴーくんのほうからユグのこえがきこえる！』

セフィも俺がゴー君に憑依できたことに気づいたようだ。

『ふ、ふふん！　ほらな？　ゴー君が俺の憑依を拒絶するわけなかったろ？』

『セフィ、そんなことといってないけど？』

まずは憑依成功でひと安心だ。俺の心の平穏は守られた。

そんなわけで内心ほっとしていると、俺の意識にゴー君のものらしき感情が伝わってきた。

『……』

『おお、ゴー君、ありがとう』

『んー？　ゴーくん、なんかいってるの？』

『おう、ゴー君も憑依が成功しておめでとうってさ』

『おー、そうなんだー』

何かゴー君も、憑依の成功に「おめでとう」と言っている気がする。

今の俺は文字通りゴー君と一心同体。ゴー君の心というか、意思が何となく伝わってくるのだ。

ウォーキングウィードに憑依している時はこんな現象は起きなかった。となると、やはりゴー君には自我というか、意識がある可能性が高いのだろう。

ともかく。

次は、ゴー君の体を問題なく動かせるかどうか、手を握ったり屈伸してみたり、その場でジャンプしてみたりと確認していく。

『どうやら、問題なく動かせるようだな』

『けんはださないの？』

『む？　そうだな……』

ゴー君の体を動かすのは問題ない。となれば後は、セフィの言うように右腕の中に収納されている木剣を出す動作を確認してみるか。

とはいえ、どうやって木剣を出せば良いのかと困惑する。

腕に収納された剣を出すとか、そんな動作、普通はやらないからね。

しかし、これはそれほど悩む必要もなかった。

木剣を何とか出そうと右腕に意識を集中した時だ。右腕前腕部がバカリっとでもいうように二つに割れ、その間から見慣れたエルダートレント製の木剣が飛び出して来たのである。

その柄を慌てて握れば、割れた前腕も自然と元に戻った。

『よし！　剣を出す動作も問題ないな』

『おー！』

ぱちぱち、とセフィは拍手する。

それに気を良くしながら、俺は次に自己鑑定を試みた。

憑依中に自己鑑定をすると、確認できるのは俺自身のステータスではない。なんと依り代となった個体のステータスを確認することができるのだ。

これで配下であるゴー君たちのステータスを確認できるようになったわけだが……俺は内心でドキドキしながらステータスを開いてみた。

いや、俺よりもずっと優秀だったりしたら……へこむじゃん？

しかし、ギリギリで主としての威厳は保たれたようだ。

確認できたステータスは以下の通りである。

【固有名称】『ゴー君1号』
【種族】ウッドゴーレムウォリアー
【レベル】1／40
【生命力】140／140
【魔力】100／100
【スキル】『光合成』『魔力感知』『エナジードレイン』『地下茎生成』『種子生成』『魔力変換・生』
『危険察知』『戦技向上』
【属性】地
【称号】『守護者』
【神性値】5

種族名は「ウッドゴーレムウォリアー」

単なる「ウッドゴーレム」でないのは、もしかしたら特殊進化したからかもしれない。

しかし、種族名の前に「霊樹」のような位階を表す名称がないのは、位階の上昇とやらが起きなかったのだろう。一律に「10」の【神性値】が必要だとしたら、まだ足りないしね。

それから【属性】は増えていない。

だが、俺がウォーキングウィードの姿で動くには常に【生命力】を消費したものだが、ゴー君の体は単に動かしただけでは【生命力】を消費することはないようだ。

あるいは小数点以下の見えない数値では消費されているのかもしれないが、そうだとしても【生命力】の消費を気にする必要はないだろう。

あとはレベルに関して、最大値が俺よりも低いのは……位階上昇が起きたかどうかの違いだろうか？

【生命力】【魔力】の数値は、さすがに俺を超えているようなことはなく、ほっと胸を撫で下ろす。

【生命力】は俺に迫るほどだが、【魔力】は倍以上違うので……まあ、良しとしよう。

それから、スキルについて。

やはりプラントゴーレムの進化系とはいえ、元となったのがウォーキングウィードだからか、以前のスキルは継承しているようだ。

となれば、進化して新たに得たスキルは『魔力変換・生』『危険察知』『戦技向上』の三つだろう。

それぞれの詳細を確認してみる。

【スキル】『魔力変換・生』
【効果】任意で【魔力】を【生命力】へ変換できる。

ん？

これだけ？

いや、スキルの効果に文句があるのではなく、なぜかいつもならあるはずの【解説】がないのだ
……と、そこまで考えて気づいた。

どうやら、依り代たるゴー君には『賢者』の称号がないために【解説】が表示されないようだ。

『賢者』の称号がないと言えば、称号効果の補助がないのに、今の俺の視界はいつも通りである。

それを言ったらウォーキングウィードの時もそうなのだが、どうやら経験を積むことによって『魔力感知』のスキルがあれば感覚情報の再現ができるようなのである。

感知して得た情報が意識する必要もなく自然と視覚や聴覚に変換されているから、今まで気づかなかったが。

スキルの効果については、特に疑問に思うところもない。

緊急回避的には、回復魔法のような効果もありそうだ。

【スキル】『危険察知』
【効果】自らに迫る危険を察知する。

……はい。

そのままですね。

危険を察知する能力ならば程度の差こそあれ、多くの生物が持っているだろう。しかし、スキルの効果はシンプルながら、わざわざスキルになっているくらいだ。おそらく普通ならば見逃してしまうような危険も察知できるのではあるまいか。

だとしたら、なかなかに有用なスキルだと思う。

正直、俺が欲しいくらいだわ。

心なしか、ゴー君も喜んでいる気がする。

【スキル】『戦技向上』
【効果】戦闘技能に補正・小。戦闘技能習得に補正・小。

戦うための技術を使う時、その動作などを補正してくれる、ということだろうか。

あとは戦闘技能の習得にも補正とあるから、普通より早く上達するとかだろう。

こちらのスキルもシンプルながら、効果の及ぶ範囲の広い、優れたスキルだと思う。

例えば俺が持ってても意味ないし、人型であるゴー君ならではのスキルだな。

何だかゴー君からもやる気に満ち溢れているような気持ちが伝わってくる。戦闘技能習得のために鍛練を行ったりするのだろうか。

ふむふむ。

では、最後に【称号】も確認しておくか。なんか付いてるし。

【称号】『守護者』
【効果】防衛戦において、全ての能力が上昇・微。

やはり【解説】さんがいないと味気無い感じになってしまうな。

しかし、効果自体は間違いなく有用なものだろう。

上昇は「微」と付いているから劇的な強化にはならないだろうが、それでもあるとないとでは大違いだと思う。少しでも強くなるに越したことはないのだから。

ゴー君も「守ります！」的な感情を訴えて来ているし、【称号】を得たことは素直に嬉しいのだろう。

ふむ……。

ゴー君1号の能力は確認できた。

あとは実際に戦闘を経験してみたいな。

というのも、そもそもゴー君に憑依してみようと思った理由には、戦闘をしてみたいという理由もあるのだ。ほら、俺ってば雑草だった頃から戦闘らしい戦闘を経験してないじゃん？

一度くらいは血湧き肉躍る戦いを経験してみたいという男の子の願望が、俺にだってある。

『よし、セフィ！』

『むむっ!?　どうした!?』

『これから長老を誘って魔物と戦ってみるぞ！　俺の華麗な戦闘を見せてやる！』

『おおー！』

そんなわけで、一応護衛として長老を誘い、里の外へ行くことにした。

長老は護衛役を快諾してくれた。

俺が憑依したゴー君をどれだけ操作できるのか、興味があったらしく乗り気だ。

そんな長老を引き連れて意気揚々と里の外へ出た俺たちは、さっそくとばかりに出会った魔物たちと片っ端から戦闘をしていく。

幸いにして『戦技向上』の効果か、俺が操縦している体であっても問題なく戦える。

ゴブリンなどもはや相手にならないし、フォレストウルフも鎧袖一触した。興奮しながら突進してきたクレイジーボアでさえ、進化と共に巨大化したエルダートレント製の木剣にとっては敵ではない。奴の突進を真正面から待ち構えた俺は、大上段からの一撃で捻り潰す！

やはり進化したゴー君1号の巨体から繰り出される力は、もはや里周辺にいる魔物程度では敵にならないらしい。力こそパワーだよ。

『ふははははッ！　強い！　強すぎるぞッ！　どうだ俺の華麗なる戦闘は!?』

無双モードに高揚した俺は、称賛の言葉を浴びるべくセフィたちの方を振り向く。

『ふぅ～む……』

しかし長老は髭を撫でながら、難しそうな顔で唸っていた。

『え？　何だよ？　何かダメだった？』

そんな反応されると、不安になるじゃん？

『いえ、ダメということはないのですがのぅ……ちょっと、依り代の性能に頼りすぎではないですかな？』

なん……ですって？

『ゴーくんがたたかうのとかわらないかんじ。セフィはもっと、ユグのどくじせーをはっきしてほしかったかも……』

残念そうな表情でセフィも言う。

独自性？

そういうの、必要？

『……』

ゴー君だけが、そっとこちらを気遣うような感情を向けてくる。

しかし、時には優しい気遣いが人を（人じゃないけど）傷つけることもあると知って欲しい。

『わかった。わかったよ……そこまで言うなら見せてやらぁ！』

ここまでコケにされておずおずと引き下がる俺じゃない！

独自性だかオリジナリティだか知らないが、セフィたちがあっと驚く戦いを見せてやろうじゃねぇか。

『なにするのー？　びーむ？　めからびーむだす？』

『……そういう無茶振りはやめて』

何だ目からビームって。さすがにその期待には応えられねぇわ。

ともかく。

俺は気を取り直して全身の力を抜くと、その場に棒立ちとなった。

要は俺にはできて、ゴー君にはできないことをやれば良いのだ。そしてそれには当てがある。

脱力した俺は『魔力感知』で自身の――つまりはゴー君の魔力を把握する。

把握した魔力を全身の隅々まで巡らせる。何度も何度も高速で体内を循環させるようなイメージ。

そして魔力の循環速度が十分に高まったと感じた時、俺は巡る魔力に「強化」の意思を与えた。

つまりは無属性魔法の一つ――身体能力強化だ。

念話を習得するために鍛えに鍛えた魔力操作の妙は、すでに身体能力強化の魔法を難なく発動できるまでの高みに到達しているのだ！

『ぶたさんきたよ！』

俺の全身を強化魔法が包み込んだ時、セフィが敵の襲来を告げた。

見れば、森の奥からクレイジーボアが新たに姿を現したところだった。

背を低くして疾走の構えを見せるクレイジーボアに対して、俺は右手の木剣を腕の中に収納する。

そのまま腰を落とし、左半身を前にして両足の幅を広く取ってこちらも構えた。

『一撃で決めてやる』

右手を拳の形に握り込む。

クレイジーボアは雄叫びを上げ、猪突猛進する。

しかし俺はその場から動かず、奴が間合いの内に入るまで待った。

そして……両者の間合いが十分に近づいた時、俺は一息に全身の動作を終わらせた。

後ろにした右足で地を蹴り、腰の回転によって地を蹴った反動を肩へ。左手を引く動作と共に前へ出した右手へと全ての力を集約する。

正拳突き。

身体能力強化の乗った愚直な一撃は、真正面から襲いかかったクレイジーボアの額に激突。

激突の瞬間、全身の関節を締めることによって衝突の力は逃げ場を失い、クレイジーボア自身に返された。

その分厚く硬い頭蓋骨が、拳の先で砕け散る感触がした。

『………』

倒れ伏すクレイジーボア。

残心にて数秒を待ち、ようやくにして構えを解く。

それから俺は、自信満々にセフィたちの方へ振り向いた。

『……ふっ、どうだ？』

『おおー！』

『これはこれは』

『……！　……!!』

身体能力強化を使った強力な一撃は、今のゴー君ではできないだろう。

これにはさすがにセフィたちも俺を称賛しないわけにはいかないのか、素直に両手を叩いて拍手する。ゴー君からも興奮したような感情が伝わって来るし、間違いなくなかなかに高等な技術だと自負できる。

しかし……、

『ユグ、すごい』

『だろ？』

『すごいけど……じみ』

『え』

セフィの顔に浮かぶのは、思ったほどの感動ではなかった。というか、どこか残念そうですらある。

『さすがは精霊様、見事な身体能力強化でしたぞ』

『だ、だよな!?』

長老の言葉に勢い込んで言うが、

『しかし如何せん、地味ですのぅ……もうちょっとこう、手から破壊光線を出すとか、そういった演出があれば良かったですな』

『……』

何だ破壊光線って。

俺はセフィと長老の心ない感想に……拗ねた。

今日はもう、果物無しだよ。


俺がゴー君1号に憑依してみた日から、二週間くらいが過ぎたある日。

ゴー君1号が広場にクレイジーボアを持って来た。

森で魔物と遭遇すると、こうして狩った獲物をゴー君たちが運んで来てくれることは珍しくない。

しかし、妙に興奮したような様子で赤毛の青年エルフが一緒に来ているのは珍しかった。

彼は念話が使えるので、俺は素直に聞いてみた。

『どうしたんだ？　何かあった？』

『あ、精霊様』

青年エルフはウォーキングウィード姿で日向ぼっこしていた俺に気づき、軽く頭を下げてくる。

それから何があったのか説明してくれたのだ。

『いや、それが聞いてくださいよ！　なんと守護者様が身体能力強化の魔法を使ったんすよ！』

『え？』

身体能力強化？　ゴー君が？

『いやー、いつの間に覚えたんすかね？　見事な強化で、今日は他にも獲物が大量っすよ。この後も森と何往復かして運んで来ないといけないくらいっすから』

『へー！　そうなんだー！　ゴーくんすごいなー！』

「「「〜〜〜!!」」」

広場にやって来たゴー君の姿を見てか、一緒になって遊んでいたセフィと子供たちはゴー君の周りに集まり出し、ゴー君を褒め称え始めた。子供たちの言葉は分からないが、その表情や仕草を見れば、ゴー君を称賛しているのは容易に理解できる。

『このまえ、ユグがひょういしてたときにおぼえたのかな？　ゴーくんはあたまいいなー！』

『…………』

なんだ、この敗北感。

これは前の俺の記憶から浮かび上がって来るのであろうか。何だか「可愛がっていた部下があっという間に自分を追い抜いて出世していった」時のような悲しみすら感じる。いや、今の俺はそんな経験ないんだけどね。

しかし、俺は拗ねた。悲しくなった。

この日も果物は無しになった。

第十八話　セフィと愉快な同志たち

セフィの一日の活動の内、午前中はほぼ「おしごと」に費やされる。

それからメープルに用意してもらった昼食を食べ、成長のためにしっかりとお昼寝をするのも重要だ。

そうして穏やかな午睡から目覚めれば、後は鍛練の時間である。

そう、セフィは日々努力を惜しまない意識の高い女……もとい、幼女なのである。

『ユグ！　いこ！』

『おう！』

お昼寝から目覚めたセフィは、生来の気質なのか子供だからなのか、寝起きの良さを発揮してすぐさま動き出す。

具体的にはベッドから下りると鉢植えにいるウォーキングウィードに憑依した俺を、いつものようにずぼりっと引き抜き出発するのだ。

目指すは里の中央にある広場である。

とてとてと俺を片手に握りしめ駆けて行けば、すでに里の広場にはセフィ曰く「どうし」たちが集まっていた。

「どうし」とは、志を同じくして共に高め合う仲間たちのこと……つまり、「同志」である。

「～～～！」

と、セフィが手を振りながら同志たちに声をかける。

「～～～！」

と、同志たちもセフィに言葉を返す。

え？　何て言ってるかって？

いやまだエルフ語わかんねぇし。たぶんだけど「同志諸君！　待たせたな！」「隊長！　いえ！　今集まったところです！」とでも言っているのだろう。

十中八九違いますかそうですか。

『じゃあユグはここでひなたぼっこしててね？』

『ん、わかった。気をつけて遊……いや、鍛練しろよ』

『うん！』

広場に到着したセフィは、俺を広場の端の方の、日当たりの良い場所に置く。

俺は地面にずぶずぶと根っこを沈めつつ、セフィに了承の意を返す。

これから始まるのは遊びではない。

いずれ里の将来を担っていく同志たちによる合同鍛練なのだ。セフィが言うところの「しゅぎょー」である。

厳しい鍛練中に俺を握ったままでいるわけにもいかない。

そんなわけで、俺はいつもここからセフィたちを見守ることになるのだった。

『エナジードレイン』と『光合成』を発動させ、地道に地下茎を蓄えつつセフィたちを眺める。

セフィと愉快な同志たち——まあつまり、エルフの里の子供たちってことなんだけど……彼らは実に様々な種類の鍛練を行う。

例えば隠密の訓練。

一人が見つける役となり、他の者たちは里の様々な場所に隠れる。ただし、キリがなくなるので隠れる場所は広場かその近くのみという暗黙の了解がある。

これは森に潜み、敵から隠れ、気配を殺すための鍛練だ。なぜか「かくれんぼ」という遊戯の名前が浮かんで来るが、これは鍛練である。

あるいは一人が追う者となり、他の者たちが逃げるという鍛練もある。逃げる者たちは追う者に触れられたら、大人しく捕まらなければならない。

もちろんこれは、足腰と体力を鍛えるためである。おまけに追われる者たちが連携したり作戦を考えたりと、知略を練る練習にもなる。

「鬼ごっこ」という名称からも分かる通り、過酷な鍛練だ。

これを行うと皆が息を荒らげ、滝のような汗を流すことになる。あまりの辛さに鬼役に捕まった後は地面に仰向けとなって倒れる者も続出する。

なんと厳しい鍛練だろうか。

このような過酷な鍛練はまだまだあるが……変わり種の鍛練といえば「勇者ごっこシリーズ」であろうか。

それぞれが架空の役割を演じながら、時に戦い、時に騙し合い、時に敵であった者と和解したりして魔王を倒すために頑張る、という筋書きだ。

残念ながら俺はまだエルフ語が分からないが、勇者役であるセフィと魔王役である少年が和解し、共に戦い出した時は手に汗握った。あ、いや、もちろん手はないけど。

いったいどうやって終わらせるつもりであろうか、と。

ちなみにこの時は、勇者セフィと魔王による世界壊滅エンドだった。争いの空しさを教えてくれる、教訓深い一幕であった。

これは演技力のみならず、場面場面による決断力、知略、戦いのシーンにおける立ち回り、戦闘力の向上などなど、多くの能力を鍛えるのに最適な鍛練法である。

セフィは勇者や剣士役など、剣を持った配役であることが多いようだ。

たまに子供たちがセフィの剣（実際にはもちろん木の棒だ）を避けられるのに避けなかったり、自ら喰らいに行っているようにも見える場面が見受けられる。

忖度……いや、セフィのサイコキネシスであろうか。

相手をする里の子供たちは……なかなかに大人なのかもしれない。もちろん、嫌そうにしている子は一人もいなく、皆が楽しそう……いや、真剣な表情で鍛練に励んでいる。

そんな里の子供たちを見守りながら太陽の光を浴びていると、そろそろと里の大人たちが俺のもとへ集まり出す。

彼らの手には、俺に捧げられる様々な貢ぎ物が握られている。

例えば魔石や動物の内臓や骨、血液、あるいは各家庭から出る野菜の端切れや木の実の殻などなど、だ。

「～～～！」

それを俺の前に置いて、にこにこと笑みを浮かべながら何事かを言い、ぺこりと頭を下げるエルフたち。

捧げられた貢ぎ物に応じて、俺は返礼として果物を生み出し、彼らにあげるのだが……一応は『エナジードレイン』で栄養などを吸収できる物を持ってきているとはいえ、残飯のような物を持ってくるのはどうなのか。確かに俺からすれば肥料になる物ではあるのだが、体《てい》の良い残飯処理機にされているような気もしている。

『……これって、生ゴミ？』

疑っているわけではないが、念話で聞いてみた。

残飯のような物を持ってきたエルフは、とんでもないといった様子で首を振る。

……どうやら、悪意はなさそうである。

俺は捧げられた貢ぎ物を『エナジードレイン』で吸収し、果物を生み出してやった。その数が少ないように思えるのは気のせいだ。

まあ、そんなこんなで次々と俺に捧げ物を持って来る者たちがしばらくは続く。

俺はそれらを『エナジードレイン』で吸収しては果物を生成していく。この頃では誰が何の果物を好んでいるのか把握しているため、各人に作る果物の選択も慣れたものだ。

とはいっても、一応は確認するのだが。

『いつもの葡萄で良いか？』

と念話で聞けば、

「〜〜〜！」

と言いながら頷いてくれるのだ。

言葉は分からないが、「はい」か「いいえ」を判断するくらいはできるのだから、単純な質問ならば意思の疎通が可能だ。

それだけでも念話というのは便利なものだと感動するぜ。

そんなこんなでしばらくは果物を作り続け……それが一段落した頃になると、今度は里のご老人方が散歩がてら広場に姿を現す。

そうして俺のそばで切り株（たぶん里の木々を間伐した際の名残だろう）に腰を下ろし、日向ぼっこしながら会話に花を咲かせるのだ。

そんなご老人方は俺を孫か何かと勘違いしているのか、たまに自分たち用に持ってきたおやつをくれる。

煎って塩で味つけしたどんぐりなどの木の実だ。

『おお、悪いな』

『いえいえ、なんのなんの。たんとおあがりなされ』

小さな平皿に盛られて目の前に置かれたおやつを『エナジードレイン』で吸収していく。

ちなみにこのご老人方、さすがに長く生きているだけはあり全員が念話を使えるようなのだ。たまに水が欲しいと思った時には彼らに言うと、水魔法で俺に給水してくれる。

もらってばかりは悪いので、俺も果物をあげたりしてきちんと返しているぞ。

とにかくまあ、こんな感じで午後の時間は穏やかに流れていくのだった。


しかし、子供たちは激しい運動を続けている。

そして運動し続けていれば、当然、喉が渇くし小腹も空いてくるだろう。

その頃になるとセフィと愉快な同志たちは厳しい鍛練を切り上げ、食料調達に赴くことになる。

具体的には何を調達するのか。

それは虫だ。

いやいや、誤解しないでいただきたい。一部、昆虫食の風習はあるとはいえ、そこら辺にいる虫をおやつ代わりに食すような習慣は、エルフたちにはない。

なぜ虫を集めるのかと言えば、集めた虫を対価に俺から果物をもらうためだ。

そのため子供たちは必死で里の中にいる虫を集めていく。

エルフたちの住む里の中とはいえ、環境的には魔物がいないだけで森の中と変わりはない。おまけに虫捕り名人である彼らは、あっという間に大量の虫たちを捕獲していくのだ。

捕獲した虫は蔦を編んで作った蓋のある籠に入れて持って来るのだが、たまに大物を手に入れるとそのまま持ってきて、勲章のように俺に見せびらかすことがある。

『ユグ！　みて！　セフィおおものとった！』

今のセフィのように、である。

右手にぐわしっと摑んだそれを、俺にぐいぐいと押し付けるようにして見せてくれるのだが……それちょっとやめてほしい。

『みてみて！　このつの、ちょーかっこいいでしょー！』

『ちょっ、ひぃっ！　わかった、わかったから！　近づけないでッ！』

黒光りする外殻に覆われた角のある虫……前の俺の知識とは微妙にデザインが違っているような気もするが、カブトムシであろうか。

年頃の少年たちであれば、格好いいと大興奮するような大物である。

実際、セフィの周囲にいる少年たちも目をキラキラさせてセフィの持つカブトムシに見入っていた。

しかし、虫嫌いな人なら分かってくれると思うのだが、黒光りする虫って時点で、名を呼ぶことすら憚られる「イニシャルＧ」と大差ない存在なのである。

とある理由から最近虫が嫌いになりつつある俺にとっても、あまり近づけては欲しくない存在だ。

そして特に虫が嫌いというわけではなかった俺が、虫嫌いになった理由というのも子供たちに関係がある。

それはこれだ。

『きょうはこれだけとれた！　これでどうか、くだものおねがいします！』

セフィが代表して、皆が集めた虫を俺の前に差し出して来る。

もちろん虫は籠の中に入っていて、今は蓋が閉じられているから逃げ出すこともない。

しかし中からは、カサカサと何かが蠢くような音がしている。

根っこを使って器用に蓋を開けて見れば……、

『ひぃっ！』

中には当然の如く、大量の虫たちが詰まっていた。

正直、虫嫌いじゃなくても虫が嫌いになるような光景だ。

何かの呪術であろうか？

真剣にそんな感想が浮かんでくるが、セフィや子供たちに他意はない。ただ、果物が欲しいだけなのである。

『う、うえ……』

正直嫌だが、俺は籠の中に根っこを突っ込んで全力で『エナジードレイン』していく。

キラキラと期待の眼差しを向けられる中、まさか『これキモいからちょっと無理』とか言える状況じゃないのだ。

すべての虫たちが息絶えるまで、ひたすら我慢である。

そうしてセフィたちが集めた虫を全て養分へと変えると、俺は今得たエネルギー全てを使って果物を生み出していく。

本来であれば養分の半分は手間賃として徴収しているところだが、子供たちには特別である。

しかし……、

『やっぱりちょっと足らんな』

子供たちの人数は、全員で十人以上いる。

籠いっぱいに集めたとはいえ、人数分の果物を生み出すには養分が足りなかった。

『そっかー……』

俺の呟きを聞いたセフィは、しょんぼりとしたように肩を落とした。

それから子供たちの方を振り向き、何事かを告げる。

「〜〜〜」

たぶん、果物が人数分に満たないことを告げたのだろう。

その証拠に、周囲の子供たちの顔もセフィ同様しょんぼりとしている。

『…………』

まあ、正直なところ養分は全然足りないんだけど、他のエルフたちが持ってきた貢ぎ物で地下茎は何個か貯まっている。

それを切り崩せば、子供たち全員に行き渡るくらいの果物は作れるだろう。

『……仕方ねぇなぁ。今日だけは特別に俺がご馳走してやろう』

『ほんと!?』

瞬間、セフィの顔がパッと明るくなった。

セフィがもう一度子供たちに告げると、子供たちの顔も明るさを取り戻す。それから全員で俺に頭を下げた。

「〜〜〜!!」

何と言っているのかはセフィが教えてくれた。

『ありがとうございます、せいれいさま！　だって！』

俺はそれにうむうむと頷きながら、作り出した果物を子供たちに配った。

果汁溢れるジューシーな果物を口にして、子供たちは笑顔になる。それを見れば素直に良かったと思える光景だ。

やっぱり子供は笑顔なのが一番である。

……まあ、果物ご馳走するの今日だけって、実はだいたい毎日ご馳走してるんだけどね。

第十九話　エルフ式入浴法と間違った俺の使い方

さて。

空が茜色に染まる頃、セフィたちの鍛練は終わる。

そろそろ夕食の時間だ。

同志たちに別れの挨拶をしながら手をぶんぶんと振り、俺とセフィは共に家路に就く。

里一番の大樹を蔦エレベーターで上へ昇り、家に戻るとすでにメープルが夕食を用意して待っていた。

『おかえりなさいませ、姫様、精霊様』

『ただいまー』

『ただいま』

『姫様、夕食にする前に、手を洗って来てくださいね』

『うん、わかったー』

セフィは答えながら、植木鉢に俺をずぼりと差し込み、素直に手を洗いに行く。

何しろ木の棒とか土とか虫とか色々触った後なので、先に手を洗うのは当然であろう。ちなみに、家の外に置かれた甕《かめ》の中に、手洗い用の水は溜められている。

セフィが手を洗って戻って来たら、いよいよ夕食だ。

今日は珍しくクレイジーボアの肉が付いているようだ。

『はい、姫様、あーん』

『あーん』

という感じで、メープルによって口元に差し出される食事をセフィはもぐもぐと一心に咀嚼していく。

『そういえば』

ふと気になって、俺はセフィに聞いてみた。

『セフィは好き嫌いとかないのか?』

今までセフィが食事を残した場面を見たことはない。

てっきりセフィに激甘なメープルが、セフィの好きな物ばかり用意している可能性を考えていたが、食材を無駄にする余裕はないから、食べられる物は何でも食べるという習慣があるのかもしれない。

『セフィ、すききらい、ない』

セフィは答えた。

なぜかカタコト口調である。

『ホントか?』

疑ったわけではないが、セフィ氏は自主的に自供した。

『しいていえば、にそくほこーのぶたさんは、にがてかも』

『………』

二足歩行の豚さん……とは？

何かエルフについて猟奇的な食文化を聞いてしまったような気がするが、たぶん聞き間違いだろうそうに違いない。

『ああ、確かに、アレは味に癖がありますからね。大人でも食べられない人は多いですし、無理に食べられるようになる必要はないと思いますよ、姫様。それにこの辺りでは獲れない食材ですから』

メープルが補足してくれる。

どうやらセフィの苦手な食材は、この辺りでは獲れないらしい。なら、うん、別に苦手を克服する必要はないだろう。


それから程なく。

俺が余計な口を挟まずに待っていると、セフィたちは夕食を終えたようだ。

その頃になると、外もだいぶ暗くなっていた。

いつもならば、後は歯を磨き顔や体を拭いて寝間着に着替え、寝る時間までゴロゴロするくらいしかやることはないが、週に三回は特別な用事がある。

今日がその日だった。

『それでは姫様、参りましょうか』

どこかウキウキした様子でメープルが言う。

しかし対照的に、セフィはどことなく気が進まない様子だ。

『うー……ユグも、つれてっていい？』

『ええ、構いませんよ』

何が嫌なのか俺にとっては不思議であるが、セフィは俺も道連れにすべくメープルに問い、メープルも慣れたものであっさりと許可を出す。

どこへ向かうのか？

別に勿体振ることでもない。答えはお風呂である。

実に不思議なことだが、子供にはお風呂が嫌いな者が多かったりする。セフィも何が気に入らないのか、お風呂が嫌いであるらしいのだ。猫かな？

とは言っても、このお風呂、どうにも前の俺の知識にあるお風呂とは少し違うようだ。

お風呂と聞いて俺が思い浮かぶのは浴槽にお湯を満たした物であるが、エルフたちのお風呂はそうではない。俺の知識にある物と当て嵌めると、それは「サウナ」という物に該当した。

メープルが風呂場へ行く用意を整えると、いよいよ出発する。

セフィの家がある大樹を下りて、里の中心――広場のある方へ向かって歩いていく。

日が落ちつつある現在、里の木々の枝に吊るされたマリモが淡い光を放ち、まるで街灯のように通りを照らしていた。

マリモが入った籠が影絵のような模様を通りや木々に描いて、なかなかに幻想的な光景に見える。

そんな中、俺たちと同じ方向へ向かっているエルフたちも多い。

風呂場は里の住人たちの公衆浴場となっており、使える日は決まっている。そのため、浴場が開く日には里の住人たちが多く集まるのだが、一度に全員を収容できるほど広くはないため、日付や時間をずらして入浴するようだ。

辿り着いたのは広場のすぐ近くで、木の上ではなく地面の上に建てられた建物が並ぶ区画だ。

その一画に、エルフたちの公衆浴場はある。

蒸し風呂……つまりサウナと言っても水風呂もあれば体を洗うための洗い場もある。こういった施設はさすがに木の上に作るわけにもいかず、地面の上に建てられているようだ。

余談だが、同じく木の上に作られない施設として、同区画には鍛冶場や食料庫、酒造倉などが建てられている。

鍛冶場は木が燃えるからで、食料庫は大量の食料を保管すると木が折れてしまうため、酒造倉も食料庫と同様の理由で地面に建てられているようだ。

閑話休題。

俺たちは集まってきたエルフたちと同じように公衆浴場へ入っていく。

もちろん、セフィに握られた俺も同様だ。

浴場はきちんと男女で分けられているが、当然の如く入るのは女性用の浴場である。

初めての時はなぜか狼狽えてしまった俺だが、考えてみれば俺に雌雄の別はない。強いて言えば精神の性別は男だと自認していたが、そもそも性欲というものもないし、何よりメープルを始め、他の女性たちも俺のことを気にする様子はなかった。

なので俺も抵抗することなく女湯へ入っていく。

中には脱衣所があり、その奥が浴場になっていた。

メープルに手伝ってもらって服を脱いだセフィは、棚に置いていた俺を再び握りしめて浴場へ。

浴場の中には広めの水風呂と洗い場があり、さらにその奥にサウナがある。

水風呂に水を溜めるのも、サウナを熱するのもエルフたちの魔法によって行われているらしい。

洗い場で軽く体を洗ってから、ようやくサウナに入る。

サウナの中は熱気で満たされていた。

『あつー……メープル、もうでたい』

『姫様、まだちゃんと体が温まってません。もう少し我慢しましょう』

どうやらセフィが苦手なのは、このサウナの熱さのようである。

しかし、こうしてサウナの中でじっとしているのは植物である俺にとっては苦にならないが、正直、目のやり場には困る。

何しろエルフというのは基本的に美形が多い。

メープルのように綺麗なお姉さん方が裸で密集している様子には、精神的には男性の俺としてはドギマギしちゃうというか何というか。

と、そうして人知れず照れていると、サウナのドアが開いて新たに入浴者が現れた。

『ほっほっほっ、おや、今日は姫様と精霊様もいるんだねぇ』

『あ、おばあちゃん』

それは里のご老人衆の一人、エルフの老婆であった。

ちなみに、わざわざ念話で話しかけているのは、一緒にいる俺への配慮だろう。念話が使える者はこうして話しかけてくれる者が多いのだ。セフィとメープルが念話で会話するのも同様の気遣いである。

『姫様は偉いねぇ。ちゃんと体を温めるんだよ』

『うん』

老婆はセフィの隣に腰かけ、孫に対するように話しかけている。

……………うん、目のやり場に、困るんだよね。

まあ、そんなこともありつつ、サウナで汗を出したら水風呂に浸かり、またサウナに戻って汗を流す、というふうに繰り返す。

それだけではなく、サウナの中ではそれぞれが用意した木の枝葉を束ねた物で自分の体を叩くのだが。

これは「ヴィヒタ」とエルフたちが呼んでいる物で、なぜ木の枝葉で自分の体を叩くのかには諸説あるようだ。

サウナ内部の空気をかき回すとか、皮膚を叩くことで新陳代謝を活発にさせるとか、発汗を促すとか、消毒作用のある葉を使うことで傷口などを消毒するとか、肌の汚れを落とすためとか、植物の良い香りを纏うためとか……メープルに聞いてはみたが、正確な由来は不明である。

しかし、このヴィヒタ、見た目がとっても紛らわしいのだ。

何と紛らわしいのかって？

『ちょっ!?　セフィ！　それ！　俺！』

『あ、ユグ？　ごめん、まちがえたー』

このように、ヴィヒタと俺を間違えたセフィが、俺を叩きつける事件が頻繁に発生。

『ちょっ!?　メープル!?　メープルっ！』

『はっ!?　す、すみません！　精霊様！』

いや、間違うのはセフィだけでもなかった。

『ばーちゃん！　ばーちゃんっ!!』

『ほっほっほっ』

『いやだからばーちゃんってば！』

正直、サウナに入って一番疲れるのは俺かもしれない。

そんなこんなで、入浴を終えた俺たちは大樹の上にある家へ帰る。

体も温まり、程よい疲労感に包まれたセフィはベッドへ潜り込めばすぐに夢の世界へ旅立った。

それを見届けて、俺も鉢植えの中で就寝することにする。

このようにして穏やかな日々は過ぎていった。

しかし、俺が進化してから一年と少し経った頃——この森に騒がしい侵入者たちがやって来たのである。

【SIDE：狼人族】逃走の旅路、化け物との邂逅

深い深い森の中を、多数の狼人族たちが歩いていた。

その数はおおよそ三十人ほどになるだろうか。

少数の青年に、後は年若い女子供が大部分で、少しだけ老人も交じっていた。

長い間森の中を彷徨いていた結果か、誰もが薄汚れた格好をしている。顔には例外なく濃い疲労が浮かび、悲愴感さえ感じられる表情だった。

「ヴォルフ、本当にこの先にあるのか？」

狼人族の青年の一人が、皆を先導する狼人族の戦士――ヴォルフに問う。

その問いは道中、幾度も繰り返された問いだ。

ヴォルフとしても確信があるわけではない。それでも否定すれば皆の希望を断ち切ってしまうとわかっていた。だから自身は全く疑いようもない事実を口にするようにして、答える。

「ああ、この先にエルフたちの新たな都市となるアルヴヘイムがあるはずだ」

時おりエルフたちの中から生まれ出でる半神――ハイエルフ。

人族どもが信仰する新神とは違い、遥か古《いにしえ》より世界が生み出す本来の神。その力は新神や、今は滅んだ旧神たちには及ばないまでも強大で、エルフのみならず自然の中で生きる全ての種族たちを守護してきたという歴史がある。

そんなハイエルフが守護する都市のことを、アルヴヘイムと呼ぶ。

ヴォルフたち狼人族の一団は今、そのアルヴヘイムを目指していた。

新神によって先代のハイエルフが弑されて数年、新たなるハイエルフが生まれたという情報を得ていたからだ。

建国以来、膨張を続ける神聖イコー教国は人族至上主義を掲げる巨大な軍事国家であり、その武力は周辺諸国を次々と呑み込んでいた。

ヴォルフたち狼人族は獣人国家に属さず、いくつもの氏族が集まり、霊峰フリズスの裾野に広がる樹海を住み処として暮らしていた。

しかし神聖イコー教国の領土拡張に伴い、狼人族たちの暮らす森にも人族の侵攻が開始されたのである。

教国の狙いは霊峰とその樹海が生み出す豊富な資源であり、国家の肥大と共に発展した新技術が、それまで手出しできなかった未開拓領域の開発を可能とした。

それゆえに誰に憚ることもなく樹海の開拓を開始した教国であったが、当然、これに抗議したのが樹海に住まう先住民たる狼人族だ。

彼らは教国が手を出す遥か以前から暮らしていた一族であり、自分たちの住み処を勝手に荒らす人族に抗議した。むろん、最悪は戦いも辞さない覚悟であった。

だが、教国の返事は抗議した氏族の虐殺というもの。

神聖イコー教国において人族以外の亜人種は奴隷階級の者どもであり、奴隷風情に交渉など必要ないというのが教国の考えだ。

むしろ不遜にも抗議などという傲慢な行いをした狼人族に対して激怒し、彼らに対する迫害は加熱した。

派遣された膨大な兵力によって森は焼かれ、いくつもの氏族が蹂躙された。

多くの狼人族が殺され、そうでない者は捕らわれて奴隷に落とされた。

教国と狼人族の戦力差は絶望的であり、狼人族は為す術もなく蹂躙された。

そんな状況の中、ヴォルフ率いる狼人族の一氏族――ガル氏族は故郷を捨てて教国の手の及ばない場所へ逃げることを決意したのだ。

だが、どこへ逃げるかが問題だった。

森の外へ出れば、それはすなわち教国の領土であり、殺されるか奴隷にされる未来しかない。

ならば森を霊峰側――つまり樹海の奥へ進むか、あるいは東西に長く伸びる樹海を西側へ抜けることで、教国以外の国へ行くしかない。

だが、森を西側へ抜けるには途方もなく長い距離を踏破する必要があった。

かつてガル氏族の戦士団を率いていたヴォルフであっても、季節が一巡りするほどの時間がかかるであろう距離だ。身体能力に優れた狼人族であるとはいえ、女子供に老人の多いこの三十人余りの集団では、とても踏破できるとは思えない。

ならば距離的な負担が少ない樹海の奥へ進むべきか。

それもまた、安易に選択できる案ではなかった。

樹海の奥、霊峰に近づくほどに地に満ちる魔素は濃くなっていく。それはそこに生きる魔物にさえ恩恵を与え、強大な魔物を育む温床となっているのだ。

普通に考えたならば、霊峰のある北へ進むのは単なる自殺行為だ。

樹海を西へ抜けるために長い旅を覚悟した方が、まだしも現実的であった。

だがそれでも、ヴォルフは敢えて北へ進む道を選択した。

樹海の奥に新たなハイエルフに守護されたアルヴヘイムが生まれたという話を、狼人族の英雄たるガーランドから聞いていたからである。

何かあればアルヴヘイムを目指せ、と。

その言葉を信じ、教国の狼人族に対する迫害が激化したのをきっかけとして里を捨てる決心をした。

だが、実際に決断に至るまでには教国との交戦があった。

ただの一度であったが、その一度でガル氏族の戦士団はほぼ壊滅の憂き目にあっている。それも一方的な被害であり、教国が手にした力がいかに強大なものか、さすがに認めないわけにはいかなかった。

敗北。

敗残者。

実際、今のヴォルフたちを表すにこれより相応しい言葉はないであろう。

命からがら逃げ出し、新たなる安住の地をどうにか探そうとしている。しかもそれは、情けないことに他者へ助けを求めるというもの。

誇り高い戦士の一族としての矜持は、もはや粉々に打ち砕かれた。

「止まれ！　ブレイドホーンがいる……」

森の中の行進は困難を極めた。

歩きにくい地形に下生えによって見通しも悪い場所も多く、おまけに触れるだけで肌が腫れ上がるような毒を持った植物もざらだ。

もともと森で暮らす民であったから、それらのことには如何様にも対処できた。しかし、霊峰に近づくにつれて遭遇する魔物たちは多くなり、その強さも高くなっていく。

これらの魔物を時には倒し、時には逃げ、時には身を潜めてやり過ごす。

だがここ最近では倒せない魔物が多く出現するようになり、肉体よりも精神的消耗が看過できないものとなっていた。

鋭い角で巨木さえ斬り倒す鹿の魔物——ブレイドホーン。

老木に化け近づいた獲物を鋭い根で貫き、あるいは捕らえ、時には精神魔法で虜にするエルダートレント。

樹上に巣を作り、頭上からの奇襲で音もなく命を奪う大蜘蛛——サイレントスパイダー。

丈夫な皮膚と強靱な肉体を持ち、圧倒的な力で全てを薙ぎ払うレッドオーガ。

戦えば死を覚悟するような強大な魔物は、いくらでもいる。

それらをどうにかやり過ごしながらヴォルフたちは進んでいった。

そして……、

「ギャッギャッ！」

「またゴブリンだ」

「ということは……近いぞ」

現れたゴブリンを一撃で葬りながら、ヴォルフは呟く。

こんな樹海の奥にゴブリンのような弱い魔物が、頻繁に遭遇するほど何体も生息しているということは、この辺りに強い魔物が生息していないことを意味する。

ゴブリンや角ウサギは比較的どこにでも生息している魔物だが、さすがにこうも頻繁に出会うということは巣が近くになければ説明がつかない。

そしてゴブリンが巣を作れる環境というのは、近くに天敵となり得る強大な魔物がいない場所がある——ということを意味した。

それは——、

「ハイエルフ様の結界が近くにある……」

いくら強大な魔物とはいえ、ブレイドホーンやレッドオーガ程度が半神の位階にあるハイエルフの気配を感じて、それを襲うことなどない。むしろ近づくことさえしないだろう。

ゆえに、この近くにハイエルフの結界が張られている、もしくはハイエルフ自身が近くにいる、という可能性があった。

「もうすぐだ……！」

「おお……！　ようやく……！」

狼人族の誰かが呟き、それに触発されたようにそこかしこから安堵の声があがり始める。

一月も気を張りつめて、ようやく安全な場所を前にしたのだ。それは無理もない反応であったと言えよう。

だが――それが悪かったのだろうか。

結界が近いとはいえ、その外縁近くであるならば、まだまだ強大な魔物も多数存在する。いや、むしろ結界に押し退けられて移動した魔物たちが密集していることも考えられた。だとするならば、彼らがあげた歓声が、その内の一体を呼び寄せてしまったのだろうか。

木々の枝がバキバキと折れる音がする。

その音に顔をひきつらせながら視線を転じれば、木々の向こうから悠然と姿を現した巨体があった。

それはこの周辺でも、最も出会いたくない存在であった。

「くそったれ……タイラントベアーだと……！」

「嘘だろ、ここまで来て……」

絶望の呻きをあげる。

しかし、巨大すぎる熊の魔物であるタイラントベアーが、こちらの事情を斟酌してくれるはずもない。

　四足を地に着けた姿勢だというのに、遥か頭上からこちらを見下ろすほどの巨体。ただそこに在るだけで圧倒されるような存在感に、流れる冷や汗が止まらない。

「やるしか、ない……ッ！」

　ヴォルフは絶望的な気分で呟いた。

　まともに戦えるのは自分を含めて五人しかいない。

（勝てるか……？）

　内心の自問自答。

　答えなど聞くまでもない。

　タイラントベアーが前足を振るった。まるで邪魔な物を退かすかのように無造作に。

　それだけで巨木の幹が粉々に吹き飛び、木が倒れる。少しだけ空間が開け、タイラントベアーが動きやすい場所となる。

（いや、勝てるわけがない）

　タイラントベアーはレッドオーガすら容易に捕食する化け物だ。

　せめて体力と武装が十分であったなら、人数が今の三倍いたならば、半数以上の犠牲を覚悟して狩ることもできたかもしれない——そんな敵だ。

「戦士たちよッ！　死力を尽くせッ！　他の者は森の奥へ向かって駆けろッ!!」

『応ッ!!』

それでも戦わなければならなかった。

死を覚悟して声をあげる。戦えない者たちに指示をする。戦士たちが威勢良く応じ、女子供に老人たちが駆け出そうとして——、

「な、に……？」

ヴォルフは目を疑った。

吼え声の一つすらなく悠然とこちらへ近づいて来るタイラントベアー。

それに音もなく襲いかかった存在がいた。

四方八方から飛び出し、触手のようにうねりながらタイラントベアーの巨体に巻き付いたのは——茨。

「グゥルルアアアアアアア——ッ！！？」

タイラントベアーが怒りと苦痛半々の叫びをあげる。

巻き付いた茨は太く、その棘は大きく鋭い。普通なら剣で斬りつけてもマトモに傷の一つも与えられないタイラントベアーの毛皮に、尋常ならざる力で締め付けているからか、無数の棘が突き刺さり出血を強いていた。

夥しい数の茨は次々とその数を増やし、タイラントベアーの四肢を締め上げ拘束していく。

だが決定打にはならないだろう。出血は軽微であり、タイラントベアーは今も拘束を解こうと激しく体を震わせている。

と——、

「なんだ……？　この、匂いは？」

突然、辺り一帯に甘い香りが広がった。

狼人族の優秀な嗅覚で匂いの元を探し出せば、拘束されたタイラントベアーの口へ差し出されるように、一本の蔦が伸びているのが見えた。

それは茨ではなく、棘のない蔦だ。

そしてその蔦の先には、なぜか赤い果皮に包まれ、つやつやと瑞々しい林檎が実っていた。

明らかにおかしい。「さあ食え」と言わんばかりに差し出されたそれを、普通ならば食うはずがない。タイラントベアーほどの魔物なら、そう判断できるだけの知能があるのだ。

だが、その林檎が発する匂いはヴォルフたちでさえ抗いがたく誘惑する。

巨大な口が開き、閉じられる。

まるで本能に基づく反射のように、タイラントベアーは躊躇なくそれを喰らった。

果たしてそれが、ただの林檎であるのか。

もちろんそんなわけがない。

「毒……いや、違う……？」

ビクンッと巨体を震わせた。

それを見て毒であったかと考えたが、どうにも違う。

まるで抗うことを諦めたかのように弛緩するタイラントベアーを見て、狼人族でも珍しい魔法使いの老人が、その効果を推測した。

雑草転生
Reincarnated in weeds ~ Carefully raised in the elf village ~
天然水珈琲
Illustration にじまあるく
1
～エルフの里で大切に育てられてます～
初回版限定
封入
購入者特典
特別書き下ろし。
セフィ、モモに出会う
※『雑草転生 1 ～エルフの里で大切に育てられてます～』をお読みになったあとにご覧ください。
EARTH STAR NOVEL

それはセフィと出会ってまだそんなに日も経っていない頃、ウォーキングウィードという雑草の魔物である俺も、まだまだ念話が使えなかった頃の話だ。

『ユグ、セフィはくだものにはちょっとうるさい』

——どうした、藪から棒に。

『ユグがいろんなくだものつくれるのは、おみとおし』

——まあ、別に隠してないからな。

『ここは……ユグのかのうせーを、もっとついきゅーするべきだとおもう』

——俺の可能性？　確かに俺ってば可能性には満ち溢れていると思うが……。

朝目覚めて「おしごと」に出掛ける前に、ハイエルフな幼女であるセフィがきりりっとした真剣な顔で、そんなことを言い出したのだ。

俺はセフィがなぜそんなことを言い出したのか、考える。

——つまり……もっと色んな果物食べたいってことだな？

『うん！』

いや考えるまでもなかったわ。

——でも、そんな一気に何個も食えないだろ？　お腹壊すぞ？

ただでさえ少食なエルフの上に、セフィはちんまい幼女だ。そのぽっこりお腹に入る量などたかが知れている。一日ごとに別の果物を試してみれば良いと思うのだが、どうやらセフィはすぐにでも色んな果物を食べてみたいようだ。

——一口食って残すとかは、ダメだぞ？

食料は大切にするべきなのだ。

『だいじょぶ。セフィのおなかは……きょむ』

——虚無!?

たぶん選ぶ言葉を間違っていると思うが、言いたいことは分かった。ドヤ顔セフィは幾らでも食べられる、とでも言いたいのだろう。

とてもそうは思えんが。

——まあ、作るのは別に良いんだが、俺の知ってる果物を全て作るとすると、大量の肥料が必要だぞ？

俺自身が知っていればどんな種類の果物でも作り出せるが、無から生み出せるわけではない。魔力とか栄養とかが必要なのだ。

『ん！　ならきょうは、おしごとおわったあとに、ユグのひりょーをいっぱいあつめる！』

そんなわけで、今日の予定は決まった。

いつものようにエルフの里の大樹や茨の壁などに「おうえん」を施した後、セフィはさっそく肥料集めに奔走する。

セフィのお世話係であるメープルを初め、里の人々におねだりしたり。

里の子供たちと一緒に虫集めをしたり。

魔物を狩って来たらしい赤髪と青髪の青年エルフたちのところに突撃して、解体で出た端材や何やかんやを強奪したりした。

特に魔石を奪われた赤髪の青年は憐れだったな。

『セフィ、いしころほしい！』

という単純明快な要望と同時に、手の中の「いしころ」――つまりは魔石を奪われたのだ。

何だか必死に抵抗していたみたいだが、結局は観念していた。エルフの里のお姫様であるセフィには逆らえなかったようだ。これぞ権力。

いや、本当に嫌がることならセフィも強要することはないぞ？　傍若無人な我がまま姫ではないのだ。意外と空気を読める幼女なのである。

とすれば、セフィにとって赤髪の青年は気安く接することができる人物なのであろう。

『これだけひりょーがあれば、くだものがむげんにたべられるかもしれない……』

そして夕飯の後、集めた肥料をテーブルの上に置いたセフィは真剣な顔をしてそう言った。

――いや、無限には無理だよ。

同じくテーブルの上に鉢植えごと乗せられた俺は、そう否定しておく。

ちなみに今日の夕食だが、大量の果物を食べるため、いつもより更に量を少なくしてもらっていた。きちんと食事を摂らないことにメープルから御叱りを受けていたセフィだが、抱き着きからの上目使いのお願い攻勢でメープルの了承を得ることに成功している。

……どうでも良いけど、赤髪の青年との扱いの差が酷いな。セフィの中でのヒエラルキーが目に見えるようだ。

ちなみに、そんなヒエラルキー上位のメープルさんも同席している。どうせセフィ一人では食べきれないであろうことは分かっているからね。

――んじゃまあ、作ってくぞ？

『おねがいします！』

神妙に頷くセフィの前で、俺は集められた肥料を『エナジードレイン』で吸収しながら、その栄養と魔力でスキル『種子生成』を使用し、幾つもの果実を生み出していく。

いつもの林檎に蜜柑、柿、梨、葡萄、マンゴー、桃、苺、西瓜、メロンなど、実に様々だ。

自分で作っといてなんだが、幼女が一日で食べられる量を遥かに超えているな。まあ、一日二日で悪くなるもんでもないから、明日以降に回せば大丈夫だろうが。

『んー！　おいしー！』

蜜柑、苺、葡萄と喜んで食べていくセフィだが、糖度マシマシ林檎を食べているときと同じ反応にしか見えない。しかし、次に桃を食べたときだ。

『こ、これはっ⁉』

その両目が驚愕に見開き、エルフ耳がぴんと跳ねた。

『やさしいあまさでみずみずしいかじゅーがいっぱいで、ちょーおいしーっ！』

食レポが下手だということはわかった。

『まちがいない……かみのたべもの』

――神の食べ物か……。

どうやら、とっても気に入ったらしい。いや、特別な効果はないただの桃ですけどね、それ。

『むしろ、かみ、そのものかもしれない……かみってる』

――いや、ただの桃だよ。なんだ神ってるって。

以後、セフィは桃をこよなく愛し、至高の桃を求めて桃の生育をするようになるのだが……それはまた別のお話である。

あ、ちなみに残った果物は、後日幼女が美味しくいただきました。

「奴の全身に水の魔力が巡っておる……強力な、弱体化の魔法じゃ」

そんな林檎があるなど聞いたこともない。

だが実際、タイラントベアーは自らの意に反して弛緩している。

「何かよく分からんが、今の内に――」

攻撃するか、逃げるべきか。

選択する必要はなかった。

水面に岩を投げ込んだかのような、轟音が響いた。

音の発生源はタイラントベアーの頭部。

正確には、頭部があった場所、だ。

「……は？」

タイラントベアーの頭部は木っ端微塵となって吹き飛んでいた。無数の肉片骨片血の雨が、周囲に降り注いだのがその証拠だ。

いったい何があったのか。

その答えもまた、明白だった。

拘束されたタイラントベアーの背に、一つの人影がある。

だがそれは、人ではなかった。

まるで大樹の根が幾本も絡み合って形作られたかのような人型。体表の樹皮の他に彩りを添えるのは、頭上と体のあちこちに生えた木の葉。

体高はレッドオーガにも匹敵するほど大きい。高さにして3メートルはあるだろうか。

人型ではあるが、その両腕は異様に長く、膝関節の下まで届いている。そしてその長い両手に握られた物が、タイラントベアーの頭部があった場所に置かれていた。

おそらくはそれを振り下ろしたのだろうと姿勢から理解できる。

それは長大な剣の形をしていた。黒く硬質な光を宿しているが、微かに見える木目模様からすると、なんと木剣であるらしい。

木剣を振り下ろしてタイラントベアーの頭部を粉々に吹き飛ばしたのだ。

そう理解した瞬間、ドッと恐怖が押し寄せる。

(なんだ、あれは……!?)

見たこともない魔物だ。

しかも不意を突いたとはいえ、タイラントベアーにろくな反撃もさせず一方的に倒してしまった。

明らかにタイラントベアー以上に危険な魔物である。

タイラントベアーを拘束した茨も魔物の一部であるのなら、もはや逃げることさえ困難であろう。

(ダメだ、どうにもならない……)

絶望がヴォルフを支配した時――、

『オッス、あんたら無事か?』

どこか気の抜けた「声」がした。

念話だ。しかもその発信源は明らかに、タイラントベアーの上に乗った見慣れない魔物である。

なぜならば、こちらに挨拶するように左手を掲げているのだから。

妙に人間臭い動作であったが、しかしヴォルフたち狼人族にそれを気にする余裕はない。

(喋りやがった……もう、ダメだ)

恐怖で言葉の内容があまり理解できなかったが、念話を使えるほどに高位の魔物だということは理解できた。

つまり、とんでもない化け物の登場に恐怖の上限を突き抜け、放心したのである。

『あれ……？　ちょっと？　ねぇ？　おーい！』

腰を抜かした三十名余りの集団を前に、樹木でできた人型の化け物だけが「声」をあげていた。

第二十話　セフィの超感知

ぽかぽかとした陽気に照らされている。

光合成が捗るのはもとより、気持ちの良い太陽の光を浴びてのんびりしていると、眠くなってしまうのは生命の本能だろうか。

セフィが昼食を食べてお昼寝をしている時間、特にするべきこともない俺も、セフィと一緒に昼寝をするのがいつの間にか日課となっていた。

窓から入り込む風、さやさやと揺れる木の葉の音、セフィの微かな寝息をＢＧＭに心地好く微睡《まどろ》む。

と――、

「――だれかきたっ!!」

『……ふぁ？』

セフィの叫び声で目を覚ます。

寝起きのぼんやりとした意識でセフィの方を向けば、寝起きとは思えないほどぱっちりと目を開いたセフィが慌ただしく起き上がるところだった。

『え？　なに？　どしたの？』

誰か来たという割に、室内には誰もいない。

魔力感知を広げて周囲を探ってみても、ウチに近づいて来る存在は感じ取れなかった。

『……寝ぼけたのか？』

きっと夢の出来事と勘違いしているのであろう。

そう判断した俺はもう一度寝直そうとして、しかし、勢い良くセフィに否定される。

「ちがう！　めっちゃいっぱいこっちにくるの！」

『誰が来るんだよ？』

「わかんない！　わかんないから、いこ！」

『え？　どこに行――ちょっ!?』

何やら珍しく焦った様子のセフィが、鉢植えに植わっている雑草姿の俺を素早く引っこ抜いた。

そのまま家を飛び出し蔦に掴まり急いで地面に下りると、里の中を走り出す。

向かう方向からして行き先は……里の門か!?

『おいおいセフィ！　まさか外に出るつもりか!?』

「うん！」

走りながら元気良く頷くセフィだが、勝手に外に出てはダメだと長老に言われているだろうに！

『長老にはちゃんと言うんだろうな!?』

「あとでいう！　いっぱいいるから、はやくしないと、あぶないかも！」

『じゃあ護衛役にウォルナットとローレルについて来てもらえよ！』

「わかった！」

ウォルナットとローレルは、俺がこの里に初めて来た時に会った青年エルフたちのことだ。

今の時間なら昼食を終えて門の近くにいるはず。最悪でもどちらかはいるだろう。

そう考える間にも、茨の門へ近づいていく。

視界の中に門が入り確認すると、青年エルフの片割れたるウォルナットだけがいた。赤毛でエルフにしてはちょっとだけ活発そうな感じの男だ。

セフィは忽そうに突っ立っているウォルナットの横を通り過ぎ様、

「ウォル！　ついてきて！」

「え!?　姫様!?」

『ウォルついて来い！　セフィが外に出るつもりだ！』

「精霊様!?　ちょっ！　待っ！」

まったく突然のことに慌てる気持ちは良くわかる。

だが、セフィはウォルナットがついて来るかなど確認もせず、門を出て森の中へ。

一年以上セフィと暮らして、この幼女ハイエルフがどれくらいの力量を持つかはだいたい理解できたつもりだ。そこらの魔物に害されることはそうそうないだろうと分かっているが、それでも子供だ。油断してということもあり得る。

おまけにセフィ曰く、「めっちゃいっぱいこっちにくる」とのことである。

それが敵対的な何かであり、力量も高い存在であったなら、多勢に無勢で敗北することも考えられた。

だから……、

『ほら早く！　セフィを一人にするな！』

「わ、分かってますよ！　ああ、もうっ!!」

後方のウォルナットを急かす。

彼は諦めたように門衛の役を中断し、俺たちの方へ向かって走り出した。

そうしてすぐに横に並んで、

「後で叱られるのは俺もなんですからね！　精霊様、ちゃんと取り成してくださいよ？」

情けなくもそんなことを言う。

セフィの無茶は日常茶飯事だが、ウォルナットには保身ではなくセフィの身を第一に考えてほしいものだ。いやまあ、彼の言うことも理解できるのだが。

『大丈夫だ、長老には俺がちゃんと言っておく』

「ローレルにも、お願いします」

青年エルフの片割れたるローレルは神経質で生真面目だ。ウォルナットが門衛を放棄して勝手にどこかへ消えたとなれば、烈火のごとく怒り出すかもしれん。

『それは自分でなんとかしろよ』

幼馴染みなんだし。

ローレルの怒り方がちょっと恐いからではないよ？

「そんなぁ」

情けない声を出すウォルナットだが、一つ深い深いため息を吐くとキリッとした表情で顔を上げた。

どうやら今はセフィの護衛に専念することにしたらしい。

「それで、どこに向かってるんです？　何があったんですか？」

『知らん！』

「は、はあ!?　知らんてちょっと!?」

『セフィがいきなり走り出したんだ。なんかいっぱい里に向かって来てるらしい』

「げっ」

ウォルナットはそれを聞き、嫌そうな顔をした。

『なんだよ？　心当たりでもあるのか？』

「まあ、はい……ゴブリンの群れが移動してる程度なら良いんですがね。ほら、強い魔物なら基本群れは作りませんし、里に近づくこともないですから」

だが、その口ぶりからすると、どうやらそうとは思っていないらしい。

『そうじゃなかったら？』

「人ですよ。種族は分かりませんが、どっちにしろ、面倒事になりそうだなぁ……」

心底嫌そうな表情を隠さないウォルナット君。

俺は彼のそんな態度に、このままウォルナットだけを護衛として向かうのは危険かもと考えた。

もしも本当に人であった場合、何が起こるか少し読めない。知恵が働くというのは悪知恵が働くということでもある。

『そういうことなら……』

さらなる護衛が必要だ。

だから呼ぶ。

俺はウォーキングウィードの依り代が持つ大部分の魔力を用いて、広域に念話を発信した。

『ゴー君たち！！　俺んとこに集合ッ！！！』

「ッ――――！！？」

隣にいたウォルナットが、まるで大声に驚いたように飛び上がる。

それからこちらを向いて文句を言ってきた。

「ちょ、精霊様！　大声出すなら最初に言ってくださいよ！」

『いや、念話だから耳塞いでも意味ないだろ？』

「心構えが違うんすよ心構えが！」

そうは言うが、俺を握り締めるセフィは平気そうだぞ。

まあともかくも、これで近場にいるゴー君たちのどれかはこっちに来るだろう。

と、考えている間にさっそく来たようだ。まったくゴー君たちは優秀だぜ。

「おお、守護者様たちが……これなら安心ですね」

現れたのは3メートルほども体高のある人型のウッドゴーレム。

もはや人の形をやめてしまった、茨の塊であるプラントゴーレム。ちなみに今は丸太のように太い大蛇状になって移動している。

最後に蔦が絡まり人型を成した成人エルフと同程度の大きさのプラントゴーレムの三体だ。

彼らは俺が最初に作ったゴーレムたちであり、それぞれ作った順番にゴー君1号2号3号である。

俺が進化した一月後くらいに彼らも進化した結果、今の姿になった。いや、3号は見た目的にはほとんど変わっていないのだが。強いて言えばよりスマートになっただろうか。

ちなみに、今ではゴー君1号だけではなく2号と3号もエルフたちから「守護者」と呼ばれるようになっており、そのものズバリの称号まで得ていた。

「あっ」

『どうした?』

セフィが何かに気づいたように声をあげる。

聞き返せば、とんでもないことを言い出した。

「くまさんがいる」

「げっ！　じゃあ危ないし帰りましょうよ！」

顔をひきつらせたウォルナットが流れるように撤退を進言した。

だが、それも無理はない。セフィの言う「くまさん」とは「タイラントベアー」という、この辺りでは最強の魔物だ。

そこそこ知能が高いからセフィを襲うようなことはないはずだが、奴が本気で戦いを始めれば、その余波だけで周辺にも被害をもたらす。流れ弾的なものが被弾すれば、当然危険だ。

『こっちに来るのか？』

「ううん。いっぱいいるひとたちのところ」

『なぬ？　ひとなのか？』

近づいたからはっきり分かったのか、それともここまで言わなかっただけか、セフィは近づいて来るという存在を「ひと」と言った。

「たすけなきゃ」

『助けた方が良いのか？』

「うん！」

これもまた、迷いのない様子で頷く。

だから俺も、そうすることに決めた。

『よし、わかった。じゃあ最初にゴー君たちを向かわせるから、セフィたちは後からついて来い』

「わかった！　きをつけてね！」

『おう！』

さすがにセフィに先頭を走らせるわけにはいかん。

俺はセフィの手からゴー君1号の頭の上に移動して鎮座すると、セフィにくまさんの場所を教えてもらい、その方向にわさりっと枝を向ける。

『ゴー君たち、あっちに移動だ！』

三体のゴー君たちは素早く森の中を走り始めた。

あ。

ちなみに。

この一年で俺は、エルフたちの言葉を習得することに成功した。

ほら、セフィたち念話で喋ってなかったでしょ？

第二十一話　獣人ってやつ?

セフィが指し示した方向へと、ゴー君たちを率いて森の中を疾走する。いや、走っているのは俺じゃないが。

そして、それほども走ることなく問題の場所へ到着した。

いや、実際にはまだ辿り着いてはいないが、100メートルも距離は離れていない。これほど近くまで寄れば、目視せずとも魔力感知にて存在を把握することができたのだ。

巨大な魔力反応が一つ。

そしてエルフたちの平均よりもかなり小さな魔力反応が、一、二、三——いっぱいだ。

どうやら最悪の事態は避けられたと考えて良いのか。

タイラントベアーのものと思われる巨大な魔力は、たくさんの魔力たちに向かって悠然と進んでおり、まだ戦闘は開始されていないらしい。

しかし、その距離はかなり近く、すぐにでも一方的な蹂躙が始まってしまうだろう。

ゆえに、今すぐ介入する必要がある。

躊躇はなかった。

ゴー君たちがタイラントベアーを狩るのは、これが初めてではない。

それに、タイラントベアーの注意は今、誰か分からんが対峙する大勢の者たちに向かっているようだ。この隙を突かない手はない。

『2号は先行してタイラントベアーの全身を拘束しろ』

茨の大蛇になっているゴー君2号へ指示する。

2号は静かに先行し、徐々に蛇の形から地面を這う絨毯のように変形していった。一旦全身に取りつけば、タイラントベアーの剛力をもってしても容易に拘束を解くことは不可能だ。

『3号は弱体化魔法を込めた林檎を奴に食わせろ』

蔦が絡まり合って人型を形作ったようなゴー君3号が、走りながら右腕を前に伸ばす。

すると、その指先から絡まり合った蔦がするすると解けていき、一本の長い蔦となって2号の後を追う。

ゴー君たちはかなり優秀だが、それでも一体でタイラントベアーを倒せるほどではない、今は。

だからこそ、こちらの攻撃を当てダメージを確実に通すために、タイラントベアーを弱体化させる必要がある。

ゴー君3号は進化して水属性を得た。残念ながら「水魔法」と「氷雪魔法」には適性がなかったが、代わりに強力な「生命魔法」を扱えるようになった。

そこで各種生命魔法を込めた林檎を3号に接ぎ木してみたところ、生命魔法との合わせ技で再現することが可能になったのだ。

一度作り方が分かればコピー元たる林檎も必要ないようで、今では生み出した果物へ自在に生命魔法を込めることができるようになった。

『1号はタイラントベアーが弱体化したら、奴の脳天に木剣の一撃だ。植物魔法と身体能力強化で全力強化したやつをな』

ゴー君1号が俺の指示に頷く。

実は進化する前から植物魔法は使えていたのだが、さらに進化後には複雑な魔力操作を要する「身体能力強化」の魔法をも覚えてしまったのだ。

というのも、俺がゴー君1号の体に憑依して何度か戦ってみたりしたことがあるのだが、その時に使った「身体能力強化」の魔法を真似して、独自に体得したらしい。

いやー、あの時には悲しくなりましたね……。

もともと植物魔法で体の強度を上げたりしていたので、自分の体を強化することに対して適性があったのかもしれない。

それにしても優秀である。これだけ知能が高そうなのに、いまだに念話を使えないのが信じられないくらいだ。

『よし、行くぞ!』

ともかく、指示は出し終えた。

あとはゴー君たちに任せるのみである。

いや、本体の近くじゃないと、ゴー君たちに憑依し直すとかできないんだよね、実は。だから今の俺は戦力外なのであった。

でも、指揮官という大切な役割があるんです。

内心で誰にともなく言い訳しつつ、ゴー君1号と共に進んでいく。

するとすぐに、わずかに視界が開けた。どうやらタイラントベアーが邪魔な樹木を薙ぎ倒していたらしい。

こちらに背——というか尻を見せるタイラントベアーの姿がある。

そこへ津波のように殺到する茨の2号。

視界いっぱいに広がった茨が、四方八方からタイラントベアーに襲いかかる。

たくさんの餌を目前にして注意散漫にでもなっていたのか、驚くほどあっさりと奇襲は成功した。

タイラントベアーが、体表を這い締め付ける茨に苦痛の鳴き声をあげるが、すでに遅い。茨の2号は奴の四肢を胴体を締め上げ拘束していた。

そしてそこに伸ばされる一本の蔦。

その先端に、大量の魔力が込められた林檎が一つ実る。

林檎は嗅いでいるだけで唾液が溢れて止まらないような魅惑的な匂いを振り撒いている。

タイラントベアーに本能を押し止めるほどの強い意思はなかったようだ。

ご丁寧に口の先へ差し出されたそれを、躊躇なく喰らった。

途端、奴の全身に弱体化魔法が巡る。効果は力低下に防御力低下といったところだろうか。

これで準備は整った。

『今だ！』

ゴー君1号が高く高く跳躍する。

その手には、すでに腕の中から解放した木剣が握られていた。

いつの間にか鍔もできていて、木剣は鉱石のように艶のある黒へ変色していた。進化に伴い強化されたそれは、いまや金属製の剣と打ち合っても傷一つ付かない硬さだ。

ただでさえ頑丈なそれを、さらに植物魔法で一時的に強化。

加えて、ゴー君1号の全身を身体強化の魔力が巡る。

跳躍と同時、大上段に構えられた木剣を落下の勢いを乗せて振り下ろす。


一閃。

鋭い剣のように断ち斬ることはなかった。

何かが爆発したような轟音が響いた。

振り下ろされた木剣の先にタイラントベアーの頭部はなく、無数の破片となって散った頭部だったものが一瞬遅れて周囲へ降り注ぐ。

それからさらに遅れて、拘束されていたタイラントベアーの体は地に伏した。

『よし、やったな』

フリとかじゃないぞ？

ちゃんと死んだことは、吹き飛んだ頭部を見るまでもなくタイラントベアーの体から魔力が抜け出ていくのを感知したから分かるのだ。

そうして危機が去ったことを確認して、俺は周囲を見渡した。

『お、あれは……獣人ってやつか。俺、わかる』

タイラントベアーと対峙する方向に、彼らはいた。

どうやら前の俺は、エルフのみならず獣人とも交流があったらしい。彼らの犬のような耳や、腰の後ろから生えるふさふさな尻尾を見て、すぐさま「獣人」という言葉が浮かび上がってきたのだから。

人数は一、二、三――いっぱいである。

深い森の中を歩くにはけっこうな大集団であろう。

獣人たちはタイラントベアーがよほど恐ろしかったのか、恐怖に顔を固まらせてこちらを見上げている。

俺はもう大丈夫だと伝えるために、あえて気安い感じで声をかけることにした。加えて、ゴー君には『オッスのポーズだ』と指示を出し、右手を挙げさせる。

喋れないゴー君たちには、挨拶や相づちなどの基本的なポーズと動作を教えているのだ。いやほら、コミュニケーションを円滑にするためにね？　俺が憑依して直接体を動かして教えたから、細部に至るまで完璧なポーズであることを保証しよう。

『オッス、あんたら無事か？』

しかし、どういうわけか、これほどまでにも気安い感じだというのに、彼らは固まったままである。その瞳はどこか遠くを見るように茫漠としていた。

なんでだよ。

『あれ……?　ちょっと?　ねぇ?　おーい!』

俺がいくら声をかけても硬直が解ける様子はない。

念話で話しかけているから、俺の言葉はちゃんと伝わっているはずだと思うのだが……目を開けたまま気絶するほど、タイラントベアーが恐かったのであろうか?

「あ!　やっぱり!」

と、俺がどうするべきかと困惑している間に、セフィたちが追いついて来たらしい。

この場に辿り着いたセフィは硬直する獣人たちを見て、そんな声をあげた。

「ガーとおんなじひとたちだ!」

ガー?

ガーって、何?

いや、もしかして誰?　だろうか。

『知ってる人たちか、セフィ?』

知り合いだろうかと問えば、セフィはにっこりと笑って元気よく答えた。

「しらない!」

知らねぇのかよっ!?

なんなんだいったい、と悪態を吐きつつ、どういうことかと聞こうとしたところで、セフィの背後に控えていたウォルナットが目を丸くして言った。

「狼人族じゃないですか」

狼人族。

それが彼らの種族らしい。

犬じゃなかったのね。まあ、口に出してないからセーフだろう。

『知り合いか？』

と、今度はウォルナットに聞けば、

「いや、知り合いではないんですが……狼人族とは、ちょっと縁がありましてね」

『ふぅん……ところで、ガーって誰？』

「ああ、それは――」

「ま、まさか！　ハイエルフ様ではっ!?」

ウォルナットが続けようとしたところで、しかし今度は狼人族たちが声をあげたのだ。

ようやく硬直が解けたのか、彼らはよろよろとセフィの方へ近づいていく。敵意はないようだし、
何よりセフィは胸を張ってドヤ顔だ。いや、なんで？

「そうだよ。セフィ、ハイエルフ」

「お、おお！　やはり！」

頷いたセフィに、狼人族たちはなぜか歓喜の声をあげた。

そして、例外なく全員がセフィの前に跪《ひざまず》く。

「我らが偉大なる森神よ、どうか我らをお救いください!!」

頭を垂れた彼らは、しかしとんでもないことを言い出した。

なんだ神って、なんだお救いくださいって。相手は幼女だぞ。

唖然とする俺が見守る前で、しかしセフィは深々と頷くと言ったのだ。

「うむ!　くるしゅうないっ!」

意味わかって言ってるんだろうか?

第二十二話　エルフ語じゃなかったようです

エルフの里の広場。

そこに今、大勢が集まっていた。

時刻はすでに夜で、周囲には篝火――ではなく、光るマリモがふんだんに詰め込まれた籠がいくつも設置され、綺麗な細工が施された籠越しに生み出される陰影が、どこか幻想的な光景を作り出している。

ついでとばかりに俺も枝のあちこちに光るマリモを生み出し、照明に一役かっていた。

実は『変異』スキルで木の葉の一部を変異させて、これを生み出せるようになっていたのだ。

まあ、役には立たないと思っていたので宴会芸的にいつか披露しようと思っていたのだが、こうして珍しくも夜に集まるとなれば話は別だ。何が役に立つかわからないものである。

そんな俺の本体……つまりはマナトレントの根本にセフィはいた。

そこには小さな櫓《やぐら》のような物が組まれ、上にはなんだか人をダメにしそうな大きなクッションが置かれている。そのクッションに座り全身を預けるような形で、セフィは座っていた。

ちなみにこのクッション、中身は綿ではなくマリモである。

寿命なのか枯れてしまったのかは知らないが、光らなくなったマリモを乾燥させた物を詰めているらしい。すると凄まじくふわふわな感触のクッションになるのだ。

話が逸れた。

ともかく、セフィはいつもの森の中でも動きやすいワンピースにズボン姿ではなく、ひらひらとした民族衣装っぽい、豪華な刺繍が施された衣服だ。綺麗な白を基調としたそれは、どこか神官や巫女が着るような神聖な印象を受ける。

加えて花冠や花で編まれたネックレスなども首から提げて、今日のセフィは随分と「おめかし」していた。

「――ふぅむ、では、ガル氏族以外の安否は分からないと」

「はい、我らも生き残った戦士団が教国の兵士どもを足止めしている間に、なんとか逃げ出せたくらいです。とても他の氏族と合流する余裕もなく……」

そんなセフィの周囲には、三人だけが集まり何やら深刻そうな表情で話し合っていた。

セフィを上座に置き、車座になって敷物を敷いた地面の上に座って、用意された食事を口にしながら会話している。

集まっているのはエルフの長老、狼人族の長老らしき老人と狼人族の戦士団を率いていたという男だ。戦士の男は基本的には口を挟まず、話し合っているのは主に二人の長老であったが。

ちなみに、話し合いには参加していないが、セフィのそばにはメープルがいる。

汚しちゃいけなそうな豪華な衣装を着ているセフィのために、食事の世話をしていた。雛鳥が餌をもらうみたいに口を大きく開けたセフィに、嬉々として食べ物を運んでいる。

なんだかここだけ暢気な雰囲気である。

「して、我らの里を目指して来たという話だが、この場所を知っていたのは、なぜですかな？」

「それは……戦士団が最後の戦いに赴く直前、助太刀に来てくれた人物が教えてくれたのです」

長老たちの周囲でも、広場のあちこちでは集まった人々がそれぞれに食事をとり、酒を飲んで話し合っていた。

名目上は狼人族たちの歓迎の宴だと聞いているが、宴にしては静かなものだ。

まあ、その理由というのも、長老たちの話を聞いていれば何となく理解できる。暢気に騒ぐ気にはなれないのだろう。

簡単に纏めると、静かに暮らしていた狼人族の森へ、人族国家の神聖イコー教国とやらが勝手にやって来て、森の開拓や周辺の資源の採取などを大規模に行い始めた。

これによって森は荒れ、周辺を住み処とする魔物たちは荒れ狂い、環境は激変する。

当然のように抗議した狼人族だが、教国とは話し合いにすらならなかった。

それどころか、一方的に奴隷狩りと称する略奪や虐殺が行われた。

もちろん狼人族とて、何もしないわけがない。

一部では複数氏族の戦士団が纏まり、大規模な戦いを挑んだらしい。しかし結果は惨敗だった。

狼人族は決して弱くない。

魔力は低いが、その身体能力は人族よりも遥かに高く、生命力を消費して行使する「闘気術」と呼ばれる身体能力強化の技術もあり、個々で戦えば圧倒することも可能だという。

だが、数では人族の方が圧倒的に多い。

それに加えて、人族が開発した奇妙な技術や兵器の力が厄介だったらしい。若い戦士などはその力の前に、何もできずに散っていったという話だ。

少し前までなら、そんなことはあり得なかったという。

いくら未熟な戦士とはいえ、それは狼人族としてのこと。対人族相手ならば、最低でも兵十人並みの働きはするはずだと。

だが、それらよりも遥かに厄介な存在があった。

人間どもが「新神」と呼ぶ、神の力を宿した依り代が戦場に現れるようになったのだという。

狼人族はそれを神とは認めていないようだが、話を聞いていると、振るう力はまさに神と呼ぶに相応しい規模と威力のようだ。

何しろ住み処を荒らされて激怒した地竜の群れを一撃で消し飛ばしたらしい。本来は温厚な性格らしいが、竜の名を冠するに相応しく、一体一体がタイラントベアー以上の強さだという地竜をだ。

この新神の話が出た時には、長老もそばで話を聞いていたメープルも、どこかピリピリとした雰囲気を発していた。確信はないが、強い怒りや憎悪を堪えているような……？

ともかく。

そんな教国勢力を相手に、狼人族は壊滅どころか種の絶滅も覚悟せねばならないような劣勢に追い込まれたらしい。

そこで戦士としての矜持を捨て、次世代を担う女子供だけでも逃がそうと行動を起こした。

その直前、彼らのもとに助太刀にやって来たという人物が、このエルフの里の場所を教えてくれたようだ。

「その人物とは……？」

問うてはいるが、どこか答えを知っているような雰囲気で長老が聞く。

「我ら狼人族の英雄、戦士ガーランドが教えてくれたのです。樹海を西へ抜けるよりも、北を目指せ、と」

「やはり、ガーランド殿であったか……」

答えに、長老は頷く。

それは予想していた人物だったようだ。

「ガー？　ガーもくるの？」

そしてガーランドの名前を聞いた途端、どこか期待したような顔でセフィが聞く。

ガーランドではなくガー。

呼び方はあれだが、同一人物なのだろう。ということは、セフィが言っていた「ガーとおんなじひとたち」というのは、同じ狼人族という意味だったか。

「森神様……それは、わかりません。もしかしたら、後からやって来るかもしれませんが……」

答えたのはヴォルフと名乗った戦士の男だ。

彼はどこか気まずそうな顔をしながら言った。その理由はたぶん、助太刀してくれた命の恩人である相手が、圧倒的な戦力を持つ人族相手に生きているとは思えないからだろう。

「そっかぁ……セフィのけんぎをみせてあげようとおもったのに」

残念そうに肩を落とすセフィ。

いつか聞いた「さいきょうのけんしになるっ！」との言葉は、どうやら本気らしく、今でも熱心にチャンバラごっこ――もとい剣の修行を積んでいる。

その腕前は……まあ、ね？

しかし、ガーランドなる人物とセフィは随分と親しそうだ。

少なくとも、セフィの好感度が高そうなのは見ていればわかる。

別にジェラシーを感じたわけじゃないけど？　セフィの保護者として？　どんな人物か？　聞いとこうか？

ん？

『長老、ガーランドって奴とは知り合いなのか？』

「ええ、まあ、何と言いますか……我らエルフの里全員の命の恩人なのですよ」

返ってきた答えは想像以上だった。

エルフ全員の命の恩人とは、何があればそんなことになるのか。

『何があったんだよ？』

「精霊様と出会う数年は前になりますか、我らはもともと別の場所に住んでいたのですが……」

そうして長老が語った事情は長かった。

だが、聞き流すにはあまりにも重要な話だ。

そして、俺の抱く人族に対する印象が、狼人族の話に続いて、さらに悪化するような話。

まとめてしまえば、エルフたちは以前住んでいた場所を人族によって追われた。

狼人族と同じように一部は奴隷として捕らわれ、多くは虐殺された。

生き延びたエルフたちは逃げ出したが、大量の追っ手がかかる。逃げるのは困難に思われた。そんな時、エルフたちを逃がすために現れたのが、神聖イコー教国と国境を接する隣国ヴァナヘイムで活躍するガーランドだったらしい。

傭兵として活躍する彼は、エルフたちが以前住んでいた場所——森林都市アルヴヘイムがイコー教国の軍勢によって壊滅させられたと知ると、自身が率いる傭兵団を伴って現地へ移動したらしい。そこで逃走中のエルフたちの一団を発見すると、追っ手の軍の撹乱や護衛などの役を買って出てくれたという。

そんな彼の献身があり、セフィたちは生き延びてここに新たな里を築いたのだとか。

『え、なにそれ……ガーランド、めっちゃ良い奴じゃん』

さすがに嫉妬の心は消え失せた。

いや、もともと嫉妬なんてしてないけどね？

「ええ。そういったわけで、我らは彼に大きな恩があるのですよ」

『なるほどなー。でも、なんでガーランドはそんなことを？　正直、金にはならんだろ？』

少ないが、持ち出した手持ちの金や物品を礼として渡したらしいが、大した物はなかったらしい。

となると、傭兵団とすれば赤字になるし、普通は自分からそんなことをするとは思えない。

「なんでも、ガーランド殿は先代のハイエルフ様に大恩があったとか。本人はその恩に報いるためと仰っておりましたな」

「そもそも、我ら狼人族は数多の自然神の中でも森神様を崇めておりますので」

二人の長老がそれぞれに言う。

森神とはハイエルフのことを指しているらしい。

『恩返しってわけか……それにしても律儀な奴だな』

話に聞く教国の軍相手となると、かなり危険だろうに。

まあ、事情は理解した。

付け加えるならば狼人族とは違い、教国がアルヴヘイムへ進軍した目的は、最初からハイエルフを殺すことだったようだ。

先代のハイエルフは今のセフィとは比べようもないほど強い力を持っていたらしく、そんな存在を確実に殺すためにか、教国は六柱の新神を伴って攻めて来たという。

いったいどんだけいいんだよ、新神。

「ガーがけんでみんなをまもってくれたの」

ふと、セフィがそう言った。

いったいセフィが何歳のときか知らないが、教国の軍から逃げるときの記憶は、はっきりとあるようだ。

「だからね、こんどはセフィがガーみたいに、けんでみんなをまもるっ!!」

ふんすっと、拳を握って決然と宣言する。

もしかして「さいきょうのけんし」を目指しているのは、ガーランドに憧れているからなのだろうか。

「おおっ、姫様、なんとご立派な……!」

「森神様……!!」

長老たちのみならず、いつの間にかこちらの話に耳を傾けていた全ての者たちが、セフィの勇ましい宣言に感動し、目の端に涙さえ浮かべていた。

感動してるとこ悪いんだけど、長老はセフィの剣の腕は知ってるよね？

まあ、セフィの心意気に感動してるのだろうけど。

それは俺も同じだ。

『じゃあ俺は、皆を護るセフィを護ってやるよ』

その言葉は、自然と口をついて出た。

不思議と気恥ずかしいとは思わなかった。

「うんっ！　たのむぜ、あいぼー！」

『おうよ』

にぱっと輝くような笑みを浮かべるセフィに頷く。

まあ、それはそうとして、だ。

『ところで、狼人族はこれから里で一緒に暮らすってことだよな？』

逃げて来た彼らは、セフィに願った。守護を。

だから、そういうことなのだろう。

「ええ、姫様が受け入れましたし、何より恩あるガーランド殿に託されたのですから、拒否するわけもありませんな」

「かたじけない……我らの里を取り戻せれば良いのですが、現状ではそれも難しく……」

「なんの、お気になさるな」

狼人族の長老が申し訳なさそうにしているが、この里でセフィの決定に異を唱える者はいない。

『よし、じゃあ、俺からも歓迎の品を贈ってやろう』

言って、俺は『種子生成』と「生命魔法」を発動する。

作り出すのは回復魔法が込められた林檎だ。それを狼人族の人数分用意した。

進化もして、日々生命力や魔力を地下茎として蓄えているので、もはやこれくらいは造作もない。

俺も成長したもんだぜ。

『落とすぞー』

枝の先に実らせたそれを落とす。

エルフたちが慣れた様子で受け取ってくれた。

そして狼人族たちへ配っていく。受け取った狼人族たちは戸惑った様子で手の中の林檎を見つめていた。

「これは……いったい？」

『まあまあ、食ってみてよ』

恐る恐るといった感じで林檎を口にする。

途端、彼らの体の中を林檎に込めた回復魔法が巡り、身体中の傷を癒やしていった。おまけで生命力もちょっと多めに込めたから、疲労も回復しているはずだ。

「傷が……!!」

「体が、軽いぞ！」

いや、森の中を逃げて来たからなのか、全員擦り傷やら何やらあるのが気になっていたんだよね。

「精霊様、ありがとうございます！」

口々にお礼を言われる。

それに『いやいや、まあまあ、気にすんなって』と適当に返していく。

「ユグ、セフィ、ももがたべたい」

するとセフィが自分も果物を食いたくなったらしい。

今さっき感動的なことを言ったと思ったら、すでにいつも通りだった。唯我独尊かよ。

『はいはいっと』

セフィ用の桃を生み出し、メープルに受け取ってもらう。

皮を剥いて切った桃を食べたセフィは満足げに頷いた。

「おいしー！」

狼人族にも林檎をあげて、エルフたちには何もなしというのもアレだな。

俺は地下茎の量を確認すると、全員に果物を振る舞うことにした。

『今日は大盤振る舞いだ！　皆も好きなだけ食え！』

「「「おおー!!」」」

途端、エルフたちが歓声をあげる。

遠慮なく口々に自分の好きな果物をリクエストしてくるのも、打ち解けた証拠であろうか。

そんなことを思いつつも、俺はふと考える。

俺ってば狼人族の言葉も普通に理解できてるけど、エルフたちの言葉は別にエルフ語ではなかったらしい。

共通の言語なのだろうが、それを確認しようにも場の雰囲気はようやく宴会らしい明るさを取り戻したばかりだ。

なので、まあ後で聞けばいいか。

第二十三話　みすとるてぃん

エルフの里で狼人族がともに暮らし始めてから一月ほどが経過した。

最初は居候のような居心地の悪さを感じていた彼らも、この一月の間にそれぞれの役割を見つけて、徐々に里での暮らしにも馴染んできたようだ。

狼人族は森で暮らしていた戦闘民族というだけはあり、まだ幼い幼児を除いて、女子供であっても狩りの腕前は相当なもののようである。

なので多くは狩りにて里への食肉供給に貢献したり、魔物の牙や骨、皮などを加工して武器や防具を作ったり、あるいはウォルナットやローレルたちのように里の警備をしたりと、それぞれでできることをしている。

加えて、タイラントベアーから助けられた時のことが余程印象に残っていたのか、あるいは回復魔法を込めた林檎を与えたのが良かったのか、なにやら俺は妙に狼人族から感謝されているようで、毎日のように貢ぎ物が捧げられるようになっていた。

まあ、貢ぎ物といっても狩りをして得た獲物の捨てる部位がほとんどだ。

加工には適さないくらいの皮や、食べられない内臓の部位、強度的に武器にはできない骨や軟骨、あとは血抜きした血など。

それだけなら体の良いごみ処理に使われているのかと邪推するところだが、それらと一緒に低級な物とはいえ、毎日魔石まで持って来るのだから、やはり貢ぎ物といっても良いだろう。

そんな彼らに、俺はエルフたちと同じように果物を作ってあげたりしたのだが、ある日、ヴォルフという名の狼人族の戦士が、興味を示した物がある。

彼らはもともと肉食で、俺の果物は確かに美味しそうに食べるのだが、嗜好に関しては肉に軍配が上がる感じであったのだ。

だが、そんな彼らの興味は俺の作ったある物に向けられる。

それは果物ではないが、確かに俺が作った物であった。

何かと言えば、木剣だ。

より正確に言えば、セフィが毎日の鍛練で使う、子供用の短い木剣。

最初はその辺で拾った「なんか良い感じの長さの棒」を振るっていたセフィに、ふと「木製なら俺でも木剣くらい作れるんじゃね？」と思いついた俺が、実際に作ってみた代物であった。

どうやって作るのか。

簡単だ。

『種子生成』と「植物魔法」そして『変異』と『憑依』を使うのである。

……まあ、俺にとっては簡単だが、たぶん他の者には難しい方法かもしれない。

要するに、これは木剣の形をしたゴーレムであるのだ。

まずは『種子生成』で生み出した果物に「グロウプラント」の魔法をかけて発芽させる。その後も時間をかけて枯らさないように注意しつつ、「グロウプラント」で成長させていく。

生まれるのはマナトレントだ。

成長を早めるとはいっても、成木ほどに大きくは育てない。ある程度育って木剣に十分なくらい幹が太くなったところで、マナトレントに『憑依』して『変異』スキルを行使する（『変異』はマナトレントならば生来備わっているスキルらしい）。

大きく成長するよりも、より硬く頑丈になるように成長の方向を『変異』させ、さらに数日経過したところで、いよいよ「クリエイト・プラントゴーレム」の魔法でゴーレム化する。

葉も、枝も、根も、樹皮もない一本の木剣になるように想像しながら魔法を行使する。

自分では動くことも攻撃することもできないが、その代わりに頑丈さだけはとびっきりで、おまけに『エナジードレイン』のスキルがあるから、真っ二つに折れても時間をかければ再生するし、何なら魔力を流してやったり栄養たっぷりな水に浸けたり地面に突き刺すだけでも再生を早めることができるだろう。

そしてこいつ、ゴー君たち同様、レベルが上がるのだ。

おそらく進化もするであろう。

あと、接触時間が短く接触面積が狭いために効率が悪いが、『エナジードレイン』で生命力や魔力を吸収することもできる。

ステータス上は俺が生み出したマナトレントなので、『憑依』することも可能だ。

そして『憑依』した時ならば、『変異』スキルを用いてウッドゴーレム――要するにゴー君たちのように動けるようにも成れるだろう。

俺はこの木剣を、密かにセフィの護衛役とするつもりで、セフィに贈ったのである。

「ふおおーっ!!」

セフィは目を輝かせて喜んでくれた。

そりゃもう嬉しそうだった。なにやら心の琴線に触れるものがあったのだろう。

木剣を高々と掲げたセフィは、きりりっと真剣な顔をして叫んだ。

「セフィは、でんせつのけんをてにいれた!!」

剣というよりは棍棒にも近い打撃武器であるのが本質だろう。

だが、せっかく喜んでいるのだ。水をさすこともあるまいと思った。

『ほう、伝説の剣か。なんて名前?』

ゴー君ブレイドとか、どうだろう。

セフィがどう名付けるのかと聞いてみると、しかしセフィは考える素振りもみせずに即答した。

「みすとるてぃん!!」

『ミストルティンッ!? なんか強そう!』

とても適当に名付けたとは思えない。

由来を聞いてみれば、

「んとねー、みすとるてぃんはねー」

と、たどたどしくも教えてくれた。

何でもエルフに伝わる神話で、かつて神を殺した武器の名前がミストルティンであるらしい。天然素材１００％の植物性の武器であったらしく、本来は槍のような形をしていたらしいが、正確なところは不明であるという。

セフィにあげたそれが神殺しの武器になるかは分からないが、植物性であるというところは共通しているな。

――とまあ、このような経緯で生まれた木剣ミストルティン。

それを見たヴォルフ君は、大層驚いたのだそうな。

戦士として様々な武器に触れてきたヴォルフである。それが良い武器であるのか、そうでないのかは、見るだけでわかるという。

そんな彼の言葉によれば、頑丈で再生能力があり、攻撃することで吸生吸魔の効果があり、何より使用し続けることで成長し進化していく武器というのは、たとえそれが木剣であっても、かなりすごい武器であるらしい。

いやまあ、改めて他人から聞かせられると、我ながらふざけた性能だとは思うが。

とはいえ、木剣だよ？　と聞き返したところ、

「木剣とはいえ使いようですし、その殺傷力が決して低いわけではないのは、守護者様を見ていれば分かります」

という返答が。

たしかヴォルフは、ゴー君1号がタイラントベアーの頭を木っ端微塵に吹き飛ばしたところを見ているのだったな。それも木剣で。

そういうことであれば、まあ、彼が「ミストルティン」を強力な武器であると考えるのも、理解できなくはない。

「精霊様、あの木剣、他に作ることはできないのでしょうか?」

何やら真剣な顔でヴォルフが訪ねて来たのは、広場でチャンバラごっこに興じるセフィを本体であるマナトレントから眺めている時のことだった。

彼はあの木剣を俺が作り出したことをエルフたちから聞き、自分にも作って欲しいとお願いしてきたのだ。

『まあ、作れるけどさ』

果物を作るのとはわけが違う。

作るのにかかる時間も、使用する魔力や生命力も、遥かに多いのだ。

セフィの護身用にと作ったものだから、手間隙を惜しまず作った。だから正直、他に作れと言われても面倒……もとい、大変なのだった。

俺はそこのところをヴォルフに説明した。

「ならば、しばらくは柿を我慢します。そして、今までよりも多くの捧げ物を持って来ます。それでどうにか作っていただけないでしょうか!?」

ヴォルフは柿にハマっていた。

今では夕食の後に食べる甘い柿が一日の楽しみなのだそうだ。

そのために毎日魔物を狩って持って来るようになっていた。そんな彼が柿を我慢するという。これは……本気だ。

俺はその並々ならぬ決意を感じとり、彼の願いを承諾した。

『わかった。じゃあ、頑張って魔石とか持って来てくれよ？』

「ありがとうございます、精霊様！」

そんなわけで、ヴォルフは毎日数体の魔物を狩り、魔石を含めた全部位を捧げて来るようになった。そのおかげで、半分以上のエネルギーを手間賃として回収しても余裕で余るくらい、エネルギー的には収支がプラスになった。

かかった時間の大半は、マナトレントを成長させるための時間だ。

それでも数日でヴォルフ用の木剣は完成した。セフィの物とは違い、大人かつ身体能力の高いヴォルフに合わせて剣の長さを伸ばし、厚みを上げた結果、大剣のような見た目になった。

木剣に『憑依』して自己鑑定をしてみれば、こんなステータスが表示された。

【固有名称】『ミストルティン2号』
【種族】マナトレント
【レベル】1／40
【生命力】70／70

【魔力】１４０／１４０
【スキル】『光合成』『魔力感知』『エナジードレイン』『種子生成』『地脈改善』『変異』
【属性】水
【称号】なし
【神性値】０

このステータスは、俺が『種子生成』で生み出したマナトレントと全く同じだ。

ちなみに種族名に「霊樹」は付かない。生み出せるのは普通のマナトレントだけである。

レベル限界が俺より10低いのは、たぶん「霊樹」ではないのが理由だろう。【生命力】や【魔力】が低いのは、「霊樹」ではないことに加えて進化を経験していないことが理由っぽい。というのも、またどこかで後述するがゴー君たちもウォーキングウィードから進化した個体の方が、マナトレントから作った個体よりも数値が高かったのである。

それからスキルだが、どうやら『地下茎生成』はウォーキングウィードから進化した個体でなければ所持していないようで、『憑依』『結界』はたぶん「霊樹」の位階で発現するスキルのようだ。

属性も進化を経験していなければ水属性だけだ。

しかしまあ、それでも弱くはない。

おまけに成長もするとなれば、十分すぎる能力ではないだろうか。

完成した大剣を手にして、ヴォルフはどこかうっとりと見つめていた。

いや、野郎のそんな顔を見せられても喜ぶ趣味は俺にはないのだが。

ともかく。

それから数日して、ヴォルフに木剣を自慢でもされたのか、狼人族の戦士どころかエルフたちの一部まで、俺に木剣を作ってくれと依頼しに来るようになった。

俺は大量の供物と引き替えに、その依頼を受けることにした。

いやだって、めんどくさいと断ってもなかなか諦めないんだよ、こいつら。

おまけに遠慮なく要望を上げて来るので、剣だけでなく、槍や棍や弓などを色々と作るはめになってしまったのだった。

第二十四話　がんばれー!の力

セフィの「おしごと」はだいたい毎日続く。

弱い雨の日も風の日も暑い日も続く。嵐や台風の時はちょっと休む。大雨の日も休む。危ないので当然だ。

だが、だいたいは毎日続けられるのである。

ところで覚えているだろうか？

セフィの「がんばれー！」は、里の中に生える大樹や外周を囲む茨の壁にかけられていたことを。

その対象に、俺は含まれていなかった。

しかし勘違いしないで欲しい。それはセフィに俺を応援する気持ちがないというわけではないのだ。ちゃんとした理由がある。

進化前の俺はウォーキングウィードだった。

そしてセフィに抱えられて移動することもあるために、あまり大きくなるわけにはいかなかったのである。

もちろんセフィは聞いてくれていた。

『ユグ、セフィが「がんばれー！」っておうえんしてあげようか？』

と。

俺はそれに断腸の想いで『あまり大きくなるとセフィじゃ持てないだろ？　だから今は遠慮しておくよ』と返したのである。

だが、それも今は昔の話だ。

俺はマナトレントに進化した。

普段、セフィといるときは依り代のウォーキングウィードに宿っているので、本体を応援してくれることには何の問題もない。むしろ推奨したい。とりあえず里でも一番の大樹になることが当面の目標なのである。

なので……、

「ユグ、がんばれー!!」

いつもの時間。

順々に大樹を巡って広場へやって来たところで、セフィは俺の本体に魔法をかけた。

一時的に本体へ意識を戻している俺は、セフィの魔法を受けて体の奥底から力が湧き上がってくるような感覚を得た。

『おおおお～!!』

全身の細胞の一つ一つが賦活されるような鮮烈な感覚は、レベルアップした時に感じるものと似ている。

実際にセフィの魔法を受けてみるまでは、おそらく「グロウプラント」の魔法であると思っていた。そうでなくとも、同じような効果を持った魔法だと。

だがしかし、それらの推測は間違いであった。

セフィの魔法を受けると、微々たる数値ではあるが、なんと【生命力】と【魔力】の値が一回ごとに上昇していたのである。

それまでレベルアップ以外では上昇しなかった数値が、だ。

このような現象を、いまの俺では引き起こすことはできない。というより、植物魔法でも不可能と言うべきだろうか。

それは植物魔法ではなく、まさに「魔法」としか言いようのない不思議な力だった。

おそらくハイエルフだけに許された特別な力なのであろう——というか、実際に長老がそう説明してくれたのだが。

「ユグ、どう?」

と、セフィが聞いてくるので、いつものように礼を言う。

『おう！　めっちゃ元気になったぜ！　ありがとな、セフィ！』

「ふふーん！」

セフィは胸を張って満足そうなドヤ顔をした。

そんなセフィを横目に、俺は自らのステータスを確認してみる。

【固有名称】『ユグ』
【種族】霊樹・マナトレント
【レベル】34／50
【生命力】1027／1027
【魔力】1415／1415
【スキル】『光合成』『魔力感知』『エナジードレイン』『地下茎生成』『種子生成』『地脈改善』『変異』『憑依』『結界』
【属性】地　水
【称号】『賢者』『ハイエルフの友』『エルフの里の守護霊樹』『人気者』『武器製造の匠』
【神性値】167

ウォーキングウィードの時は1レベル上昇する毎に初期値――つまり1レベルの時の数値と同じだけ【生命力】も【魔力】も上昇していた。

しかし、それは「2」とか「3」とかいう微々たる数値である。さすがにその時と同じわけにはいかないのか、上昇幅は初期値の十分の一となっていた。

それでも1レベルごとに「15」「23」という上昇値なのだから、進化前とは比べ物にならない成長率だ。

まあ、その分だけレベルも上がりづらくなっているのだが。

そして、レベルアップで上昇する値に加えて、マナトレントとなってからセフィの「おうえん」を受け続けた結果、今の数値になった。

セフィの「おうえん」では【生命力】と【魔力】のどちらもが上昇するが、その上昇値は「1」である。それも魔力の方は比較的上昇しやすい傾向にあるものの、生命力は上がらないこともある。

それでも一年と数ヶ月、毎日のように魔法を受けていれば、魔力は４００以上、生命力も４００近くが上昇していた。

これはかなりすごいことであると思う。

まあ、そんなわけで今の数値に至ったわけだ。

進化前とは雲泥の差である。今のところ俺が率先して戦うような事態には遭遇したことがないが、実際戦ったらまああ強いんじゃないだろうか?

いや、ゴー君たちと違って大して動けないし、攻撃手段も豊富ではないけれど、敵が近くにいるなら色々とやりようはあると思う。

ああ、それからついでに説明しておくと。

【神性値】も随分と上がった。

相変わらず進化時以外に使いどころが分からない数値だが、進化の時に使えるだけでも有用な数値ではある。

エルフの里で暮らしているとじわりじわりと上がっていたのだが、やはり、なぜかは知らないが、マナトレントに進化した後の方が上がりやすい気がしている。

それから狼人族がここで暮らすようになってから、一気に数値が上昇した。

森で一株で暮らしていた頃には全く上がらなかった数値だから、やはり他人――人であるとは限らないかもしれないが――と一緒に暮らすことが重要なのだろうか？

まあ、ともかく。

数値も１００を余裕で超えているし、次の進化が楽しみでもある。

それから【称号】について。

いくつか増えた。

それぞれの詳細を見ていくと――、

【称号】『エルフの里の守護霊樹』
【解説】時にエルフたちに守護され、時にエルフたちを守護する。それはエルフたちと共にある霊樹の証。植物魔法の効果が少しだけ上昇し、エルフたちから好意を得やすくなる。また、エルフの里にある限り、その成長には補正がかかる。
【効果】エルフ族から好感度上昇。植物魔法効果上昇・小。成長速度上昇・小。

効果としては『ハイエルフの友』と似ているし、被っているところもある。

成長速度上昇というのは、レベルの上がる速度が早くなるようだ。

【称号】『人気者』
【解説】あなたは人気者である。皆から求められるキラリと光るものを持っている。それが何かは千差万別だけど、それがあなたの魅力であることに変わりはない。自らの魅力を自覚し磨くとき、あなたの中で特別な何かが目覚めるかもしれない。
【効果】特別な効果は付与されない。

うん。
俺ってばエルフたちからも狼人たちからも、大人気だからね。知ってる。
キラリと光るものって、果物でしょ？　知ってる。

【称号】『武器製造の匠』
【解説】あなたが作り出すのは剣？　槍？　弓？　いいえ、違う。一つには拘らず、いくつもの武器を作り出す。幾人もが性能を認める優秀な武器を。目指せ、さらに研鑽せよ！　神の手と呼ばれるその日まで。
【効果】武器製造に補正・小。

これはミストルティンを作ってやったからであろうか。
まあ、自分が作った物が優秀だと言われるのは、そう悪い気はせんよ？

いやでも、武器を作るのが目的ではないんだ。いったい俺に何を目指せと言うんだ。

まあ、進化してからの変化と言えば、これくらいのものであろうか。

俺も成長したもんだぜ、と自画自賛したくはあるが、実はそれ以上に成長し変化している者たちがいる。

何って?

もちろん、それはゴー君「たち」である。

「ユグー、つぎのとこいくよ!」

『おう、そうだな。行くか!』

ステータス画面を見ながらヌフフと笑っていると、痺れを切らしたセフィから促されてしまった。

移動用の依り代であるウォーキングウィードに憑依すると、セフィと一緒に次の大樹へ向けて移動していく。

里の大樹すべてを「おうえん」したら、次は茨の壁だ。

そしてその外側には無数のゴー君たちがいて、今では彼らの様子を見るのもセフィの「おしごと」の一環となっているのであった。

そんなわけで、行くぜ。

ゴー君「たち」のところに。

第二十五話　ゴー君たちの森

「おや？　姫様に精霊様、今日も外へ行かれるのですか？」

エルフの里の外縁、茨の壁にある門にて。

緑色の長髪を頭の後ろで括った青年エルフが、近づいてくる俺たちを見て声をあげた。

もともと線の細いエルフの中でもさらに線が細く、男なのに女性に見える彼の名前はローレル。

赤毛のウォルナットと共に里の自警団みたいな集団に属している青年で、俺が初めて里にやって来た時に出会ったエルフの片割れでもある。

ちなみに、エルフの里ではできる者ができることをやる——みたいなふんわりとした役割分担がほとんどであり、そのものずばり自警団とか警備隊という名前の組織があるわけではない。

以前住んでいたという森林都市アルヴヘイムではそうではなかったそうだが、少数の里では明確な役割分担をしないのが常らしい。

「うん！　ゴーくんたちのところ！」

「そうですか、それでは今日は、私がお付き合いしましょう」

元気良く答えるセフィにふんわりと微笑んで、ローレルは言った。

それから傍らに立っていたウォルナットの方を向いて告げる。

「では、いってきますねウォル」

「おお、いってらっしゃい」

「いつかのように勝手に持ち場を離れないようにお願いしますよ？」

「あれは不可抗力だろ……」

狼人族が来た時のことを言っているのだろう。

ウォルナットが辟易とした表情を浮かべる。

「あなたは念話も使えるし風魔法も使えるでしょう。少し考えれば報告くらいはどうとでもできたはずですよ。精霊様がいたとはいえ、あなた一人だけがついて行って姫様に何かあったらどうするんですか？」

「わ、分かりました……俺が、悪かったです……」

すでに何度も同じことを言われているのだろう。

ウォルナットは勘弁してくれとでも言うような、情けない表情を浮かべながら謝罪した。

セフィに抱えられた俺は、そんな彼に労いの言葉をかける。

『まあ、元気出せよ』

「精霊様……取り成してくれなかったこと、忘れてませんからね」

恨みがましい顔で言われるが、それは八つ当たりである。

ウォルナットの言葉を華麗にスルーしつつ、俺たちは一応護衛役でもあるローレルを先頭に、里の外へ出た。

まあ、当然のように、茨のアーチを潜り抜けた先にあるのは、森だ。

どう見ても森である。うん。森。

そこにあるのは、程よい間隔を空けて立ち並ぶ木々。

俺がここに来たばかりの頃より、少しだけ背丈が低いようにも感じるが、間違いなく木々である。

ぐるりと茨の壁沿いに一周してみても、やはり若干背丈が低い木々が立ち並んでいるようにも思えるが、何も問題はない森の光景である。

木々の梢の間から漏れる柔らかな日差しが、静かで幻想的な森の光景を作り出している。

「しかし、それにしてもさすがは精霊様ですね」

と、そんな幻想的な森の中を歩いていると、なぜかローレルが俺を褒めてきた。

『え？　な、何のこと？』

本当に何のことであろうか。俺には理解できない。

「何って、この森のことですよ。最近では近くにゴブリンすら寄りつきませんし、来たとしても私たちが気づく前に消えていますからね」

『へ、へぇ……それは、ホラーだな』

「ホラー……？　というのは、良くわかりませんが、ともかく守護者様たちのおかげで、子供たちもある程度は森の中を歩けるようになって、色々素材を採って来ることもできるようになりましたし、かつてないくらいに安全になりましたからね」

そう言うローレルは、本当に感謝しているように見える。

まあ、感謝してくれているなら良いのだけど。別に問題がないのなら、良いのだけど。

そんな俺の心の声が聞こえていたわけではあるまい。

「まあ、強いて難点を挙げるなら、弱い魔物がいなくなって子供たちの狩りの相手が不足していることくらいでしょうか」

『うっ！　うーん、そうか、それはすまん』

「いえいえ、責めているわけではありませんよ？　精霊様には感謝しているんですから」

そう？

それホント？

ホントはやりすぎだよてめぇとか、思ってたりしない？

そんな疑念は尽きないが、実際に聞くことはできない。

聞いて肯定されたら、俺の繊細な心は深く傷つくだろう。

何がやりすぎなのか？

それはもちろん、この森のことである。

いまやエルフの里外周に広がる、少しだけ背丈の低い木々の森。

この森の木々すべて、俺が生み出したマナトレントであり、ウッドゴーレムなのだ。

普段はただの樹木に擬態させているが、魔物などの外敵が近づいて来た場合には、それを排除するように命令を下している。

一応ゴーレムなので、人型をとって動くことも可能だ。枝が腕に、根が足に変化して戦う。

とはいえ、その見た目は初期のゴー君たちに比べたらかなり手抜きであろう。

質よりも数を重視して作ったらこうなったのだ。

量産型ゴー君、とでも言うべき存在なのだった。

なぜこんな量のゴーレムを作ったのかと言われれば、特に明確な理由はない。

エルフや狼人族たちからの捧げ物や、光合成に『エナジードレイン』をしているだけで、だいぶエネルギーが余り気味だったのだ。

地下茎として過剰に死蔵していても勿体ないし、何かを作ってみるかと考えた時、経験値を捧げてくれるゴー君たちのような配下の存在は便利だと思った。

なので進化した後からの一年余りの月日をかけて、毎日こつこつと作っていたのだが……いつの間にやらこんな量に。

それで外周に配置している理由は、あまり俺から離れすぎると念話も届かないし、そうなれば野生化してしまうかもしれない。なのでセフィにお願いしてもともとあった木々を移動してもらい、空いた場所にマナトレントのゴーレムたちを置いたのである。

ちなみに、セフィは植物魔法を使って簡単に木々を移動させてくれた。

どデカいウォーキングウィードみたいに木々が歩いて行くのは、なかなかに壮観な光景であった。

「それに」

と、ローレルが心底感動したような調子で、森を見渡しながら言う。

「これだけのマナトレントの森は、そうそうお目にかかれるものではありませんよ。彼らのおかげで、今の里は規模こそ小さいですが、かつてのアルヴヘイムにも匹敵するほど魔素濃度が高いですから」

周囲の木々はだいたいマナトレントなので、当然、スキルには『地脈改善』がある。

このスキルの効果により、里一帯は地脈を引き寄せ、魔素が豊かな地へと急速に変貌しているらしい。もともとこの辺りは魔素濃度の高い土地ではあるらしいのだが、それでも以前とは比べ物にならないほどだと言う。

普通なら周辺の魔物が強くなってしまうので歓迎できない現象だが、森の中でハイエルフたるセフィがいるならば、恩恵だけを享受することができるらしい。

やりすぎたかと戦々恐々としていたが、今のところ苦情の類いは来ていないから、問題はないのだろう、うむ。

ちなみに、擬態しているゴー君たちには「おうえん」はしない。さすがに数が多すぎるからだ。

なので歩き回って大きなダメージや損傷があるゴー君がいれば、それを治癒するのが目的だ。

そして初期のゴー君たちは、いまやマナトレントの森の外側を警備巡回するようになっている。

時には経験値を稼ぐためにか、少しだけ遠征している個体もいるようなのだ。

……俺、そんな命令下してないんだけどね。

正直、最近のゴー君たちの成長っぷりが頼もしいやら恐ろしいやらである。

【SIDE：イコー教国】公正で公平な世界のために

真に公正で公平な世界にするために、必要なことは何だろうか。

イコー教においては明確な答えが示されている。

それは多数決の原理だ。

少数の意見より、多数を占める意見を優先させることこそが、真に公正で公平なものの決め方である。

より多くの人々が望んだ選択こそが、この世で最も尊ぶべき選択である。

その選択こそが、より多くの人々の共感と肯定を得ることは、疑いようもない。

で、あるならば。

世界に存在する人類の中でも最も数の多い人族こそが、世界を主導するべきなのは自明の理だ。

断じてエルフやドワーフ、獣人などの亜人種が優遇され、奴等の意見が優先されることなどあってはならないのだ。

だが残念なことに、この世界には亜人種どもを優遇する邪悪な存在がある。

――自然神。

ラグナロクにて滅んだ旧き神々よりも、さらに古い、忌まわしき異教の神々だ。

無論、イコー教において自然神は神などではなく、滅ぼすべき悪魔に過ぎないのだが。

その悪魔どもは、自らを自然の一部などと騙り、常に決まった亜人種から生まれ、何度も代替わりを経て存在を継承する極めて危険な存在だ。

自らが生まれる種族の者たちを優遇し、自らを信仰しない他種族を排するという思考の持ち主なのである。

それが真に公正で公平な神であるならば、少数の種族だけを優遇するような真似をするはずもない。

ゆえに、それが神ではなく悪魔であるという完璧な証拠になる。

そして、それが敬虔な人々に害なす悪魔ならば、滅ぼすのが葬炎騎士カイ・ビッカースの使命であった。

だがここ数年、頭を悩ます問題がある。

一度は滅ぼした悪魔の一柱、ハイエルフが代替わりを経て復活してしまった可能性がある、ということ。

そのハイエルフ率いるエルフの集団の行方が、数年を経ても未だ知れないということ。

しかし、そんな歯痒い現実に、一筋の光明がもたらされた。

「北部開拓で狼人族どもと戦闘になったのは知っているな?」

「ハッ、もちろんです」

それを聞いたのは任務もなく、待機中であった騎士団詰所でのことだった。

北部大司教区、聖都シンカ。

周辺諸国でも首都に匹敵するような人口を抱え、白亜の建築物を基調とした美しい街並みが広がる都市の外縁付近に、葬炎騎士団の詰所はあった。

基本的に聖都からは動かない聖炎騎士団とは違い、異端者や異教徒を裁き滅する「浄化」の役目を負う葬炎騎士団は実力主義であり、それゆえに質実剛健な気質がある。

それを体現するかのように質素な団長執務室にて、カイ・ビッカースは団長その人と相対していた。

執務机を挟んで向こう側に腰かける団長ディラン・ウォルターは年齢不詳な男だ。

後ろへ撫でつけた金髪と氷のような冷たさを宿す青い瞳。顔立ちは整っているが表情というものが窺えず、まるで人形のようにも見える。実年齢は三十代前半のはずだが、美しく表情のない顔立ちのせいで二十代前半のようにも、あるいは三十代後半のようにも見えた。

外見からして何処か人間離れした我らが団長。

対してカイ・ビッカースは見た目は平凡な男だ。

茶色の髪に茶色の瞳。そばかすの散った平凡な顔立ちは、けれど愛嬌という点では団長よりも優れているだろうか。彼の人格を知らなければ、どこか人懐っこそうな印象を抱く外見だった。

年齢は二十五歳。

町中ですれ違っても印象には残らない平凡な男である。

だが、その中身は平凡とは程遠い性質をしている。

（やっぱり平和なのは退屈だなぁ……）

ここ最近、そう思うことが多い。

特に重要性の高い任務もなく、やることといったら訓練や都市の巡回警備、たまに要人の護衛くらいのものだ。

聖都シンカでの都市警備も確かに重要な任務ではあったが、聖都の守護は本来、聖炎騎士団の領分である。

やはり葬炎騎士団たる自分にとっては、異端者や異教徒を浄化し救済を与えてやることが使命であり、生き甲斐であったのだ。都市警備など葬炎騎士の仕事ではない。

もちろん、高潔な騎士である自分が不満など漏らすわけがないが、それでも都市でのぬるま湯のような生活に厭きてきた頃、直属の上司である葬炎騎士団団長に呼び出された。

団長の執務室に呼ばれたところで、話は北部開拓のことから始まった。

「無論、教国が絶対的に優勢であるのは言うまでもないが、少しばかり迷惑な存在が狼人族に加勢に来たらしい」

「はあ、迷惑な存在、でありますか？」

「ガーランドだ」

「ガーランド!?　大罪人ガーランドですか!?」

尊敬する団長の言葉であったが、悦び――もとい、驚きを隠せない。

六神が投入されたアルヴヘイムでの大戦において、多数のエルフを庇い、逃がすという罪を犯した大罪人であり、周辺諸国でも名の知られた狼人族の戦士――ガーランド。

アルヴヘイム攻略を境に行方が知れなくなっていた人物のはずだが、同胞の危機とあってか、ついに表舞台に再び現れたらしい。

久々に救済しがいのある罪人が現れたとあって、カイの期待は高まる。

「それでは、大罪人討伐に動くのですね!?」

「いや、すでにガーランドの行方は不明だ。アルヴヘイムでのように、今度は同族の逃走を助ける目的で現れたようだな。こちらの追撃に対する遅滞と同胞の逃走補助に徹し、奴率いる傭兵団との正面衝突はほとんどないらしい」

「なんと……正々堂々と戦わず逃げるとは、卑怯な……!」

残念がるカイに、団長は続ける。

「だが、なかなか面白い報告がある。生き残りの狼人族どもが次々と森の奥へ消えているという話だ。受け入れてもらえるかは別として、隣国へ難民として逃げるならまだしも、どうも全てが北へ向かっているようだ」

それは確かに、奇妙な報告だった。

カイは己の脳裡に地図を思い浮かべながら言う。

「北へ……北上したところで、霊峰フリズスしかありませんが」

「そこまで向かうのかどうかは分からんが、住めるような場所がないのは確かだ。それでも大人数で北へ向かうということは、何かある」

樹海の奥は豊富な魔素の影響で魔物も強く、とても人が住めるような環境ではない。なのに大勢の狼人族が、そこを目指しているという。

何かがあるのは明らかであった。しかもガーランドが現れたという情報を加味するならば、一つの推測が現実味を帯びる。

逃げたエルフたち。

代替わりしたハイエルフ。

ハイエルフの持つ忌まわしい力。

それは、そこが森であるならば、どんな魔境であっても都市を築くことを可能とする。

エルフどもの居場所をガーランドが知っている可能性は極めて高かった。何しろ奴がエルフたちへの追撃を邪魔し、逃がしたのだから。

「新しいアルヴヘイムを目指している、と?」

「その可能性は高いだろう」

カイの推測を団長も肯定した。

「それで、狼人族の集落を、わざと一つ残したままにしてある。好戦的な氏族を選んだから、まだ何処ぞへ避難してはいないようだが、ガーランドがその氏族に接触したことは確認している」

「なるほど……それは、素晴らしいですね」

まだ教国に勝てると思っている頭の悪い犬っころたち。

果たして為す術もなく蹂躙された時、奴等はいったい何処へ逃げるだろうか。

少なくともガーランドに避難場所は教えられていることだろう。

(面白くなってきた)

カイは胸の高鳴りを抑えられない。

愚か者を手のひらの上で踊らせ、最後に絶望した顔を見るのは大好きだ。

対して、団長は感情を感じさせない冷徹な視線で、カイへ命じるのだ。

「葬炎騎士カイ・ビッカース」

「ハッ」

「君に一つ、任務を言い渡す」

「ハッ、何なりとお命じ下さい！」

真面目な表情の裏でにんまりと笑いながら、背筋を正して団長の言葉を待つ。

あるいはガーランドなどより、ずっと重要な悪魔と異教徒どもがいるかもしれない。

にわかに湧き立つ闘争の気配に、カイ・ビッカースは興奮した。


——狼人族の後を追い、エルフどもの居場所を探れ。

それがカイ・ビッカースに課せられた新たな任務であった。

さすがにハイエルフと多数のエルフを相手に一人で戦いを挑むわけにはいかない。エルフはともかくとしても、代替わりしたばかりとはいえハイエルフは個人で相手にできるような存在ではない。

思う存分異教徒相手に剣を振れないことは不満であったが、それはいずれ来るべきメインディッシュとして取っておけば良い。

所在さえ摑めれば、教国がハイエルフを放置するという選択などありえないのだから。

だから今回は前菜だ。

残った愚かな狼人族を森の奥へ追いやるために、最後だという集落を派手に襲わねばならない。

せいぜい恐怖を刻み込んで、唯一の希望にすがるように誘導してやろう。

だが、やはりこれも一人で行くわけにもいかない。

狼人族ごときが何人集まろうとも後れをとるとは微塵も思わないが、万が一ということもある。

かといって、大勢の葬炎騎士を動かすこともできない。

現段階では、ハイエルフに関する情報は推測であって、不確かな情報を本に葬炎騎士団を動かすことはできないのだ。だからこその今回の任務であり、騎士団を大々的に動かす名分を得るためにもハイエルフの所在を確定させなければならない。

他の騎士を動かすことはできないが、任務達成に必要となる「物資」はすでに受け取っていた。

それらを使って、カイは早々に行動を起こした。

まずは傭兵を雇う。

どれほどの距離があるかは分からないが、危険な森の中を行軍せねばならない。

加えてその前に、狼人族とも一戦交える必要がある。

後者はカイ自身が積極的に前に出るつもりだから問題はないが、前者は森の魔物に殺されない程度の実力は欲しい。

そしてこれは首尾よくエルフどもの居場所を突き止めたらの話だが、雇う傭兵団には現在のエルフ——特にハイエルフの戦力を量るために威力偵察の役目を負ってもらう必要がある。

たぶん、おそらく——いや、確実に死ぬことになるだろう。

だから死んでも良いような存在が望ましい。

幸いにして教国が領土拡張を始めてから、国内には多くの傭兵たちが流入して来ている。

そこそこの実力があり、死んでも良いような屑。

山賊崩れの傭兵団など腐るほどいるのだ。

心配するまでもなく、条件を満たす傭兵団は簡単に見つかった。

生意気にも『地竜の咆哮団』とかいう分不相応な名前の傭兵団で、仕事のない平時には平気で賊に転身するような屑どもの集まりだ。

その団長を名乗る下品な男に接触したカイは、任務遂行のために渡された経費から惜し気もなく大量の金貨を前払いした後、こう言った。

「成功報酬はその五倍を払う。それは依頼に必要な物資や食料を調達するのに使ってくれ」

おそらく長期間、まともな補給のできない行軍になる。

必要な物資はそれなりに多くなるだろう。だがそれを考慮しても、余裕でお釣りの来るような大金であった。

依頼内容は狼人族の集落への襲撃。そして逃げる狼人族の追跡。その先にエルフたちが住む場所があるかもしれないこと、エルフたちの居場所を確認できれば、あとは「現地で何をしても構わない」ことなどはすでに説明してある。

「ああそれから、馬車なんて通れないからね。輜重《しちょう》運搬用に、このマジックバッグも三つほど貸しておこう」

偉大なる主神イコーから教国が賜った技術——ルーン魔術と、ルーンを使用した魔道具製造技術。それによって生み出された魔道具の中でも、内部の空間が拡張され大量に物を入れられるマジックバッグは凄まじく高価だ。

それこそ渡した金貨などはした金と思えるほどの金額がする。

「ほ、本当に良いんですかい……？」

団長だという小汚ない中年男は、震えながらマジックバッグを受け取った。

そしてカイが頷くと、どこか卑屈そうな笑みを浮かべてみせる。

（あー、これはやるな）

内心でそう断定する。

おそらく依頼終了後、何か理由をつけるか逃げるのかは知らないが、マジックバッグを「がめる」つもりなのだろう。

屑が考えそうなことだ、と思いつつ、怒りは湧かない。

残り少ない人生だ。夢や希望、あるいは野望を抱いて死んでいくのも良いだろう。わざわざ盗むなと釘を刺して気分を悪くさせることもない。ギリギリまでいい気分でいてもらおう。

だから、そもそも五倍の成功報酬も最初から用意していないことも、告げないでおいた。

（優しいなー俺は。天使かよ）

などと自画自賛しつつ、依頼に関しての打ち合わせは滞りなく終了し、すぐに北の樹海へ向かう日が来た。


「――あはッ！　あははッ！　あはははははッ!!」

笑いながら剣を振るう。

愉しげに剣を振るう。

その度に激しく飛び散る異教徒の血が、カイの興奮を際限なく高めていく。

北部大司教区と接する広大な樹海――ヴァラス大樹海。

その比較的浅い領域に住む狼人族の一氏族――ガラ氏族。

ガラ氏族の集落へ五十人を超える傭兵団を率いて突撃したカイは、緊張と警戒感を漂わせながらも、結局はいつもと変わらぬ日常を送っていた狼人族たちへ襲いかかった。

最初はそこら辺にいた女子供を斬った。

すぐに悲鳴が上がり、男どもが寄ってきた。

斬った。斬って斬って斬った頃、戦闘要員と思われる武装した狼人族どもが襲いかかってきた。

その数は二十。

こちらは五十。

数はこちらの方が断然多い。だが本来ならば、種族差でこちらが圧倒されかねない。雇った傭兵どもは強者とは言いがたく、狼人族に単身で勝てる者は皆無。

それでも問題はない。

葬炎騎士たる自分がいるならば。

突き出される槍の前に、自ら踏み込んだ。

握った剣で穂先を逸らし、剣身に柄の部分を滑らせながら間合いの内へ。

間断なく一閃し、両断する。

振り下ろされる剣をギリギリで避ける。

頬を撫でる剣風に亀裂のような笑みを浮かべながら、こちらもお返しに一閃。

刎ね上がる頭部に気分は高揚する。

突出したカイに向かって攻撃は集中する。

避ける、逸らす、防御する、それでも時おり体表を掠め軽微な傷を刻んでいく。

だが致命傷に至るには程遠い。

だから本気は出さない。

全力を尽くさない。

葬炎騎士に与えられた炎神の恩寵を使っては、すぐに終わってしまうから。

だが、どれだけ楽しくとも終わりは等しくやって来る。

気がつくと向かって来る者はいなくなっていた。

途中から相手が時間稼ぎに徹し出したのにも気づいている。

同胞を逃がす決断をしたのだろう。

すべては計画通りであり、まだまだ暴れ足りないが、とても気分は良い。

「すぅー……はぁー……」

撒き散らされた大量の血液によって、濃密な血臭のする空気を深呼吸する。

そうしてどうにか興奮を沈めたカイは、傭兵たちを振り返り、笑顔で告げた。

「さあ、行こうか」

「は、は、はいぃぃぃッ!!」

名前も覚えていない団長が声も顔もひきつらせながら必死で頷いた。

カイにとってはどうでも良いことだが、傭兵側は十二人が殺されていた。

それからカイたちは予定通り、ヴァラス大樹海を北上し始めたガラ氏族の残党を追跡した。

気づかれないよう慎重に距離を取り追跡するのは、誠に遺憾ながらカイだけでは不可能であっただろう。

森に慣れており、かつ追跡術を習得している者がいなければ、狼人族を途中で見失っていたはずだ。

何をしているのかは知らないが、森や山に潜むことも多いという『地竜の咆哮団』に、この件だけは感謝することになった。

どんな屑にも優れたところはあるんだね、と人生の奥深さをカイが学んでしばらくした頃――ようやくにして、長い長い追跡劇も終わりを見せたようだ。

『魔力感知』という優秀なスキルを保有するカイの知覚に、いくつもの密集する魔力が感じられたのである。

❖　❖　❖

カイ・ビッカースの『魔力感知』の範囲は広い。

ゆえにエルフらしき者どもの反応はすでに捉えている。だが、そこに辿り着くまでに魔物らしき強力な魔力の反応が密集している地帯があった。

ここまでの道中に出会った魔物、中でも強力なレッドオーガでさえも傭兵たちは仕留めている。

まあ、相手が三体程度であれば、数を頼みに倒せないこともないからだ。

しかし、このまま進めばそれよりも遥かに強力な魔物と出会うだろう。おそらく数の有利程度では覆すことのできない強さだ。

（だけどまあ、俺ならやれるか）

傭兵たちで処理できる魔物は、すべて任せて来た。

だが、ここから先はそういうわけにもいかないだろう。

（エルフにぶつけるための手駒だ。ここまで来て数を減らすのも業腹だしね）

なので仕方なく、自らが先頭に立つことにする。

「ここから先は俺が先頭を歩く。後からついて来て」

「はぁ、わかりやした」

狼人族との戦闘以来、カイに対してすっかり怯えた様子の団長が素直に頷く。

それを横目にさっさと前へ出た。

背の高い樹木が生い茂る森の中を、感覚を尖らせながら歩く。

密集する魔力と魔力の間隔からして、避けて通ることは難しいだろう。それにどうやら、向こうもこちらに気づいた個体がいるらしい。

連鎖して気づかれる前に、早々に仕留める必要があった。

だが、木々の奥から現れた巨体を見て、カイは傭兵たちが何人か死ぬことを覚悟した。

「タイラントベアーか……仕方ないな」

剣帯に提げた鞘から、剣を抜き放つ。

鈍い光を反射する剣身には、緻密な文字が無数に刻まれていた。

それはルーンと呼ばれる魔術文字。

——葬炎剣イグニス・レクイエム
葬炎騎士の証でもある、特別な魔剣だ。

握った柄から剣身へと魔力を流せば、刻まれたルーンが僅かに輝き出す。

剣身の周囲の空気が揺らめき、辺りへ熱をばら蒔いた。

直後、剣身が炎を纏う。

それは紫色をした、ドロリと粘性の高い炎だ。

——葬炎
ルーンによって発現する魔術の炎は、熱で切断力を高めるだけではない。

葬炎剣で斬られた傷は癒えることなく、そして熱は傷口から全身へ伝播していく。炎に触れ続ければ骨も残さず焼却されるだろう。

さらにこの炎は、込めた魔力で操ることもできる。

「——グルァァアアアアッッ!!」

カイの殺意を感じ取ってか、タイラントベアーが雄叫びを上げる。

同時、その右前足を傍らの大木へ恐るべき速さで叩きつけた。

「やるねぇッ！」

笑いながら地面と口づけするかの如く、身を低くして疾走する。

すでに「闘気」は全身を巡り、肉体を強化していた。内側から破裂せんばかりの力を制御して獣の如く駆ける。

その頭上を無数の木片が凄まじい速さで通過した。

無慈悲な凶器となったそれの餌食となったのか、背後で傭兵たちの悲鳴があがる。

それを無視してタイラントベアーへ肉薄し、

「ははッ！」

対の手で繰り出された振り下ろしの一撃を、僅かに横へ跳躍して回避。

大蛇のごとき根っこごと、地面が爆散するほどの強烈な一撃。

土塊が全身を打つが問題はない。そのまま前進。タイラントベアーの喉元へ向かって剣を振り抜いた。

悲鳴はあがらない。

血はほとんど流れなかった。

斬撃の一瞬、剣を覆う葬炎を魔力の操作でタイラントベアーへ流し込んだ。

直後、巨大すぎる大熊の全身が発火した。

地響きを立てて倒れ伏すタイラントベアーから距離を取り、背後を振り向く。

被害を受けた傭兵たちは、未だに狼狽えていた。

「死にたくなきゃ、さっさと前へ走れ！」

動きの遅い傭兵どもに、僅かに苛立ちを覚えながら一喝する。

「へ、へいっ！」

慌てて走り出した傭兵たちから視線を戻し、カイは燃え上がるタイラントベアーの横を通過する。

もう魔物の密集地帯を抜けるまで、傭兵たちを気にする余裕はないし、そのつもりもない。

次々に襲いかかって来る魔物たちを、惜しみ無く葬炎を使い一撃で倒しながら、ただ最短距離で走る。

ハイエルフの結界の内側に、知恵ある魔物は入って来ない。

そのことを知っていたからだ。

そして直に、結界の内側へ入ったことをカイは悟った。

❦ ❦ ❦

背後で追って来ていた魔物たちが悔しげに唸りながら引き返して行く。

傭兵たちも幾分数が減ったが、三十人近くは残っているだろう。

カイとしては上々の結果だ。

(さて、エルフどもの居場所は、もう確定したわけだが……)

周囲で乱れた呼吸を整える傭兵たちから視線を逸らし、前方を見る。

妙に間隔が広い木々の間、その向こう側に巨大な茨の壁があるのが見えた。

そのさらに向こう側には、ここまでに見た大木の比ではないほど巨大な大樹と、その枝の上に築かれた建築物が見える。

木の上に家を建てて暮らす奇妙な連中など、世界広しと言えどもエルフだけだろう。

間違いなく、エルフの里であった。

個人的にはエルフの里を蹂躙したいところだが、ハイエルフがいるとあっては、さすがに自分一人では無理だろう。

ならば、エルフの里の場所を報告するため、生きて聖都まで帰還しなければならない。

だが、今のエルフどもの脅威がどれほどか量るためにも、一度襲う必要があった。

そしてその役目は、傭兵たちのものだ。

「えーと、団長の君」

「な、なんでしょう？」

名前の知らない団長に声をかけ、カイはエルフの里を指差した。

「どうやらあれがエルフの隠れ里のようだ。これで任務はだいたい達成だが、せっかくここまで来たんだ。すぐに帰るのも勿体ないからねぇ？」

無論、傭兵たちにあの里にハイエルフがいるかもしれないことなど、教えてはいなかった。

彼らにはただ、少数のエルフが暮らす隠れ里の可能性が高いと告げていた。

「エルフの数匹くらい、持ち帰っても罰は当たらないだろう。苦労してここまで来たんだし、それくらいの余禄があっても良い。なぁに、危なくなったら俺の魔術で時間を作る。その隙に逃げれば良いさ」

エルフは外見が非常に整っていることで知られる種族だ。

しかも長命で、若い時期が長い。

それゆえに奴隷としての価値は非常に高く、エルフを求める者はいくらでもいた。

当然、売れば凄まじい大金に化けるのは考えるまでもないだろう。

ごくり、と団長の喉が鳴る。

「ほ、本当に、よろしいので？」

「ああ、もちろんさ。俺はこれでも君たちの貢献には感謝しているんだぜ？」

「じゃ、じゃあ……」

団長の顔に隠しようもない喜びが広がる。

おまけに好色そうな笑みも浮かべ始めた。

敬虔なイコー教徒でもあるカイには信じられないことだが、エルフ相手に性欲を発散するつもりらしい。

だが、特段咎めるつもりもなかった。好きにすれば良い。

ともかく団長は団員たちの方へ振り返ると、ここまでの疲労や恐怖を忘れたような意気揚々とした声音で告げたのだ。

「野郎ども！　稼ぎ時だ！　エルフの女をかっさらうぞッ!!」

「「「おおッ!!」」」

（女限定かよ）

内心で突っ込みを入れつつも、穏やかな笑みを浮かべて見守る。

傭兵たちはエルフたちの反撃など欠片も考慮していなそうな満面の笑みで、前方に見える茨の壁

——エルフの里へ向かって駆け出した。

その後をゆっくりと歩いて追っていき、傭兵たちが半ばまで差し掛かった頃、突如として異音が鳴り響いた。

「あん？　な、なんだぁ？」

辺り一帯から響き渡るそれに、さすがに傭兵たちも立ち止まる。

ミシミシと。

まるで木造の家が軋むような、そんな音。

それが四方八方から聞こえる。

次の瞬間、

「——は!?」

虚を衝かれた——と言っても良い。

カイの傍らに聳える樹木。

その枝が、突如として襲いかかって来たのである。

大上段から振り下ろされる拳のような一撃を、体に刻み込まれた経験が反射的に回避させた。

しかし、後方へ跳び退いたカイの視界に、信じがたい光景が映し出される。

周囲に生えていた無数の樹木。

それらが歪な人型をとって動き出していた。

すでに何人もの傭兵が、振り下ろされた拳（？）の下敷きになっている。果たして生きているかどうかは不明だ。

そしてまだ無事な者も、カイを含めて全員が奇怪な木の化け物に囲まれていた。

「う、うわぁあああああっ!!」

「なんだよ!?　こいつらはッ！！？」

「ふざけんなっ！　放せ！　放せよぉおおおっ!!」

恐慌に駆られた傭兵たちが騒ぎ出す。

カイだけは冷静に周囲を観察していたが、その内心は穏やかではなかった。

（なんだこいつらは。トレント？　いや、ウッドゴーレムか？　どちらにしろ、なぜ俺が気づけなかった？　ありえない）

普通の樹木でも大樹であれば魔力を宿すことは珍しくない。だが、トレントやウッドゴーレムともなれば、『魔力感知』でそうと見破ることはできたはずだ。

事実、動き出したウッドゴーレムどもに意識を集中させてみれば、内在する魔力を感じ取れた。

だが、その魔力には違和感がない。

何と違和感がないのか？

それは、周囲の環境と、だ。

エルフどもの魔力に気を取られて気づかなかったが、今いる場所は妙に魔素濃度が高かった。

普通ではありえないほどに。

意図してのものかどうかは分からないが、その高い魔素濃度に、ウッドゴーレムたちの魔力は隠蔽されていたのだった。

加えて、エルフの魔力に気を向けすぎていたのも悪かった。

いくら魔力を感じ取れるとはいえ、注意を向けていない存在まで把握することなどできないのだから。

己の失態に苛立ちを感じる。

だが後悔している時間はなさそうだ。

カイたちが囲まれたのを確認したように、エルフの里を覆う茨の壁の向こう側から、ぞろぞろと大勢の者たちが外へ出てきたのである。

それは多数のエルフと、それを上回る数の狼人族であった。

なぜか皆を率いるように先頭を歩くのはエルフの幼女。

幼女はウッドゴーレムに四方八方を囲まれたカイたちへ近づくと、これまたなぜか握っている木剣をびしりっとこちらへ向けて、きりりっとした顔で告げたのだ。

「わるものどもめ！　しんみょーにせい！」

第二十六話　新たなる狼人族とゴー君の内なる成長

狼人族の一団、ヴォルフたちガル氏族がエルフの里へやって来てから二月余りが過ぎた。

平穏な日々を送っていた俺たちだが、少しばかり厄介な事態になっていた。

ある日——、

「ガーみたいなひとたち、またきたっ！」

ハイエルフの高性能感知か、あるいはセフィが維持しているという結界に触れたからなのか、この里に近づいて来る一団をセフィが察知したのだ。

「なんかすごくよわってる！　たすけないと！」

しかも健康状態まで把握できるらしい。

きりりっと真剣な様子で動き出し、鉢植えに植わっている状態の俺をずぼりっと引き抜くと、家を急いで出て行こうとする。

狼人族を助けることに異論はないが、当然のように単身で里の外へ出ようとするのは如何なものか。いや、俺のことは連れて行こうとするのだが。

ハイエルフとしての責任感や使命感がそうさせるのだろうか。

危険だと言って止まるセフィでもない。

なので俺は、セフィが家を飛び出す前にメープルへ伝える。

今は夕食時だったので、食事の世話をしに来ていたのだ。

『メープル、たぶん狼人族がやって来たことを長老に伝えてくれ！』

「わかりました。しかし、姫様に護衛を」

『言っても止まらないだろ。だから護衛は途中でつかまえる』

「守護者様たちですね。それならば安心ですが、どうかお気をつけて」

『ああ、ありがとな』

里の周囲にはうっかりと増やしすぎたゴー君たちがいる。

俺が念話で命じれば、すぐに集まって来るだろう。戦力的には十分だ。だが、ヴォルフたちの時みたいなこともある。セフィがいれば大丈夫だとは思うが、ゴー君たちを見て恐がる可能性もあるからな。一応、ウォルナット辺りを呼んでおくか。

今はさすがに家にいるだろうが、なぁに、アイツの家の場所は把握している。

最近では魔力操作の腕も上達してきて、ウォーキングウィードの体でも里の中程度ならば好きな場所に「声」を届けることも可能だ。「大声」で呼べば一発だよ。

とはいえ無駄に魔力を消費することもない。

ウォルナットの家に近づいたら念話を飛ばせば良いか。

俺がそんなことを考えている間にも、セフィは大樹の枝から垂れ下がる蔦に飛びつき、地面の下へ降りていく。当然俺はセフィの腕に掴まっているぞ。

それからセフィは迷う様子も躊躇う様子も見せず、一直線に茨の門の方向へ向かって走り出す。

その途中、里の中心にある広場を突っ切ろうとした時だった。

『――え？』

セフィは何ら気にせず、むしろ目にも入っていない様子で通り過ぎようとしたが、そこには目を疑う光景があった。

いや、こんなにも驚くのは、この里では俺だけかもしれないが。

何しろエルフたちの「彼ら」に対する信頼感は、いまや半端ないものがあるからな。

そこにあったのは二つの人影。

カンカンと響く音は、相対する二者が木剣を打ち鳴らす音。

もうすぐ日が沈む時分だというのに、真剣な様子で鍛練に励んでいる。いやはや熱心なことだ
――と、感心している場合じゃないんだよ、色々と。

片方は呼ぼうと思っていたウォルナットだ。

いつもの様子からは考えられないほど真剣な表情で木剣（俺が作ってやったミストルティンだ）を振るっている。

それはまあ良い。

呼ぶ手間が省けたというものだ。

問題はウォルナットの相手である。

レッドオーガほどの高い身長に、それに負けないほどの厚みある体格。

だが、その厚みを形作るのは筋肉ではなかった。全身が頑丈そうな樹でできた人型。手に持つのは黒く硬質な光を反射する木剣――って、ゴー君1号じゃねぇかッ!?

なんでこんなところにいるんだよ!? 何してんだよ!?

色々突っ込みどころがありすぎるが、このままではどんどん離れていくばかりだ。

俺はとりあえず色々な疑問を封じ込めて両者を呼んだ。

『ウォル！ ゴー君！ 新しい狼人族が来たらしい！ 出迎えるから俺たちについて来い！』

「――え？ 精霊様？ 姫様？ え、何ですかいきなり？」

『はやぁーくっ！』

「わ、わかりましたって！ 今行きます！」

慌てた様子でウォルナットが追ってくる。

ゴー君？ ゴー君が俺の命令を無視するわけがない。言った瞬間にこっちに来てるよ。

走るセフィに両者が追いついたところで、俺は気になったことを聞いた。

『ところでウォル、ゴー君と何してたの？』

「何って、剣の鍛錬ですけど？」

見れば分かるでしょ？ とでも言うような顔でこちらを見るウォルナット。

うん。それは見れば分かる。二人が鍛錬をしていたのは予想していたけど、一応、確認しておきたかったのだ。

『ゴー君に、鍛錬の相手してくれって、お願いでもしたのか？』

「いえ、俺からお願いしたんじゃないですよ。守護者様からお願いされたんです」

どういうことだってばよ。

『ご、ゴー君からお願い……？　会話、したの……？』

いつか喋り出すんじゃないかとは常々思っていたが、ついにその時が来てしまったのか——と、戦々恐々とする俺に、ウォルナットは「いやいや」と首を横に振って否定する。

俺は安心した。

ゴー君を蔑ろにしたことはない（と思うよ……？）けど、喋れるようになって反抗されたらと思うと恐ろしい。

「そこはほら、身振り手振りで意思疏通したんすよ」

『マジかよ』

俺はちらりとゴー君を見やる。

その表情は読めない。というか頭部はあっても判別可能な顔らしきものは存在しないから当然だが。

最近ではレベル上げのために自分から強い魔物に会いに行ったり、身振り手振りで意思疏通したり、剣の鍛錬を自主的にしたり……って、確実に自我に目覚めてるどころか、かなり高度な知性を獲得してるよね!?

憑依した時にも思ってたけど、もうホントにいつ喋り出してもおかしくないぞ。

「いや～、実力では守護者様の方が上ですけど、純粋な剣術の腕ならまだまだ負けないですからね。これでも俺、剣術百二十年やってますから」

ゴー君に教えを乞われたことが嬉しいのか、鼻高々に聞いてもいないことを語り出すウォルナット。

ウォルナットは百三十歳くらいという話だったから、物心ついた頃から剣の鍛練を始めたのだろう。事実、剣の腕前だけならウォルナットはエルフの里でも一、二を争うだろう。まあ、普通のエルフは剣をあまり使わないという落ちがあるのだが。

寿命の長いエルフだけあって、百二十年の修行とかタイムスケールが半端ない。

『へぇ、そうなんだ』

でもウォルナットの自慢とかどうでも良いからね。

問題なのはゴー君だよ。後々反抗されないように、ちょっと優しくしてみるべき？　あ、そうだ。後でミストルティンとか贈ったらどうだろうか？

俺がそんなことを考えている間にも、セフィは目的地へ向かって駆け続けている。

茨の門を通り抜けて外へ。

普通の木々のように立ち並ぶゴー君たちの間を抜けて、さらに森の奥へ。

そして程なく……、

「いた！」

セフィが声を上げて前方を指差した。

梢の間から夕日が差し込んではいるが、とても微かで森の中は薄暗い。

それでも『魔力感知』の精度を意識的に上げてみれば、実際に光を見ているわけではない俺ならば、暗闇を見通すことも簡単だ。

確かにいた。

狼の耳と尻尾を持つ狼人族だ。

だが、ヴォルフたちのように三十人にもなる大所帯ではない。

せいぜいが数人——一、二、三……六人だ。

少数で森を歩いて来たからなのか、全員がかなり憔悴した顔をしている。頬は痩け、目の下には濃い隈がある。魔物の縄張りによっては、ろくに夜営もできず不眠不休で歩く他ないとヴォルフも言っていたから、彼らの様子も無理ない話なのだろう。

「おーい！」

と、セフィが声を張り上げて手を振った。

それで向こうもようやく、俺たちの存在に気づいたらしい。

「あ、……え、森、神さま……？」

エルフたちのように狼人族はハイエルフを判別できるらしい。

セフィを見た狼人族の壮年の男は、どこか安堵したような表情を浮かべ——、

「おーい、大丈夫っすかー！」

声をかけてきたウォルナットを見やり、それから視線はセフィの握る雑草（つまり俺）には見向

きもせずに、最後尾に立つゴー君1号に止まった。

「――――」

「ええ!?　ちょっと!?」

「だいじょぶー？」

そしてなぜか壮年の男は気を失って地面に激突するように倒れ伏した。

地面が柔らかい腐葉土で助かったな――とか思いつつ、俺は背後のゴー君をそっと見やる。

――うん。

身長が3メートル以上あるゴー君は、暗がりで見ると一層恐ろしい化け物に見えた。

でもゴー君が良い奴だってこと、俺、知ってるからさ……。

第二十七話　たぶん、決意した日

それからも狼人族たちは次々にやって来た。

ヴォルフたちに匹敵するような大所帯もあったが、だいたいは少数で命辛々逃げて来た——といった風情だった。

最初のヴォルフたちからは二月余りも空いたが、狼人族たちが続々とエルフの里へ逃げ延びてきたのだ。

一団に纏まって来たわけではないから、数日おきにちょこちょことやって来る感じで、それでも一月も経つ頃には狼人族の総数は二百人近くまで増えていた。

正直増えすぎである。

このままではエルフの里ではなくて狼人族の里にでもなりそうな勢いであった。

だが、その数も本来森に住んでいた狼人族全体の数と比べれば、極々少数と言えるらしい。

ならば他の者はどうなったのか？

なぜ、彼らは逃げて来たのか？

そんな当然の疑問を、俺は当然ながら問い質した。

その答えを纏めてみれば、神聖イコー教国とやらと、森に住む狼人族の間で起こった紛争とでも表現できるのかもしれない。狼人族たちには悪いが、戦争とはとても呼べないだろう。

聞いた話を総合するに、まともな戦いになどなっていないはずだ。

実態としては、教国側の一方的な侵略と虐殺であるのだろう。

人族至上主義の国家らしいが、かなり無茶苦茶だ。

かつてエルフたちの都市と先代ハイエルフを滅ぼしたことから、その無茶を曲がりなりにも通せる程度の武力を持っているのは確実だろう。

そうでなければ、他の国や種族に滅ぼされているはずなのだから。

今までは、間に森があるし長い距離があるからとイマイチ実感していなかったが、続々と集まりつつある狼人族たちの傷つき、ひどく憔悴した様を見れば、嫌でも理解しようというもの。

——やべぇじゃん、と。

たぶんだが、教国がその気なら手の届く距離に、俺たちはいる。

今まで教国が来なかったのは、エルフの里の場所が分からなかったから、なのだろう。

ここの場所が知られれば、新神だか何だか知らねぇが、確実に戦力を向けて来る。

そんな、自分たち以外どうでも良いという思想のキチガイが、隣人なのである。

俺がもし、セフィたちのように人の体を持っていたら、今ごろ全身から冷や汗を流していることだろう。

危機感を、覚える。

俺という存在が死ぬかもしれないことに対して——ではない。

たぶん俺だけが生き延びることなら、そう難しくないのだ。エルフたちを見捨て、彼らとは関わりないものとして森の何処へとも去れば良い。あるいは敵と戦闘になったとしても、地上部分が滅ぼされたように見せて、後から地下茎に蓄えた養分で再生しても良いだろう。

その場合、セフィたちを護ることはできないが。

だが、考えるまでもないのだ。

俺にはエルフたちを見捨てるという選択肢は存在しなかった。

理由？


そんなの、彼らのことが好きだからに決まっている。


セフィだけじゃない。

メープルはよく気がつく優しい娘だし、長老は頼りになる奴だが時々お茶目だ。ウォルナットと気安く言葉を交わすのは楽しいし、ローレルは怒ると恐いが普段はすごく優しい。俺に貢ぎ物を持ってくる大人のエルフたちは実に美味そうに俺の果物を食べるし、広場で元気に遊び回る子供たちは見ているだけでほっこりする。

それに最近はヴォルフたちもキラキラした目で貢ぎ物を持ってくるし、狼人族の戦士たちが細々と、だが熱心にミストルティンの造型に注文をつけて来るのも、頼られてる感があって悪くない。

狼人族の子供たちも、最近では里に馴染んできてエルフの子供たちと一緒に遊び、屈託ない笑みを見せることも増えてきた。

俺はそんな、ここでの日々が気に入っていた。

俺の知っているそんな彼らが、誰かに傷つけられたり、殺されたりするようなこと、想像したくもなかった。

だから考える。

彼らを護るにはどうするのが最善か。

教国とやらは、新神とやらは、ハイエルフの存在を絶対に許さないという。

セフィの存在を知れば、確実に攻めて来るだろう。

俺は伝聞でしか知らないが、もしも新神が攻めて来た場合、俺たちが勝つ可能性は限りなく零だ。

今のままでは勝てない。

ならば強くなる。

皆を護れるようになるまで。

当然だ。

だが、すぐにそれほど強くなることなど、不可能であるのも明白で。

絶対的に時間が足りないのだ。

だからこそ、俺は焦っていた。

ここ一月、二百人近い狼人族がエルフの里に集まって来た。

逃げて来た。

どこから？

教国との境から、だ。

教国の北には、俺たちの住む広大な森と、さらに北にある山脈しかないのだと言う。

他の国はない。人の住まない領域。

そんなところへ大勢が逃げていった。その先には何もないと考えるだろうか？　ただ単に、追われて北へ逃げ込んだだけなどと考えるだろうか？

教国が攻め滅ぼした狼人族の少数の残党を、わざわざ追討しようとする確率はどれくらいだ？

相手は大国だ。

狼人族の残党など、もはや見向きもしない可能性の方が高い――と思う。どう考えても、彼らだけで教国を揺るがす何かを仕出かせるはずもないからだ。

まあ、まかり間違って要人の暗殺とかが成功すればその限りではないだろうが、成功の芽は無きに等しいだろう。

それでも狼人族皆が北へ逃げたという事実に、不審を感じたら？

そして、なによりも。

教国は樹海を伐り拓いているという。

ならば、いつになるかは分からないが、いずれここまで来るのは確実だろう。遅かれ早かれ発見されるのは間違いない。

考えすぎかもしれない。

だけど嫌な予感がするのだ。最悪は想定しておいて損はない。

だから、俺はセフィに言った。

エルフたちも狼人族たちも、セフィの言葉に従う。だからセフィに言ったのだ。おそらくは、今できる最善の判断を。


夜。

夕食も終えて後は眠るばかりの時間帯。

光るマリモの詰まった籠に厚い布を被せると、もう室内は暗くなる。

窓から差し込む月と星々の明かりだけが、光源のすべてだ。

風が柔らかく流れ、虫たちがどこかで鳴いている。心が落ち着くような時間。

『なあ、セフィ――』

「なにー？」

ベッドの上で半身を起こし、窓の向こうにぼうっとした視線を向けていたセフィが、こちらへ振り向き首を傾げた。

『里を捨てて、皆で逃げた方が良いんじゃないか？　ここはもう危ないかもしれない』

セフィは意味を理解したと思う。

多くの逃げてきた狼人族たち。それがきっかけとなり、教国にこの里の存在が知られる危険性を。

それでも――、

「だめ」

口調は強くなかった。

声は静かだった。

だけどセフィの顔はこれまでに見たどんな瞬間よりも大人びて見えた。

「まるで殉教者だ」と、俺の中から自然と言葉が浮かび上がる。前の俺ならば、今のセフィを見てそう言っただろうと、なぜか理解できた。

それはあまりにも透明で気負いのない決意だった。

「まだ、みんなきてないから」

それはまだ、逃げてくる狼人族がいるから、という意味だ。

セフィは当然のように、彼らを見捨てない。

それはセフィがハイエルフであるから、だろう。森神と呼ばれる存在だからだろう。

いくら幼い容貌に見えようとも、セフィの本質は森と信仰する存在を守護する神なのだ。

『そうか……そうだよな』

俺はそのことが悲しかった。

きっとセフィは理解している。

自分がまだ、弱いことを。

だから森を出て、すべての同胞たちを助けようとはしない。この里で子供らしく暮らすことを自らに許している。

　それでも同胞が、助けられる存在が近くにいるならば、それを見捨てることは決してしないだろう。

　その結果として、たとえ自らが滅びることになろうとも。

　そんな高潔な神がセフィであることが悲しかった。

　命に優劣などつけられないけれど、俺はセフィに自分を犠牲にしてほしくなかった。

「だいじょぶだよ」

　ふと、セフィはいつものように屈託なく笑った。

　だから俺は、たまに問いたくなる。本当はどこまで見通してるんだ？

「セフィには、ちょーつよいあいぼーがいるし」

『ん……そっか、まあ、そうだよな！』

　無理矢理明るい声を出す。

「たよりにしてるぜ、あいぼー」

『任せとけ！』

「うん！」

　俺はたぶん、泣いていた。

　セフィがただの子供でいてくれないことが悲しかったのかもしれないし、彼女の言う「相棒」という言葉の重さに初めて気がついて身震いしていたのかもしれないし、ただ彼女の庇護すべき存在じゃなく、共に戦うべき存在として認められていたのが嬉しかったのかもしれないし。
とても一言では言い表せない感情が渦巻いて、わけも分からず泣きたい気分だった。
ただ。
初めて実感を伴って改めて自覚した。
俺はセフィを、里の人々を護りたいのだと。
だから、強くなろうと決意した。
明確な目的を持って。

第二十八話　エルフの里、全俺化

セフィは決意した。

ここへ逃げて来る狼人族すべてを助けることを。

ならば俺にできるのは、万が一に備えることだけだ。

教国の軍勢が、ここへ攻めて来るという可能性に。

まず積極的に行うのはレベルを上げること。

初期に作ったゴー君たちを里の周囲へ派遣し、今まで以上に魔物を倒してもらう。

できれば更なる進化が可能なレベルまで上がってほしいが、どうなるかは分からない。こればかりは時間との勝負だ。

他にできるのは、個々のゴー君たちの強化、改造だろうか。

とはいえ、それらは常日頃から行っていることでもある。今さら劇的な強化は望めないだろう。

とりあえずゴー君1号にはミストルティンを作って与えてみた。左手に収納され、一体化したミストルティンにより、ゴー君1号は双剣使いへとジョブチェンジした。いやそんなシステムはないけどね。

しかし今までと戦い方が異なるためにか、二本の剣を振るう姿はどこかぎこちない。

自分でもそのことを理解しているのか、ゴー君1号はウォルナット相手に双剣での戦い方を習得しようと鍛練に励んでいる。

2号と3号にも何か強化を施したいが、与えられるようなものが特にはない。

1号みたいに剣や武器で戦うわけでもないからなぁ。

まあ、ゴー君たちの強化は常日頃からしているし、後はレベルを上げて進化してくれることを祈るしかない。その内、何か良いアイデアを思いつくかもしれないしね。

他にできることは何があるだろう。

里の防備の強化？

戦力の向上？

それはセフィがやってくれている。茨の壁は今までより分厚く、巨大になっている。

狼人族の戦士たちには、片っ端からミストルティンを作って配った。いくつも並行して作るのはなかなかに骨の折れる作業だったが、泣き言を漏らしている場合でもない。

俺、頑張った。

このミストルティンについてだが。

作りたてのミストルティンよりも、きちんとした金属製の武器の方が攻撃力は高そうに思えるし、事実そうだろう。だけどミストルティンはマナトレントでもある。あらかじめ使用者の命令に従うように俺が命じておけば、鍵となる言葉を設定しておくだけで、決められた魔法を使うことができるのだ。

たとえば「ヒール」と唱えたら回復魔法を使うように命じるなどだ。

マナトレントは水属性を持っていて、「生命魔法」と少しの「水魔法」を使うことができる。

とりあえず、すべてに教え込むのは苦労したが、回復と強化、敵の弱体化まではできるようになった。

「水魔法」は今のところ微妙だ。殺傷力がちょっと弱い。

それでも持っているだけで回復やバフ・デバフを使える道具としてみれば、十分に有用だろう。

あとは罠を作るとか？

考えてみたが、すでに里の周囲に林立するゴー君たちが罠みたいなものだった。

落とし穴とか作っても、そこに敵が来るかはわからないし、わざわざ誘導するというのも違う気がする。

これも保留だ。

考えつくことはあまりない。

もっと戦力を強化したいのだが、どうすれば良いのか。

ゴー君たちをもっと増やしてみるか？

だが、もしも敵がゴー君たちを鎧袖一触にできるくらい強かったら、ただの時間稼ぎにしかならない。得られる利益は労力に見合わないだろう。

もどかしい。

何だったら俺が自由に動ければ良いのに——と思ったところで、ふと気づく。

そういえば俺って動けるわ、ということではなく。

そういえば俺って全然戦ってねぇじゃん、ということに。

いや、動けるとはいっても動作は遅いし、いつも本体は里の中央に生えてるしで、気がつけば戦う機会がないのだ。

だが、ステータス的にもスキル的にも、日々日々地下茎に蓄え続けた大量のエネルギーを使用できることを考えても、俺が戦わないという選択肢は勿体ない。

俺が戦うためには、とりあえず戦場にいる必要がある。

だけど里の外周のどこかへ移動するにしても、敵がどこから攻めて来るかは確定できない。

セフィが感知してから移動するのは、俺の動作の遅さから間に合わないだろう。

なにか発想の転換が必要だ。

——ならば外周のどこにでも俺がいれば良いのでは？

ふとそう考えてみると、それは存外不可能でもなさそうに思えた。

広場の中央から外へ向かって根を伸ばし、外周に到達したところで『変異』を使って根の一部を樹木に変化させる。

その樹木は正真正銘俺の一部だから、俺の能力をそのまま使うことができるわけだ。

これならば、今まで無駄に死蔵していた『結界』などのスキルも有効に活用することができるだろう。

里にはセフィが張ったという結界があるらしいが、その効果は「忌避結界」というのだと長老に聞いた。つまりセフィの威光とやらと同じで、日々セフィに強化された里の大樹たちや茨の壁が一つの巨大な生物のように発する存在感に、魔物が近づかなくする作用だという。

俺の『結界』スキルに「忌避結界」はないし、それならば二重三重に俺の結界を展開しても効果は望めるだろうし。

これは悪くないんじゃないか？

てか、良いんじゃないか？

うん、良い。

光明が見えて嬉しくなった俺は、それをさっそく実行に移してみた。

それから一週間ほどで、里の外周にぐるりと俺の一部を生やすという計画は完了した。

しかし、予想外の事態になった。

根を伸ばすのは難航したが、なんとか成功した。

考えてもみて欲しいのだが、里にはいくつもの大樹がある。その地下には当然、大きく巨大な根が縦横無尽に走っているわけで、俺が根を伸ばそうとすると、それらの根にぶち当たってしまうのだ。

他の根に当たってしまうごとに根を伸ばす方向を変え、密集する根と根の間を潜り抜け――と、まるで針の穴を通すかのような繊細な行為を根気よく進めた結果、里の外周に根を到達させることには成功した。

それから茨の壁のすぐ外側――ゴー君たちが立ち並ぶ領域に、里をぐるりと囲むように根を『変異』させて生やした三十六本の樹木を等間隔に設置することに成功したのだ。

意識してみれば外周の樹木たちも『魔力感知』を発動し、俺は里の中央にいながら里の外側をも「見る」「聞く」「感じる」ことができるようになった。

当然、そこから『スキル』などを行使することも問題なく成功した。

地下では他の大樹たちの根とごちゃごちゃと絡まり接触しているため、根を切らない限り、俺の本体が移動することはもうできないだろう。

ぎゅうぎゅうに詰まった満員電車のごとき（満員電車って何だっけ?）窮屈感には辟易するが、里のことを思えば我慢でも何でもない。

それに、だ。

里の大樹たちも住人たちを護る同志なのだと思えば、むしろ頼もしく感じてくる。

いやたぶん、俺の気のせいだとは思うが――セフィによって森の木々とは比べ物にならないほど巨大に成長した大樹たちからは、微かに意識のようなものを感じる……気がするのだ。

おそらくはその巨大さと存在感から錯覚しているのだと思うが。

樹齢ウン千年の大樹を前にして、人が神が宿っていると感じるのと同じだろう。

そう結論付けた俺だったが……。

ある日の夜。

逃げて来た狼人族たちがどんどんと増えていき、後は「ガラ氏族」という一氏族の者がいないだけ、と判明した日の夜だ。

ここしばらく諸々の強化と根の伸展に追われて不眠不休だった俺だが、すべての準備が一段落したので、その日は久々にウォーキングウィードの依り代に意識を移し、セフィのそばで眠りに就いていた。

そんな俺が、夢をみた。

――モリ、サト……マモ、ル……。

――セフィチャン……タス、ケル……。

――ワルイ、ヤツラ……タオス……。

――モット、モット……ツヨク、ナル……。

――オジチャン。

――ボク、タチ……オジチャン、ニ、キョウリョク、シテ、アゲルヨ……。

――セフィチャン、ミンナ、マモッテ、ネ……？

……。

……。

…………………。

……なんか、たくさんの幼児たちから「おじちゃん」呼ばわりされる夢をみた。

俺ってば、おっさんだったのだろうか。

そこはかとなくショックだが、いやいや、精神年齢的には渋い壮年の如く熟成された自我を持っていることの表れかもしれない。

そうだ。そうに決まってる。

などと、なかなかに衝撃的な目覚めを果たした朝。

いつものようにメープルがセフィを起こしに来て、それからセフィが顔を洗って髪を整えてもらい、身支度を済ませると、やはりいつものように、

「ユグ！　いこっ！」

『おう！』

ここ数日は一緒に行動できなかったからか、妙にテンションの高いセフィにずぼりっと引き抜かれて、俺たちはいつもの「おしごと」へと出掛けた。

まずはセフィの家がある里一番の大樹からだ。

例の蔦に魔力を流して下へ降りたセフィは、さっそくとばかりに幹へ手を当てて、魔力を流していく――のだが。

「ふえ？　なにー？」

『どうした、セフィ？』

魔力を流しながらセフィは不思議そうにコテンっと首を傾げたのだ。

いつもならばもう終わっているはずの「がんばれー！」であるが、なぜか今日はまだまだ続いている。

セフィからは膨大な魔力が次から次へと大樹へ注がれていき、それは収まる気配もない。

『お、おい、セフィ、そんなに魔力流して大丈夫なのか？』

さすがに心配になってきた俺がそう声をかけると、セフィはなおも不思議そうにしつつも頷いた。

「うん。だいじょぶ……だけどー？」

その瞬間である。

『ぬおっ⁉』

「ユグ⁉」

本体に異変を感じた俺は、反射的にウォーキングウィードから『憑依』を解除してしまった。

そうして意識が本体に戻った時、俺はセフィが注ぐ膨大な魔力がどこへ流れているのか、すべてを理解した。

目覚めた時から、何となく違和感は覚えていたのだが……まさかこんなことになってるとはな……。

「ユグっ！　どーしたのっ⁉　ユグっ⁉」

とはいえ今は、脱け殻となったウォーキングウィードをばっさばっさと振りながら取り乱しているセフィを宥めなければ。

なので俺は、セフィに心配ないと声をかけた。

『あー、セフィ、大丈夫だ。俺は無事だ』

「ふえっ!?」

俺の声が聞こえた瞬間、セフィはこちらへ振り向いた。

そう、広場の方にある俺の本体ではなく、背を向けていた大樹の方へ振り向いたのである。

「……もしかして、ユグー?」

『おう！　そうだぜ！』

俺の意識は今、間違いなくセフィの家がある大樹へと宿っていたのである。

いや、それどころか。

今や俺は、里に生えるすべての大樹、および外周を囲む茨の壁とも「一体化」していた。

外周へ伸ばすために地下深くで絡まったいくつもの根。

なぜかは分からないが、それらが「融合」していたのだ。

それが理由なのか、里に生える大樹も茨の壁も俺の「一部」となり、意識すれば、そこからスキルを発動させることも「見る」ことも「聞く」ことも「話す」こともできるようになっていた。

つまり。

今や俺は――いや、俺こそが、エルフの里と化していたわけである。

えー……。

いや、正直予想外すぎるんですけど。

だが、問題があるどころか俺にとっては好都合なのは間違いない。

「ほえー……ユグ、しゅごい」

説明してみれば、さすがのセフィも目を点にして驚いていた。

こんな驚き方してるセフィ、初めて見たかもしれんね。

まあ、ともかく。

それからというもの、俺は度々不思議な「声」を聞くことになる。

微かな声だが、どこか身近に感じられる小さな「声」たち。

精神の病かな？　と思い、長老に相談してみれば、それはおそらく里の大樹たちに宿った「微小精霊」ではないか、とのことだった。

なんとまぁ、セフィの日々の献身のおかげか、すでに精霊たちが宿っていたらしい。

俺はそんな彼らに、聞こえているかは分からないが、『これからもよろしくな』と伝えるのだった。

――コレデ、ボクタチ、ツヨク、ナッタ……ネ？

――コレカラ、ヨロシク、ネ。

――オジチャン。

――ウフフ……！

第二十九話　山賊みたいな

狼人族の最後の氏族――ガラ氏族が逃げてきた。

もちろん、最初に気づいたのはいつもの如くセフィだ。

お昼寝を終えて、さて何をしようかと話し合っていた頃、彼らはやって来た。

いつものようにセフィが外へ迎えに行き、俺とウォル、それからゴー君が付き添う。

ガラ氏族は十数人からなる団体だった。しかし、やはりと言うべきか、その数は一氏族の人数としてはかなり少ない。

何があったのかなど、もはや問う必要すらなく明白だ。

傷ついた姿。憔悴した表情。慌てて逃げ出したのであろう、少ない持ち物。

教国の狼人族への不条理な迫害は、ついにすべての氏族を本拠地たる集落から追放するに到ったのだ。優に半数を上回る人々を殺害して。

絶対に許されざる所業だ。

だが、これでセフィを縛る枷がなくなったのも事実だった。

俺たちのいるこの森をヴァラス大樹海と呼ぶらしく、この森は非常に広大で教国がすぐさま手を伸ばせる範囲には、もうセフィが庇護すべき民はいないらしい。

あと数日——いや、余裕を見て一週間は他にやって来る者がいないか、この地に留まって様子を見るべきだろう。

しかし、その後はもう、ここにいる必要もない。

里の場所を移すべきだとの俺の提案に、セフィもそれならと頷いてくれた。

問題は……、

「ユグ、うごけるー？」

ということだ。

里の大樹たちと融合する以前ならば、非常にゆっくりとだが動くこともできた。

しかし、今の俺は以前の数倍どころではない図体になってしまっている。これでは動けるはずもない、常識的に考えて。

「……きる？」

と、上目使いで首を傾げるセフィ。

デカくて動けないなら、伐って小さくすれば良いじゃない、というわけか。

何という発想の大逆転。

天才か。

『——って、いやいや死んじまうから！』

「そっかー」

答えを分かっていたような表情で頷くセフィ。

いや、もしかしたら大樹たちと繋がった根を切る程度であれば、問題ないかもしれない。

しかしその場合、微小精霊の宿った大樹たちを置いて行くことになる。

今さら精霊たちを見捨てて行くなんてできないし、セフィも悲しむだろう。

だが、問題を解消する手立ての当てはある。

『まあ、それに関しては考えがある。たぶん、セフィの協力があれば問題ないはずだ』

妙な話だが、俺が里の外周まで根を伸ばしたことと、大樹たちと融合したことによって、おそらく可能になったことがある。

我がことながら半信半疑なのだが、感覚はそれが可能だと伝えてくる。

だいぶ力業になるし、セフィの負担も半端ではない。そのための準備に根の総量をもっと増やす必要もあるだろう。

だが、すべてを見捨てないためにはその方法が最善だと思われた。

俺の考えを詳細に説明すると、セフィはふんふんと頷いて聞いていた。

『――と、いうわけだ。かなりセフィが大変なんだが……できそうか？』

最後に問えば、セフィはやおら立ち上がり、ふんすっと鼻息荒く言い放った。

「セフィに！　まかせなさいっ！」

どんっと胸を叩いてドヤ顔をする。

どうやらセフィには自信があるようだ。

『おしっ！　任せたぜ、相棒！』

「むふーっ！」

とかなんとか、俺たちが話し合っている間にも、里の広場には次々とエルフたちや狼人族たちが集まって来ては、逃げて来たばかりのガラ氏族の者たちを囲んでいく。

ちなみに、ガラ氏族の者たちには回復魔法を込めた俺の林檎を食わせたから、体の傷はもう治っているはずだ。

ガラ氏族は狼人族の中でも好戦的なことで知られているらしい。

そんな彼らが暗い表情で逃げて来たのだ。だいたいの事情を予想している者たちも、何事かと声をかけずにはいられない。

「随分と手酷くやれたようじゃの」

「教国の軍勢にやられたのか？」

半ば確信しつつヴォルフが問う。

それは単なる確認のための問いだったのだろう。だから「いや、軍じゃない」とガラ氏族を代表して答えた戦士の男の言葉に、聞いていた誰もが怪訝そうな顔をした。

「どういうことだ？」

「軍勢じゃない。傭兵崩れの輩がだいぶ居たが、そいつらは大したことはなかった。ただ一人だ。我らガラ氏族の戦士たちは、一人の男にやられたんだ」

好戦的という印象からはほど遠く、陰鬱とした表情で語る男。

おそらく元の彼を知っていたのだろう。ヴォルフは、その余りの落差に険しい顔をした。

「何者だ？」

「おそらく、騎士」

どこの神の騎士かはわからないが、おそらくは教国に属する騎士だろうと言う。

異端者や異教徒を滅することを任務とする、実戦――殺しに慣れた騎士だと。

「ふん、騎士か……場所から言って葬炎騎士とやらだろうな」

話を聞いて、ヴォルフはそう断じた。

ヴァラス大樹海と接する教国の領地は北部大司教区と呼び、そこにはイコー教が崇める神の一柱として炎神が奉じられているのだとか。

ヴォルフはギリリと強く歯を噛み締めて意気込んだ。

「我らガル氏族が戦った相手に葬炎騎士はいなかったはずだが……まあ良い。多くの同胞たちの仇だ。出会えば俺が殺してやる」

「――無理だッ!!」

だが、それを聞いていたガラ氏族の戦士は反射的に顔を上げると思わずといったように叫ぶ。

周囲の人々はその様子に目を丸くして驚いていたが、当の彼は自分でも叫んだことに動揺したように瞳を揺らしつつ、しかし、口をついて出た言葉を否定しなかった。

「無理だ……あの怪物に、勝てるはずがない……。決して、少数で戦うな……」

「……その助言は、覚えておこう」

と答えつつも、ヴォルフに怯んだ様子はない。

いざ対面すれば、戦うことに躊躇いはないのだろう。

「まああご両人、そう深刻な顔しなさんなって」

そう言って、どこか気まずい沈黙に包まれたヴォルフたちの間に割って入ったのはウォルだ。

「ここを何処だと思ってんだ？　ヴァラス大樹海の奥地だぜ？　人族がそう簡単に来られるわけないだろ。来られたとしても、たぶんずっと後さ」

ウォルの言うことにも一理ある。

確かに深い森を人族が長い距離、踏破するのは困難を極めるだろう。もともと森で暮らすエルフや狼人族とは違うのだ。

しかし――、

――オジチャン。

――キタ、ヨ。

――ワルイ、ヤツ。キタ、ヨ。

――アクイ、アル。ヤナ、ヤツ。

どこからか微小精霊たちの声が聞こえた。

ざわりと木々が、森が、危険を感じて身動《みじろ》ぎしたような気配を感じた。

見ればセフィも、何者かの接近を感知していたようだ。

「ユグ」

『ああ……』

静かな決意を宿した瞳で、こちらを真っ直ぐに見上げてくる。

俺はそれに頷きを返し――とりあえず、ウォルを罵倒した。

『ウォル、バカ……』

「なんすか精霊様!?　いきなり!?」

フラグという言葉を知らんのか。

いや、俺も今思い出した言葉なんだけどね。


「セフィが！　みすとるてぃんで！　せいばいするっ！」

『なんでやねん』

今までは狼人族しかやって来なかったが、今回ばかりはそうではない。

悪意ある敵。

確実にこちらを害そうとする者の前に、セフィを出すわけにはいかない。

敵の数はセフィの感知では三十人程度だという。その反応は里と一体化した俺も『魔力感知』で把握できる距離にまで来ている。

魔力の量が強さの全てではないが、やはりレベルが高い存在は魔力が多い傾向にある。

その経験則から判断するに、人数こそそれなりだが、敵はそれほど強くないと思った。おまけにこちらは多数のエルフと狼人族の戦士で迎撃に向かうのだし、何より敵を遥かに上回るゴー君たちもいる。

問題なく勝てると判断しても、決して間違いではないだろう。

鼻息荒く意気込むセフィをなんとか宥め、ここは里の中に避難していてもらうべきだ。

確実に勝てる相手に、無意味にセフィを危険に晒したくない。何度も言うが、万が一ということもあるのだ。

しかし――、

「ユグ、ゆだんしちゃ、だめ」

セフィは一転、諭すような声音でそう言うのだ。

もしもここでセフィを連れて行かなかったら、甚大な被害が出てしまうのではないか。わけもなくそう確信してしまうような顔で。

『…………』

懸念はある。

「前の俺」はおそらく人族だったのだと思う。

けれど今の俺は、人族を知らない。

エルフや狼人族から聞いた知識と、中途半端に「浮かび上がって来る」知識だけが、俺の知る全てだ。

だから本当は、人族がどれくらいの強さなのか、俺は分からない。

加えて、向かって来る敵の中に、たった一人だけ頭抜けた魔力の持ち主がいる。

もしかしたら、先程ヴォルフたちが語っていた葬炎騎士とやらかもしれない。

話に聞いた感じでは、他の輩とは強さの次元が違いそうだ。

だから俺は、内心で忸怩たる思いを抱きながらも、頷くしかない。

まだ、覚悟が足りなかったのは、俺の方だったのだと。

『ふぅー……わかった、頼りにしてるぜ、相棒』

「おー！　まかせろ！」

セフィはハイエルフだ。森神とも称される存在だ。弱いわけがないのだ。

それに近場で戦うのであれば、俺の『結界』も届くだろう。

『よし！　じゃあ皆、そういうわけだ！　戦える奴は南の門から外に出て迎撃するぞ！』

里の広場に集まった者たちに号令をかける。

エルフも狼人族も、それぞれが決意を秘めた表情で「おおおおーッ！」と号令に応えた。

俺たちはエルフがおおよそ十人、狼人族が二十人ほどで南の門を目指す。

戦える者自体はもっといるが、あまり大勢で行っても意味はないだろう。それに万が一を考えて、精鋭だけを見繕った結果だ。

俺たちの数は敵とほぼ同数。だが実際のところ、俺たちが戦う必要もない可能性は高い。そもそも外にいるゴー君たちに任せてしまうだけでも良いような気がする。

なので俺は、南の門で皆を少しだけ待機させた。

しばらくして、『魔力感知』で門の外側を「見る」俺の視界に、大勢の男どもがやって来るのが見えた。

誰もが薄汚い格好をしていて、染み付いた性根が顔相まで変えるのか、まるで山賊みたいな輩だった。

うん？

いや、もしかして本当に山賊という可能性もあるのか？

奴等は立ち止まって何事かを話し合っていたかと思うと、やおら歓声をあげて走り出す。

こちらへ向かって来る奴等の声を拾えば、しきりに「エルフ」「女」「さらう」などの言葉を発していた。

有罪確定である。

俺がわざわざ念話で指示する必要もなかった。

山賊らしき集団が里の外周――樹木に擬態しているゴー君たちのテリトリー、その半分まで来たところで、ゴー君たちが一斉に動き出す。

ミシミシと枝を揺らし拳を作り出し、それを男どもの遥か頭上から叩きつけた。

攻撃に加わっていないゴー君たちは、太く強靱な根を二本の足に作り替え、大地を踏みしめて男どもを包囲するように位置取った。

ゴー君たちの奇襲を回避した者も幾人かいるが、大半はすでに拘束済みで、もはや趨勢は決したように思える。

それを確認してようやく、俺たちは茨の壁の外へ出た。

その先頭に立って歩くセフィ。疑問も抱かず後について行く里の男ども。

だから、なんでだよ!?

ここまで来れば突っ込みは野暮だろうか。

ともかく。

セフィは、エルフの里を襲撃しに来た山賊どもを前にすると、奴等の面前に立ってミストルティンの切っ先をびしりっと突きつけると、きりりっとした顔で告げたのだ。

「わるものどもめ！　しんみょーにせぃ！」

どこで覚えてきたんだよ、そんな言葉。

第三十話　身勝手な悪意

「なんだお前ら、待ち伏せしてたってわけかよ」

無数のゴー君たちに囲まれて恐慌する山賊ども。

最初に口を開いたのは見た目平凡な男だった。

装備は古くさい革の胸当てに革の長靴。周りの山賊どもと比べても非常に軽装で、場違いにも思えるほどだ。

髪も瞳も茶色で目立たず、そばかすの散った顔は平均的な顔立ち。

思わず「モブ」という言葉が浮かび上がる。

その他大勢の中の一人、みたいな男。

だが、俺の『魔力感知』はこいつこそ警戒すべき相手だと訴えていた。なにしろ内在する魔力が、一人だけ圧倒的に多いのだ。

しかも――、

「まあ、いいや」

平凡な顔に似合わない亀裂のような笑みを浮かべる。

全身から嫌な気配を発する男だった。反吐が出るような悪意の臭い。

すでに詰んでいるような状況にもかかわらず、平然と笑みを浮かべる男。当然まともな性格をしているわけがなかった。

「せっかくここまで来たんだ、俺としても遊んでやりたいところだが、こう見えて忙しくてね」

ニヤニヤと嫌らしい笑みを浮かべながら、腰に差した長剣をゆっくりと鞘から抜き放った。

その剣身には、何か小さな紋様のような物が、無数に、緻密に刻まれていた。

奴が抜いた剣の切っ先を向けるのは前方。だが俺たちに向かって——ではない。僅かに下方へ向いていることから、俺たちよりも前方、山賊どもへ向いているのだろうか。

奴の魔力が剣身へ流れる。同時、その剣に刻まれた紋様が淡い光を宿し始めた。

だが流れる魔力は剣に留まらない。そこからさらに外へと放出された魔力が、まるで糸のように全ての山賊どもに絡みつくのが知覚できた。

「お前らの遊び相手は、傭兵君たちに任せることにしよう」

「——逃がすと思うのか？」

山賊じゃなく傭兵だったらしい。

まあ、そんなことはどうでも良いのだが、ともかく。

険しい顔で問うたヴォルフに、モブ男は「くははッ」と癪に障る笑い声をあげた。

「——血は、炎」

けれど問いには答えず、何事かを詠唱し始める。

「肉は薪《たきぎ》、命は供物。我が偉大なる神【ファイア・メイカー】よ、御身が眷属カイ・ビッカースが願い奉る。哀れなる弱者に御身が炎の息吹を吹き込まんことを――」

魔法か？

何かは知らないが、黙って発動させることもない。

『ウォル！』

「――風の刃よ！」

呼び掛ければウォルはすぐさま反応した。

傭兵どものさらに後方にいるモブ男に向かって、一言で発動した風魔法による不可視の刃が殺到する。

風の刃は殺傷力こそ低いが、速くて回避しづらい。奴の詠唱を中断させるには最適な選択だと思われた。

だが――少しだけ遅かったらしい。

「――ブレッシング・オブ・ファイア」

奴が最後の文句を唱え終えた直後、激しく炎が噴き上がった。

その勢いは爆発にも等しく、辺り一帯の空気を一瞬だけ吹き飛ばす。

当然、風の刃も爆風によって形を崩され無効化されてしまった。

「は――？　おいおい、何しやがったんだ……？」

ウォルが呆然として、その光景を見つめる。

いや、ウォルだけじゃない。セフィも、エルフたちも、狼人族も、誰もが信じられないという表情を浮かべていた。

彼らは基本的に善良だ。

だから、想像したこともないのだろう。

たとえば、仲間の命を自分の都合だけで犠牲にするような魔法など。

『クソ野郎なのは、確かみたいだな……』

ゴー君たちに捕らわれていた者もそうでない者も、モブ男以外の傭兵たちは一人の例外もなく、その全身を炎に包まれていた。

いや、正確に述べるならば、彼ら自身が炎を噴き出している、とでも表現すべきか。

いまや傭兵たちは、炎の人型と呼ぶしかない姿へと変貌していた。

傭兵たちが噴き上げる炎に触れて、ゴー君たちが次々と炎上する。

俺は慌ててゴー君たちに、拘束を解き下がるように命じた。

あの炎は、まずい。

枯れ木でもあるまいし、少々の炎で炙られた程度で、ゴー君たちが炎上するはずはないのだ。生木は大量の水分を蓄えているものだし、そもそもゴー君たちはマナトレントでもあり、例外なく水属性を持っているのだ。普通の樹木より遥かに燃えにくい性質のはずだった。

だが、そんなことなど関係ないとばかりに、あの炎は触れたものを炎上させる。

相性最悪だ。

「さあ！　お前ら！　エルフを殺せ！　森を燃やせぇッ！」

モブ男が炎の人型——炎人たちに向かって叫ぶように命令する。

もはや自我も意識も残ってはいないのか、炎人たちは文句を言うこともなく従った。

ゆらりと立ち上がり、その全てがこちらへ向き直る。

その動きは緩慢だが、ただ体当たりされるだけでも厄介だ。それに考えなく回避することもできない。里に突撃されたら被害が大きくなる。

それにミストルティンで攻撃したところで、逆に燃やされてしまいそうだ。

金属製の武器を持っている者もいるが、激しく炎上する敵に向かって行くのも危険だろう。

「くはははははッ!!　傭兵たちの相手、頑張ってくれよ!!」

モブ男は大笑し、こちらを煽るように言葉を放ってから悠然と踵を返す。

奴の足を止める術を、エルフたちも狼人族たちも持たない。

しかし、焦燥に駆られる者は一人もいなかった。

『やれやれ、信頼が恐いな』

「無理なら俺たちが頑張りますよ？」

ウォルがどこか、からかうように言う。

当然のように寄せられる信頼に、応えられなかったらと思うと恐い。

しかし、このくらいならば余裕だろう。

『まあ、見てろ』

俺は炎上するゴー君たち、炎人たち、その全ての炎を――消した。

「――は？」

何事もなかったかのように、ただ忽然と消えた炎。

炎人たちは無惨にも炭化した姿を晒すと、どういう法則かは知らないが、途端に力を失ったように地面へ倒れ伏す。

それに気づいてこちらを振り向いたモブ男の顔から、初めて余裕が消え失せた。

「何を、した……？」

水をかけたわけでもないのに炎が消えるとは、信じられないのだろうか。

だが、種を明かせば簡単な話だ。

『結界で覆ったんだよ。酸素がなくなりゃ炎は消えるだろ』

エルフの里と一体化したことによって、その巨体に相応しいほどに俺の『魔力感知』の範囲は広がっている。そしてスキル『結界』は、知覚・認識した空間になら自由に結界を張ることができる。

いまや里の外周数百メートルの範囲なら、どこにでも自由に結界を張ることが可能となっていた。

だから俺は、炎上したゴー君たち、炎人たちを個々に小さな「物理結界」で覆っただけのこと。

「は？　結界？　サンソ？　いや、それより……誰だ？」

どうやら俺も、モブ男の態度には色々と怒りを覚えているらしい。

思わず念話で話しかけてしまった。

『精霊だよ。この森とエルフたちを守護する、な』

「はぁ？　森の精霊だと？」

まあ、嘘ではないし。

嘘だったところで、問題もない。

むざむざ奴を帰して、里の場所を教えてやる義理などないのだから。

『気づかないのか？　お前はもう逃げられない』

「何言ってやがる？　炎を消した程度で、もう勝ったつもりか……？」

そこまで言ったところで、ようやく気づいたらしい。

ハッとしたように辺りを見渡す。

奴が魔力を感知できるかは知らないが、できたところで気づけたかは微妙だ。注意を向けていない場所の出来事など、知覚できるのは俺の知る限りセフィくらいだ。

巨大な何かが地を這うような音。

それは四方八方から響いている。

森の木々の間を、セフィの背丈ほども太さのある、巨大な蛇にも似た存在が這いずっていた。

ただしもちろん、蛇ではない。その体は無数の茨により構築されている。

そしてそれは、遠くからではあるが、ぐるりとモブ男を囲むように円を描いているのだ。

逃げ場はない。

だが、モブ男は往生際悪く抵抗するつもりらしい。

その手にした剣へ魔力を流す。剣身に刻まれた紋様が光る。その周囲で陽炎のように空気が揺らめき、次の瞬間、剣身は紫色の炎に包まれた。

「――邪、魔ぁああッ!!」

叫びながら退路となる方向へ向かって剣を振るう。

明らかに間合いが遠すぎる距離。しかし、虚空へ刻まれた剣線をなぞるように炎は巨大な刃の形を描き――飛翔した。

炎人たちがマナトレントでもあるゴー君たちを容易く燃やしたことを考えるに、炎の刃に触れるのは危険な気がした。

だが、モブ男を囲むゴー君2号に回避することはできない。

しかし――、

「クソがぁッ!」

飛翔する炎の刃はゴー君2号まで届かなかった。

その途中、進路を邪魔するように張った俺の結界と衝突。結界を砕きながらも、それを突き抜ける力はなかったようだ。

「――!?」

悪態を吐きつつも、油断するほど間抜けではなかったらしい。

モブ男は弾かれたように後方へ跳躍した。

それと入れ替わるようにモブ男の頭上から飛び降りてきた影がある。

それは一瞬前まで奴がいた場所へ右の木剣を、落下の勢いも乗せて叩きつけた。

勢い余って地面へ衝突した一撃は、爆発するように土を飛び散らせ、地を揺らした。

立ち上がった影は、３メートルを超える巨体。異様に長い両手に、それぞれ木剣を握ったウッドゴーレム――ゴー君1号だ。

『逃がさねぇって言ったろ』

「ふ、ふふっ……ふはははッッ!!」

この期に及んで、モブ男は笑い声をあげた。

だがそれは、どうやら余裕の表れというわけではないらしい。

奴は怒りに満ちた――つまり端的に言うとぶちギレた表情で、憎々しげに言い放った。

「か、下等種族どもが……ッ！　ふざけやがって……!!」

奴の内包する魔力が、凄まじい勢いで右手の剣へ流れ込んでいく。

「――もういい。わかったよ。やってやるよ……全員、ぶっ殺してやるよぉおおおおッ!!」

叫び、奴の全身が燃え出した。

第三十一話　炎の魔人

炎の色は橙。

炎人たちと同じ色だ。

しかし、奴は詠唱をしなかった。していなかった。

無詠唱の炎？　ただの魔法か？

どういう理屈かはわからないが、放って置くのがまずいということだけはわかる。

加えて――いま、奴は詠唱し始めた。

「血は炎ォッ！　肉は薪ィッ！　骨よ支えよ炎を高くッ！」

奴の奇妙な詠唱を中断させるべく、すぐにゴー君1号が動く。

その両の木剣を縦横無尽に振り回す。

ウォルとの鍛錬でとりあえずは形になったのか、繰り出される連撃は間断ない。一撃一撃が重く、速い。空を斬る音がここまで聞こえて来るようだ。

しかし――、

『ゴー君ッ!?　そいつに触れると――！』

奴の炎は普通じゃない。

触れるのは危険だ。何しろマナトレントすら一瞬で炎上させるのだから。

そう思い叫んだ俺だが、心配は杞憂であったらしい。

それは奴が詠唱を中断されないように回避しているからではない。いくつかは燃え盛る剣で防御しているし、いくつかは確実に奴の体を捉えている。

奴の炎に触れているにもかかわらず、ゴー君の木剣は炎上しない。

見れば炎に触れる度に、奴に近づく度に、ゴー君の全身から大量の蒸気が噴き上がっているのが見えた。

『そうか！　３号か！』

ゴー君へ向けてモブ男を囲む茨の中から継続的に魔力が送られていた。

注意して確認すれば、茨の中に棘のない蔦が交じっている。ゴー君３号だ。

３号は少しだが水魔法が使える。それは攻撃に使えるほどの威力ではないが、ゴー君の全身を常に水で濡らすくらいのことはできるだろう。

それに気づいたのは俺だけではなかった。

ヴォルフが叫び、握った大剣型のミストルティンの切っ先をゴー君１号へ向ける。

「守護者様へ水を！　ウォーター！」

鍵《キー・ワード》となる言語を唱え、ミストルティンに水を生成させる。

ゴー君３号と同じで攻撃に使えるほどの威力はない。それでも少量の水を生成することはできる

し、何より――、

「「ウォーター!!」」

数が揃えば大量の水になる。

3号のようにゴー君の体表に直接水を発生させるような繊細な魔力操作はできないが、それぞれのミストルティンの切っ先から生成された水が、雨霰《あられ》と飛んでいく。

さすがに大量の水に濡れていれば、一瞬で発火するような火力はないらしい。

ゴー君1号の凄まじい連撃は一瞬も途絶えることがない。

だが、奴の詠唱を止めるには到っていなかった。

「脂《あぶら》をくべて育て轟炎ッ！　滅せよ滅せよ我が敵をッ！」

詠唱が進むごとに奴の全身を包む炎が激しさを増していく。

その色が濃く変色していく。

「我が偉大なる神【ファイア・メイカー】よッ！　御身が眷属カイ・ビッカースが願い奉る！　我が身を捧げ御身の加護を与えたまえ――！」

紫色の炎。

どこか粘性が高いようにも見えるドロリとしたそれ。

しかし周囲へ放射される熱は飛躍的に高まっていく。

対峙するゴー君が乾いていく。水の供給が追いついていない。

『水よ――!!』

慌てて俺も水魔法を行使した。

奴とゴー君の頭上に直径3メートルにも及ぶ巨大な水球が姿を現す。

落下。蒸発。大量の蒸気は炎が生み出す上昇気流に巻き上げられていく。

それを見てヴォルフがさらに周囲へ指示を出す。自分たちが水を生み出すよりは、俺と3号に任せた方が良いという判断。

「守護者様へ強化！　あの男に弱化だ！　ストレングス！　ウィークン！」

「「「ストレングス!!」」」

「「「ウィークン!!」」」

ミストルティンから「強化」と「弱化」の魔法が次々に飛んでいく。

ゴー君の連撃はさらに勢いを増し、モブ男の炎は僅かに勢いを弱める。

しかし、それも一瞬のことだった。

「――命の松明《たいまつ》燃え盛れ！　グレイス・オブ・ファイア・メイカーッッ!!」

モブ男が叫んだ瞬間、奴を中心に爆炎が吹き荒れた。

対峙するゴー君が数メートル吹き飛ばされ、一際強い光が放たれる。

僅かに視界が遮られたのも一瞬、再び目を向けた場所には、奇妙な存在が立っていた。

あれほど燃え盛っていた炎は静まっている。

だがそれは、決して勢いを弱めたことと同義ではない。

放射される熱は痛いほどに強く、けれど無軌道に燃え盛る炎ではない。言うなれば完全に制御された炎。

それは、ほぼ完璧な人型をしていた。

けれど、目も、口も、鼻も、髪もない。

ただのっぺらとした、出来の悪い人間のカリカチュアだ。

全身は紫色の炎で構成され、体表だけが僅かに揺らめいている。

右手に握る長剣を覆う炎さえも静かだ。

けれど内在する魔力は桁違いに増えていた。そこにあるだけで全てを燃やし尽くすような、まるで高密度のエネルギーの塊。

『アァー、テメェラ、モウ、ユルサネェゼ?』

炎の人型――いまや炎の魔人とでも表すべき姿となった男が、声を発する。

それは肉声ではなかった。

声を発する器官さえ、もはや存在しないのかもしれない。

念話。

軋むような声音で、静かに言う。

だが、その内には激しい憤怒の念がこもっていた。

『――ッ!?』

ゴー君1号が動く。

その木剣には3号が大量の水を纏わせている。

身体強化魔法と植物魔法を併用した、まさに神速の一撃。

袈裟に振り下ろされた一撃は、間違いなく炎の魔人を捉えた。

だがそれは、何の抵抗もなく魔人の体を通り抜けた。奴は避ける素振りさえ見せなかった。

振り切られたゴー君の木剣が、呆気なく炎上する。

『下がれゴー君！』

言いながら、炎上したゴー君の木剣を『結界』で覆って消火する。

燃え尽きてこそいないが、これ以上使えば再生は困難になるだろう。

ゴー君は右手の木剣を腕の中に収納し、左手のミストルティンを両手で構えた。その剣身がミストルティン自身の魔法の水で覆われる――が、しかし、先程の一撃からすると、あまり役には立たないだろう。

俺は魔人を結界で覆った。

炎人たちの炎を消したように、奴の炎も消せないかと思ったのだ。

俺に使える最大強度の物理結界。

現在使用している全てのスキル・魔法を中断して、ただひたすら奴を閉じ込めることにだけ注力する。

だが――、

『ニドモサンドモォ……キクカバァアアカッ!!』

紫炎の剣を一閃する。

それだけで俺の結界は容易く断ち斬られた。

『――ッ、嘘だろおい……！』

さすがに俺の声もひきつってしまった。

まさか、たった一撃で破られるとは想定していなかった。

逆に言えば、結界を破るのに一撃は必要だから、何度も結界を張り直せば時間を稼ぐことや奴をその場に釘付けにすることは可能だ。

俺は結界を張り直す。

結界を。結界を。結界を。結界を。結界を張り直す。

『アアアアアアアアッ!! ウザッテェンダヨッッ!!』

だが、その度に奴は容易く結界を打ち破る。

こんなのただの時間稼ぎだ。けれど止めるわけにはいかない。

結界を貫いた余波だけで、炎の刃の一撃は周囲に被害をもたらしていく。立ち並ぶゴー君たちが炎上していく。ゴー君1号が必死で回避し、水を纏ったミストルティンで飛んでくる炎の欠片を打ち据えて被害を軽減させている。炎は茨の2号にも燃え移る。3号が水を生み出し、その炎を消していくが、次々と炎上していく周囲の状況にはまるで対応できていない。

ダメだ。

今の俺にはもはや、周囲の炎を消火するだけの余裕はない。

奴を自由にすれば、その瞬間、被害は甚大なものになるとわかっていた。

しかし――それではいつまで経っても「俺の準備」が終わらない。

だけど、いま結界を張ることを止めるわけにはいかないのだ。

『グッ……くそっ』

慢心しているわけがなかった。

油断などありはしなかった。

それでも奴の力量は、俺の想定を上回っていた。

こんなの無茶苦茶だ。

人族だとかエルフだとか、そんな違いが無意味なくらいに、無茶苦茶な力だ。

足止めだけで精一杯で、このままではじり貧なのは明白だった。

意識が沸騰するような焦燥が、俺を支配しようとした時――、

「精霊様、たまには俺らも頼りにしてくださいよ？」

『――は？』

ウォルが、ローレルが、エルフたちが。

「このままでは、我らはただの木偶《でく》の坊で終わりそうですからな。時間稼ぎくらいは、まあ、任せてもらいましょう」

ヴォルフが、狼人族たちが前に出る。

『バッ、お前ら――!!』

一撃を受ければ間違いなく死ぬ。

だから止めようとした。

「だいじょぶ」

そう言ったのはセフィだった。

真剣な眼差しで前へ出る彼らを見送る。

だから俺は初めて真の意味で理解した。

セフィにとって彼らは、ただ庇護すべき存在ではなく、俺と同じように共に戦う仲間でもあるのだと。

「いくぜ、ローレル」

「命令しないでください、ウォル」

軽口を叩きながらウォルとローレルが手を翳す。他のエルフたちもそれに続く。

「「風よ風よ風よ!!」」

森中の大気が渦巻き、炎の魔人に殺到する。

風は炎を強めるのだろう。しかし、逆巻く渦となって魔人をその場に釘付けにした。

それが魔法の風であるからだろうか。ゴー君の一撃を透過させた時とは違い、奴は明らかに風の影響を受けていた。

「「水よ水よ水よ!!」」

殺到する風に、生み出された大量の水が乗る。

霧というにはあまりに水量が多い。まるで豪雨の台風のように横殴りの水滴が衝撃さえ伴う勢いで、炎の魔人に叩きつけられる。

水は瞬時に蒸気と化して巻き上げられる。

けれど次々と注がれる大粒の水滴は、途切れることがない。

「守護者様の一撃を見たな？　ただの攻撃は通じないものと思え！　武器に闘気を纏わせろ！

――行くぞッ！」

「「「――応ッ!!」」」

狼人族たちが全身に、手に手に持つそれぞれの武器に闘気を纏わせる。

直後、彼らは何の躊躇いもなく、局地的に生み出された嵐の中へと身を投げ出した。

身を低くして疾走する。

渦巻く風に逆らわず、むしろその流れに乗るように円を描いて魔人を包囲する。

全包囲から鋭い武器の一撃を叩きつけては、すぐさま距離を取る。そしてまた接近し、一撃を叩きつけるの繰り返し。

『アアアアアアアッ!!　クソザコドモガァッ!!』

怒り狂う炎の魔人が剣を振り回す。

どうにかその場から逃れようともがくも、風と水の魔法、闘気を込められた狼人族たちの攻撃は透過させることができないらしい。

ダメージこそほとんどないものの、奴はその場に釘付けにされた。

しかし――、
『いつまでも続かないぞ』
エルフたちの高い魔力による、全力の魔法行使。
いまはまだ被弾していないものの、紙一重の狼人族たちの攻防。
いつ均衡が崩れてもおかしくはない。
だがまだ、こちらには一人――あるいは一柱がいた。
「あとは、セフィにまかせて！」
エルフたちに狼人族たちに、セフィが叫ぶ。
「じゅんびできた！」
きりりっとした顔で告げるセフィの全身は、恐ろしいほどの魔力に満たされていた。
それは僅かに燐光を発し、セフィの全身が淡く光り輝いているようにも見えるほどの。
セフィはその場に膝をつき、両手のひらを地面へ当てる。
そして命じた。
「――もりよ《森》、つかまえて《捕》――」
静かな声音。
小さな声。
まるで母親が幼子に優しく語りかけるのにも似ていた。
その声を無視することはできない。

なぜならそれは、神の言葉だから。

森が鳴動する。

地が振動する。

まるで樹海のすべてが一つの命として目覚めたような、圧倒的存在感が辺りを支配した。

瞬間――魔人の足元の地面が割れた。

地を突き破って現れたのは樹木の根だ。

幾本もの大樹の根が、まるでそれ自体が生き物のように蠢き魔人へ殺到する。

次々と。次々と。次々と。

『オオオアアアアアッ！　ザッケンナァアアアアアア――ッッ！！！』

叫び、魔人がその身を激しく燃やす。

紫炎に触れた根が次々と炎上していく。確かにそれらは燃え尽きていく。

けれど――、

『クソガァアアアアアア――ッ!!』

燃えるよりも新たな根が現れて、魔人へ巻き付く方が遥かに速かった。

相性の悪ささえ問題にしないほどの、圧倒的力の差。

いまや炎の魔人は、無数の根に捕らわれて、球体となった根の集合体に封じ込められていた。

ウォルたちが、ヴォルフたちが、魔人の周囲から退避する。

「――ユグ！」

時間は十分に稼いでもらった。

俺はすべてのスキルと魔法を傾けて、ようやく準備を整えることができた。

『ありがとな、十分だ――』

俺には攻撃するための術が、あまりない。

強いて言えば毒くらいだろうか。

積極的に敵を倒すための手段が、不足していたのが悩みだった。

だから考えた。

どんな敵をも打ち倒す強力な攻撃の手段を。

まだまだ荒削りのそれは、準備に多くの時間を割く必要があった。

だが、その準備はやっと終わった。

里の外周に生える樹木の一つ、俺の一部を『変異』で変化させた。

それは根本に巨大な瘤があり、その先に細く長い筒が伸びている形だ。

瘤の中には水魔法で水を生み出し、少しの土魔法で砂利を混ぜる。攻撃に有用な土魔法は使えずとも、砂利を生成することくらいは可能だ。

次々と次々と水を生成していく。

それを外へ漏らさないように、瘤の中に押し留める。

植物魔法で瘤を強化し、さらに物理結界で増え続ける水を圧縮し続ける。高まる内圧により、内側から弾け飛ばないように。

超々高圧になった水が解放された時、それは筒を通って金属さえ削り切る強力な一撃になるだろう。

俺の知識の中にあった「工業用ウォーターカッター」なる物から着想を得て、なんとか形にした攻撃。

圧縮した水に魔力を込めれば、炎の魔人も透過させることはできないだろう。

大砲のような見た目のソレを、繋がった根を動かして持ち上げる。

砲身の先を魔人の封じられた根の球体へ向ける。

ゴー君たちに命じて射線は確保している。

瘤の内部で圧縮した水を、解放した。

筒の太さに比べて、遥かに小さな穴から砂利混じりの水流が噴き出す。

放っておけば拡散しようする一条の水流を、水魔法で集束した。

ばづんッ――と。

切り裂くように射線を動かせば、巨大な根の塊ごと奴を両断した。

水流の勢いにバラバラと根の残骸が飛び散り、中に封じられていた炎の魔人が姿を現す。

重力に引かれて落下した魔人の姿は、確かに両断され、その炎も弱まっていた。

微かな声が、間違いなく響いたと思う。

『**コレダカラ、イシュユゾクハキライナンダ…………ズリィヨ**』

炎と一緒に、奴の姿は溶けるように消えた。

後には骨も残らなかった。
ただ一つ、奇妙な紋様の刻まれた剣だけが、地面に転がっていた——。

第三十二話　ルーン文字

襲撃者である傭兵たちを殲滅した。

幸いにして、こちらの人的被害はない。

里の外周にいた量産型のゴー君たちが何体か燃え尽きて再生不能になってしまったが、被害は軽微に留まった。もしもセフィの忠告を聞いていなかったらと思うと、少々ゾッとするほどだ。

セフィがあの場にいなければ、もしかしたらモブ男を取り逃がしてしまっていたかもしれない。

いやまあ、あの男が炎の魔人と化した詠唱の文言からすると、あいつも無事では済まなかったであろうが。

それどころかあれは、自らの命を犠牲にするような奥の手だったのではなかろうか。

何しろモブ男の死体は骨も残らないほど燃え尽きてしまったのだから。

しかしまあ、色々思うところはあるが、いまは皆が無事だったことを喜ぼう。

ちなみに、傭兵たちの遺体は集めて墓を建てる——などはせず、ゴー君たちの『エナジードレイン』によって土に還すことにした。

これはなにも、奴らのことが憎い故に、ではない。

単にエルフや狼人族たちには墓を作るという風習がないからだ。

彼らは死した後は森に還るのが筋という死生観があるらしく、火葬したり、棺を作って土葬したりはしないようだ。たとえばエルフであれば、そのまま里を護る大樹の根に埋葬するのだとか。

なので、彼ら的にはゴー君たちによって土に還すという葬り方は、丁重な葬り方であるらしい。

それはともかく。

俺たちは戦場となった里外周の森から、里の中へと戻ってきた。

俺の本体（いまや里全体が俺なのだが）である霊樹がある広場。

傭兵たちの遺体はすでに土に還したが、彼らの持ち物などは戦利品として集めて持ってきた。それを広場に運び込んでいたのである。

傭兵たちが装備していた革鎧などは燃えて使い物にならなくなっていたが、金属製の武器などは無事な物も多い。あとは彼らが持っていた硬貨などが、主な戦利品だろうか。

エルフの里にしてみれば、金属資源としての使い道しかないのが現状なのだが。

しかし、中でも貴重な物が二種類あった。

一つは大きめの金具が多用された背負い鞄が三つ。

金具の部分にはそれぞれ奇妙な紋様――というより、何かの文字みたいなものが、緻密に刻まれている。またそれだけではなく、鞄を構成する革自体にも、何かの染料か顔料で同様の文字が無数に書き込まれていた。

この背負い鞄の中を確かめてみると、驚いたことに鞄の見た目、そして背負った時の重さ以上の物品が詰め込まれていたのである。

少し調べてみると、どうやら内部の空間が拡張され、さらに中に入れた物の重量は外部に影響を及ぼさないようだ。

長老によると、人族が「マジックバッグ」と呼んでいる魔道具ではないか、とのこと。

このマジックバッグの中には、大量の水と食料、そして傭兵たちが道中で狩ったと思われる魔物の素材や魔石などが入っていた。

もちろん、これらはありがたく活用させてもらうことにした。

そしてもう一つは、モブ男が持っていた長剣だ。

基本的な形は何の変哲もない長剣だが、その剣身にはマジッグバッグに描かれているのと同様の奇妙な文字が、さらに緻密に刻み込まれていた。

魔力を流すと文字がぼんやりと光り出し、剣身が熱を持ったかと思えば、紫色の炎が現れて剣身を覆う。

これも魔道具の一種で、魔剣とも呼ぶべき代物だ。

マジッグバッグも魔剣も、どうやら刻まれている文字が重要な役割を果たしているらしい。

長老はそれが何であるか知っているようだった。

「これはルーン文字ですな……かつてオーディンという名の神が生み出した、魔術文字です」

ルーン文字。オーディン。

その単語を聞いて、ぼんやりとした知識が浮かび上がる。

だが、少しだけ腑に落ちないところがある。

ルーン文字というのは何となく、どんな文字かイメージが浮かび上がって来たのだが——そのイメージと剣に刻まれた文字は全くの別物であるような気がしたのだ。

俺の知識にあるルーン文字は、剣身に刻まれた物に比べて、もっとずっと簡素だ。

しかし目の前のルーン文字は、それよりも少しだけ複雑だった。

『いや……っていうかこれ、漢字じゃね？』

複雑な、まるで「筆」で書いたような特徴的な文字。

それを見ている内に浮かんできたのは「漢字」という文字の知識だった。

たぶん、前の俺が使っていた言語が、この文字を使用するものだったのだろう。

剣身に刻まれた文字をざっと確認してみるだけでも、「炎」「熱」「葬」「神」「捧」「与」「奪」「命」などなど、意味を理解できるいくつもの漢字が刻み込まれているから、おそらく間違いないと思うが……。

「はて、カンジ、ですか……？　聞いたことはないですが……」

しかし、長老は漢字という名称を知らないらしい。

「儂はラグナロク以前から生きておりますから知っておりますが、これは確かにルーン文字という名であるはずですぞ？　何しろ旧き神々自身がそう呼んでおりましたからな」

『ラグナロク？』

それもなんか、聞いたことあるような気がする。

そんなことを思いつつ呟いていると、これも長老が簡単に説明してくれた。

「ラグナロクとは、今から数百年前に起きた神々の大戦のことですな。古の文明と共に旧き神々が一柱も残らず滅んだほどの大きな戦でした……」

でした——って、数百年前のことを経験しているのがすごいと思う。

「ラグナロクにより、このルーン文字も、ルーン文字を使ったルーン魔術の技術も途絶えたと思いましたが、どうやら人族は復活させてしまったようですな……」

『うん？　長老はそのラグナロク（？）が起きる前から生きてるんだろ？　ルーン文字を書いたりできるんじゃないのか？』

「いえ、特徴的な文字なのでこれがルーン文字であることは見ればわかるのですが、読んだり書いたりはできませんぞ。そもそも、これはあまり良い技術とは言えぬのです。何しろ魔素を消費しすぎますからな」

『魔素？　魔法で消費するのは魔力じゃ？』

「魔法とルーン魔術は異なる技術なのです」

と、長老は説明を続ける。

長老の話では、生体に取り込まれて魔力になる前の魔素、これを消費して魔法の威力を増幅する技術がルーン魔術なのだという。

詳しい理屈を省いて簡単に説明すれば、ルーン魔術は大気中の魔素をルーン文字が吸収して魔法の威力を増幅する。しかし、これは効率が悪く、魔術の効果以上の魔素を大量に消費することになるのだとか。

「あまりに多用すれば森が枯れます。なので我らエルフには不要の技術です」

厳しい顔つきで長老は断言した。

何やらルーン魔術というのは、エルフにとって無視し得ないデメリットのある技術のようだ。

しかし、モブ男との戦闘を振り返るに、強力な技術であるのも確かだった。ルーン魔術が奴の強さの全てだとは思わないが、人族と敵対するならば対抗する術は持っておきたい。

この剣を調べることで、それが見つかれば良いのだが……。

――とか何とか、未来の懸念について考えるのはここまでだ。

もう限界だ。

何が限界って、さっきから俺の視界に表示され続けている文面が理由である。

戦闘終了からずっと我慢していたけれど、もう漏れ……じゃなく、内側から弾け飛びそうな感覚に耐えるのが限界に近づいていたのだ。


『レベルが上限に達しました。

進化条件を満たしています。進化しますか？

はい／いいえ』

番外編【SIDE：メープル】仕える主を笑顔にしたのはおかしな雑草でした

私はエルフのメープルと申します。

年齢は乙女の秘密……ですが、外見の年齢で言えば人族の二十歳くらいの見た目でしょうか。人類種の中でも長寿なことで知られるエルフとしても、まだまだ若い部類に入ります。

そんな私ですが、何と今はハイエルフ様である姫様のお世話係という、栄誉ある役職に就いているのです。

ほんの十年前の私に、未来では森神様の御側に侍ることになる……と言ったところで、到底信じることはできないでしょう。

これはそれほどに栄誉ある役職であり、本来ならば極々一握りの者だけが選ばれる全エルフ憧れの仕事なのです。

しかし、ここに至るまでの道程は決して喜ばしいものではありませんでした。

いいえ、むしろ、本来であれば私ごときが姫様の御側に侍るような事態など、あってはならないと思います。

いま私が姫様のお世話係をしているのは、先代ハイエルフ様と、以前、エルフの多くが暮らしていた森林都市アルヴヘイムを襲った悲劇が理由なのです。

忌ま忌ましいイコー教が崇める六柱の神が、先代のハイエルフ様を亡き者にせんと教国の軍勢を率いて襲撃して来たのです。

いいえ、イコー教が崇める神は七柱いるのですが、アルヴヘイムを襲ったのは六柱、という意味です。

今思い出してもあの時の光景は、私が生まれてからの年月の中でも、最大の地獄でした。

先代様は歴代の森神様の中でも最も長く在位された、エルフ史上最高の御力を備えた神様でした。しかしながら、近年勢力を増しつつあるイコー教の神が六柱も相手となると、口惜しいことですが敗北を免れることはできなかったのです。

森神様は現世での実体と霊体を失い、かつて栄えたアルヴヘイムは火の海に沈みました。

そして多くのエルフたちは難民となり、世界各地へと散って行ったのです。

私たちも、同胞たるエルフたちがどれだけ生き延びたのかは分かりません。教国の隣国であるヴァナヘイムは多種族国家ですので、我々エルフも受け入れてくれるでしょう。あるいは西方諸国であれば、イコー教の影響も強くはありませんので生きていくことはできるでしょう。

しかし、精神的な支柱たる森神様を喪ったエルフに待つ未来は、暗鬱として先を見通すことなどできません。自分たちを慈しんでくれる神がいない。そんな日々など、私たちエルフには想像もできなかったのです。それはまるで、荒れ狂う大海で進むべき方角を見失った船乗りにも似た不安……いいえ、あるいはそれ以上かもしれません。

私たちエルフは、きっと誰もが今にも死んでしまいそうな暗い顔をしていたことでしょう。私とて例外ではなく、アルヴヘイムから逃げるとある一団に交ざって、ただただ不安に苛まれていました。

ですが、絶望の中にも希望はあったのです。

人々の信仰のみを由来とするイコー教の神々とは違い、自然神である森神様は本来不滅の存在です。

森神様は森そのものであり、世界に森があるならば何度滅んだところで、また生まれて来る存在なのです。

神の再生が何時になるのか。それは我々の森神様に対する信仰がどれだけ篤いかにかかっているでしょう。

そういう意味では、私たちの信仰も捨てたものではありませんでした。

私を含む難民となったエルフの一団、そこにいた一人の少女がハイエルフ様として「覚醒」したのです。

神として長い年月を経たハイエルフ様は霊体のみでも存在できるのですが、代替わりを経たばかりのハイエルフ様は肉体という依り代がなければ神としての力を振るえない半神なのです。

ゆえに、自らを信仰するエルフの中から一人を選び、その者の肉体に宿ることで代替わりし、長い年月をかけて依り代となった者と精神、霊体……あるいは根元的存在、魂とでも言うべきものを融合させていくのです。

ハイエルフ様となった者は、神を宿す以前の人格と記憶を保っています。

しかし、神としての権能を完全ではないながらも振るうことはできますし、その精神性は確実に変化してしまうでしょう。

私たちの価値観で言えば、それは決して悪いことではないのですが……。

選ばれたのは両親を亡くした幼い女の子でした。

人族で言えば、まだ三〜四歳くらいの外見です。エルフの成長が遅いことを考えても、まだ生まれてから十年は経っていないでしょう。

その女の子の名前はセフィ。

神や精霊の名を人が呼ぶことは、特別な儀式でもなければ不敬とされてしまいますから、もう実際に私たちが呼ぶことはほとんどないでしょう。

彼女はこれから先、「姫様」「ハイエルフ様」「森神様」という地位を表す名称で呼ばれることになります。


私たちがヴァラス大樹海を逃げ惑っている時、何の脈絡もなく彼女に「神」は宿り、彼女はハイエルフへと存在の位階を上げました。

その出来事に特別な――目に見える現象が起こるわけではありません。

しかし、私たちエルフには、彼女がハイエルフ様へと変化した瞬間が明確に分かりました。

いいえ、分からないはずがないのです。

突如として人の身を遥かに超えた魔力を身に宿し、不安と恐怖に曇っていた年相応の眼は、決然とした意思に覆われていきます。

身に纏う雰囲気は思わず頭を垂れたくなるような、神性でありながら母のような安心感を抱かせるものへと変貌しました。

その瞬間、誰もが理解しました。

たった今、この幼い少女は神になったのだと。

そして、神になったばかりの少女は、私たちに進むべき方向を示したのです。

その声には、言葉には、舌足らずながらも一片の迷いすらありません。

だから疑問に思うこともありませんでした。

誰もが不安な時に、絶対の自信を持つ言葉が響いたのです。

神――姫様が指し示した方向へ森の中を進んでいくと、程なく狼人族の一団と出会いました。

しかし、彼らはヴァラス大樹海に住む各氏族のどれにも属さない狼人族たちでした。

彼らを率いていたのはヴァナヘイムで主に活躍する名の知れた戦士――ガーランドという名の狼人です。

ガーランドさんは教国がアルヴヘイムに侵攻したという報を聞き、先代様を救うべく駆けつけたようです。しかし時すでに遅く、先代様は忌ま忌ましいイコー教の神々によって討たれた後でした。

ならばと、逃げるエルフたちを一人でも多く救うため、教国の軍勢を足止めしたり攪乱したりと奮戦していたようです。

そんな事情を語ってくれたガーランドさんの表情は、しかし、今にも死んでしまいそうなほどに儚いものでした。

先代様とガーランドさんに交流があったことは、私たちでも知っていることです。もしかしたら、彼は先代様に特別な想いがあったのかもしれません。

しかし、詮索は無意味です。

そんなことに想いを馳せている時間もありませんでした。

ガーランドさんは合流した私たちの一団に新たなハイエルフ様がいることに気づくと、苦渋の表情を浮かべました。

聞けば、どうやらガーランドさんは幾人ものエルフたちをヴァナヘイムへ向けて逃がしてくれていたようです。私たちと合流した当初は、私たちのことも同様にヴァナヘイムへと逃がすつもりだったようですが、ハイエルフ様がいるとなると事情が変わります。

今の教国が森神様に向ける殺意は、異常なものです。

ヴァナヘイムにハイエルフ様がいると知った教国が、何もしないわけがありません。教国とヴァナヘイムは今も戦争中だと聞いたことがありますが、その攻勢はさらに激しさを増し、六柱の神を投入した今回の戦いのように、形振り構わぬものになるかもしれません。

つまり、そういった事情を抱える可能性がある以上、おそらくヴァナヘイム政府はハイエルフ様を受け入れないだろう……ということでした。

それを聞いた幼い姫様は、しかし僅かな動揺も見せませんでした。

幼子にあるまじき強靱な精神性は、神になったからこそでしょう。

そして、そんな姫様を戴く私たちも、もはや迷いなどありません。

新たなアルヴヘイムを築いて暮らす。

そう宣言した姫様の決断に、不安を抱く者は皆無でした。

そこが森の中でさえあれば、どのような場所であれ姫様のいる場所がアルヴヘイムになります。

ヴァラス大樹海の奥地であれば、教国も容易に攻めて来ることはできないでしょう。

教国に対して復讐することができないのは、少々業腹ですが。

今は姫様と共にアルヴヘイム再建に向けて雌伏すべき時なのです。何時の日か、各地に散って行ったエルフたちの安住の地となるように。

当然、姫様と別れてヴァナヘイムへ向かう者は一人もいませんでした。不安はなく、ただ決意だけが皆の心を満たしていました。


姫様の決然とした言葉と私たちの決意を確認して、ガーランドさんはヴァラス大樹海の奥地へ逃げることに同意してくださいました。

そして長い旅を経て、大樹海の中でも微小精霊の宿る大樹が生えている場所を見つけ、そこでアルヴヘイムを再建することに決めたのです。

それから数年。

小さいながらも大樹と精霊と姫様によって護られたアルヴヘイムが築かれ、私は姫様のお世話係として穏やかながら充実した日々を送っていました。

しかし、そんな日々だからこそ気づいてしまった、心に刺さる棘がありました。

姫様が浮かべる笑みが、子供らしくないことに。

そして姫様が自らを「セフィ」と、名前で呼ぶ理由に。


そもそも、姫様はハイエルフ様となるより以前、つまりはただのエルフであった頃、自らを「セフィ」とは呼んでいなかったようなのです。

もともとは「わたし」という一人称でした。

それが「セフィ」という一人称へと変わってしまった理由をそばにいる私だからこそ、もっと早くに気づいて、姫様のお心に寄り添うべきだったのだと思います。

それは今でも私の胸中にある後悔です。

今では誰も姫様を名前で呼ぶことはありません。

姫様は神と成られて、その心の在りようも神に相応しいものへと変化しました。けれど、かつて「セフィ」という名のただの少女であった頃の記憶と人格は、今も残っているのです。

かつての平凡な少女としての記憶が、心が、きっと寂しさを訴えていたのだと思います。

無理もありません。姫様に頼る存在はなく、むしろ頼られる立場で、本来なら甘えられる両親という存在も教国によって奪われてしまいました。

姫様は孤独を感じていたのではないでしょうか。

だからこそ、姫様は自分を名前で呼ぶようになったのだと思います。

あるいは、自分がかつて何者であったのか、それを忘れて欲しくないと思っていたのかもしれません。

自らを崇める存在はいても、ただの「セフィ」という名の少女に寄り添ってくれる存在はいないのです。

全ては私の推測に過ぎませんが、姫様が望む存在になることは、姫様を崇めずにはいられないがゆえに、少なくとも私たちエルフにはできないことでした。

姫様の寂しさを救えないままに日々は過ぎ、私はどうすることもできずにいました。


しかし、ある日のことです。

珍しく――いえ、姫様が姫様となってから、おそらくは初めてのことだったかもしれません。

まるでただの少女のように、屈託ない笑みを浮かべて里へ帰って来られました。

そばにいたローレルに聞いてみたところ、どうやら一人で里の外へと出ていたようです。

これまでにも何度かあったことですが、やはり心配になります。姫様がその気になれば、そこが森の中ならばたとえ竜でさえ姫様を害することはできないと知っていても、心配なものは心配なのです。万が一ということがないとは限りませんから。

そんな姫様ですが、その日はいつもと違いました。

どうやら、里の外で何かを拾って来たようだと、先に広場に集まっている人々の声から判断できます。

まるで小さな子供が自らの宝物を自慢するように、里の人々を集めて、とある存在を紹介したのです。

それは一見して、ただの雑草に見えました。

本当に、どこにでも生えているような、何の変哲もない雑草です。

しかし、姫様が単なる雑草を拾って来ることは……ない、とは断言できませんが、それを里中の皆に紹介するようなことはないでしょう。

その通りでした。

それは単なる雑草ではなく、動く雑草だったのです。

いいえ、私だって森に生き、数多の植物と心通わすエルフです。それがウォーキングウィードという名の魔物であることには、すぐに気づきました。

まあ、魔物と言っても恐れる必要はありません。

畑に生えていたりしたら、すぐさま間引く必要はありますが、人に害を加えるような魔物ではないのです。森の中を歩けば、ヴァラス大樹海ではなくとも、どこでも比較的簡単に見つけることのできる魔物です。

特に珍しい存在ではありませんが、姫様はなぜ、そんなものを持って来たのでしょう？

私の疑問は、すぐに氷解しました。

「みんなにしょうかいします！　きょうからセフィといっしょにくらすことになった、くさのせいれいさんです！」

姫様がそう言ったからです。

草の……精霊様、でしょうか？

長く生きた大樹には微小精霊が宿り、やがては霊樹となって精霊と化すことは知っています。しかし、魔物とはいえ草に精霊が宿るとは、寡聞にして存じません。

それも姫様の言葉をそのまま信じるならば、微小精霊ではなく確固とした意識を持った精霊であるらしいのです。

俄には信じがたいことでした。

それは姫様も理解しているのでしょう。しかし、自らの言葉を真実だと証明するかのように、耳を疑う言葉を口にします。

「くさのせいれいさんは、ちょーおいしーくだものつくれる。いまからじっさいに、つくってもらいます」

なるほど、確かにそれができるならば、普通のウォーキングウィードではない証明になるでしょう。

ウォーキングウィードが果物を作れない、という意味ではありません。たとえば果樹園などに生えたウォーキングウィードが、果物を実らせることがある、という事実は知っています。

しかしその果実は、とても不味いのです。

栄養が足りず甘さもなければ、水分も足りずに口当たりも悪い果物であることが大半だと聞いたことがあります。

「えっと、くだものつくるには、ひりょうがほしいんだって」

姫様は念話にて草の精霊様と何事かを話し合っていたかと思うと、周囲で成り行きを見守っていた住人たちに、精霊様に与える肥料を要求しました。

それは魔石や動物の死骸の一部など、魔力や栄養が僅かでも含まれているものであれば、何でも良いそうです。

幾人かの住人が、肥料を持って来るべく駆け出しました。

いくら疑わしいとはいえ、姫様のお言葉なのです。肥料を要求されたのなら、私たちはそれをただ、黙って用意するだけでした。

しばらくして、駆けて行った住人たちが手に手に肥料らしき物を持って戻って来ました。

肥料、とは言っていますが、もちろん通常の肥料ではありません。数個の小さなクズ魔石や、森で狩った魔物を解体した時に出た、血や内臓などが入った桶です。

こんな物を畑に撒いたところで、普通は肥料になりはしないでしょう。

しかし、それらを目の前に置かれたウォーキングウィードは、困惑する様子もなくうぞうぞと蠢き始めました。

そうして桶に自らの根を入れた瞬間です。

桶の中にあった血液は吸い上げられ、内臓は干からび、ぼろぼろと水分を失ったように崩れていきます。

それだけではありません。

地面の上に置かれた数個のクズ魔石も、根を絡ませたかと思うと瞬く間に吸収してしまったのです。

おそらくは植物系の魔物の多くが持つ、種族固有のスキル『エナジードレイン』を使用したのだと思われます。

そうして与えられた全ての肥料を吸収したウォーキングウィードは、姫様が促すままに果物を作ってみせたのです。

私たちが見守る中、枝分かれする茎の先端部分に真っ赤な果実が生まれました。

つやつやとして瑞々しそうな、真っ赤な林檎です。

それを受け取った姫様は、迷う様子も見せずにウォルナットへ差し出します。どうやら最初に誰に食べさせるか、すでに決まっていたようです。

しかし、あろうことか林檎を差し出されたウォルナットはひきつった表情で、林檎を受け取ることを躊躇しています。

姫様から差し出された林檎を受け取らないなど、それがたとえ毒林檎であっても許しがたいことです。

ここは無理矢理にでも口の中に押し込んでやるべきか……。

私が静かにそう考えている間に、ウォルナットはようやく決心を固めたようでした。

彼は受け取った林檎に恐る恐るというように口をつけ、

「う、うめぇッ!!」

一口咀嚼すると、目を見開いて叫んだのです。

それから躊躇していたのが嘘のような勢いで、林檎を食べ尽くします。

「これめちゃくちゃうめぇよ」

どこか呆然とした様子で、そう呟くのです。

ウォルナットのそんな感想を姫様は雑草……失礼しました、精霊様へと伝えたのでしょう。すると不思議なことに、精霊様はわさりっと、まるで胸を反らして得意気になったような動作をしたのです。

いえ、もしかしたら本当に得意気だったのかもしれません。

それから精霊様は続けざまに三つの林檎を生み出します。

その林檎は、まずローレルと肥料を持ってきた者たちが食べました。

すると、

「「「美味しいっ!!」」」

普段は冷静なローレルでさえ、目を見開いて驚いたのです。

恥ずかしながら、かつてアルヴヘイムを逐われてよりこれまで、私たちエルフの食料事情は良いとは言えません。本来は甘い果物などを何よりも好む私たちですが、新たに築いた里では甘い果物などほとんど手に入ることはないのです。

野生種の果物など、甘くて美味しいと思えるものは皆無ではないものの、ほとんどないと言って過言ではありませんし。

現在は里の一画で植物魔法を用いて品種改良を重ねている最中なのですが、私たちが納得できる物が出来上がるまで、いったい後何年かかることか……。

しかし、この後に食べた精霊様の果実は、想像以上の味だったのです。

かつてのアルヴヘイムでさえ、これほどの逸品に出会うことはできなかったでしょう。それほどの衝撃的な美味です。

私たちエルフの技術をもってさえ、これほどの果実を作り出すことはできません。

もちろん、ただのウォーキングウィードにも可能なことではありません。

精霊様の生み出す甘い果実の虜となった私たちは、もはやウォーキングウィードに精霊が宿っているという冗談のような出来事を疑うことはありませんでした。


このような経緯で、精霊様は姫様と共に暮らすようになりました。

姫様と同じ家での共同生活です。

姫様は午前中のお仕事（里の大樹や里を囲う茨に力を分け与えることや、結界の更新）をする間も、午後に里の子供たちと体を動かして遊ぶ間も、食事の時もお風呂の時も寝る時も、四六時中共に過ごされています。

最初は姫様か長老しか意思の疎通を図れなかった精霊様ですが、驚くべきことに里へ来て短期間の内に、念話を習得したようなのです。

ある日のこと、私はいつものように姫様を起こし、身嗜みを整えるお手伝いをするため、姫様の住居へ向かいました。

姫様の住居である大樹の上の家屋では、早朝の清々しい空気が柔らかな風となって通り過ぎていて、特に早朝では清浄な空気に満たされています。

なんだか一呼吸ごとに自身の内側から浄化されていくような、そんな気分になるのです。

今日も姫様のお世話をできることに喜びを噛み締めながら、私はまだ寝ているはずの姫様に配慮して、静かに中に入ります。

すると……、

『……おはよう、メープル……』

「え……!?」

どこからか、囁くような声が聞こえてきたのです。

ベッドの上の姫様を確認すると、まだあどけなくも愛らしい表情で眠っておられます。つまり、姫様の声ではありません。

しかし、ここには今、私と姫様しか人はいないはずでした。

キョロキョロと周囲を慎重に見渡す私へ、再び声が掛けられます。

『……今、あなたの心の中に……直接、話しかけています……』

「だ、誰ですか……?」

声は穏やかで、敵意は感じません。

心の中に直接話しかけているということは「念話」を使っているようですが、やはり周囲には私と姫様以外に人はいません。里のエルフの悪戯かとも疑いましたが、私の感知範囲外から念話を届けるような高等技術、できるのは姫様か長老くらいのものでしょう。

そして念話の声音は、そのどちらでもないのです。

『私の名前は……ユグ。今、あなたのそばにいるの……』

「……ッ!?」

私のそばに? いえしかし、周囲にそれらしい存在は見当たりません。

恥ずかしい話ですが、この時の私は混乱していました。「ユグ」という名前が誰のものか、姫様から聞いていたはずなのに、咄嗟には思い出せなかったのです。

何があっても姫様の身を守るべく、私はベッドのそばに近づきます。

そうして周囲を警戒しますが、やはり念話の主を見つけることはできませんでした。

『私の名前は……ユグ』

また、です。

なぜか囁くような声音に不気味なものを感じます。

しかし、相手が念話を使うと分かれば、こちらへ向けられる魔力から、相手の位置を捕捉することも可能です。

『今、あなたの、後ろにいるの……』

念話を伝える魔力の波動は、言葉通り背後でした。

バッと、私は振り返ります。しかし、

「……いない」

そこには誰もいなかったのです。

そんな馬鹿な、と私は内心で呟きます。まさか見えない存在……それこそ幽霊、とでも言うのでしょうか。いいえ、魔物としての霊体ならば目に見えるはずです。見えないということは、つまり、魔物ではない怨霊なのでしょうか。

実在も定かではない怨霊の倒し方など、私は知りません。ですが、逃げるわけにはいかないのです。この命に替えても姫様だけは守ってみせると決意します。

しかし、そんな私の決意を嘲笑うかのように、再び声が響いたのです。

先ほどまでの囁くような調子とはうって変わって、

『いや、俺だって俺。ここだよ、ここ』

同時、私の足元にぺしぺしと叩かれるような感触がありました。

完全に不意を衝かれた私は、そろそろと足下に視線を落とし、

『お？　やっと気づいてくれた？　こうして話すのは初めてだな。俺はユ――』

「きゃあああああ!!」

『えええええッ!?』

……あの時のことは、あまり思い出したくありません。

足下にいた動く雑草――いえ、精霊様に驚き、はしたなく叫んでしまったのです。

い、いいえ、そんなことよりです。

こうして精霊様は、念話を使える者とならば問題なく会話できるようになったのです。

幸いというべきでしょうか、私も念話は使うことができますので、精霊様との意思疏通は非常に楽になりました。

話せるようになって感じたことは、精霊様は良い意味で精霊らしくなく、とても親しみやすい性格だったことでしょうか。

なんというか、神や精霊といった高位存在にしては俗人的な性格をしていらっしゃったのです。

ごくたまに、本当に最初の頃だけですが、精霊様をうっかり呼び間違えてしまうこともありました。

特に早朝などは知らず頭もはっきりしていないのか、つい――、

『おはようございます、雑草様』

『おう、おは、よう……?』

『……あっ』

『……』

私たちの間に気まずい沈黙が横たわります。わざとではないのですが「雑草様」と呼んでしまったのです。

本当に他意はありません。

もちろん、私はすぐに謝罪しました。

『も、申し訳ありません精霊様！』

そんな私を、精霊様は寛容な心ですぐに許してくれました。

『いや、良いんだ……気にしないで』

ただ、精霊様は繊細な心の持ち主でもあります。

『しょせん、俺は雑草だし……全然、メープルの言ってることは間違ってないし……むしろ、様なんて敬称付けてもらってるのが申し訳ないくらいだし……敬称なんて付けずに雑草って呼ばれても、俺、全然、気にしないし……』

『あ、ああ……その、精霊様、今のは本当に間違ってしまったというかその』

……このように、精霊様はとても繊細なのです。

些細な問題が起こりつつも精霊様が里に来て一年も経つ頃には、なんと念話だけでなく言語も習得したようなのです。

それによって、念話を使えない者たちとも意思の疎通が図れるようになりました。

それだけでも十分に異常……いえ、すごいことなのですが、精霊様のお力はそれだけに留まりません。

植物魔法や生命魔法をも習得したり、自らのスキルや魔法を応用することで多くのプラントゴーレムを生み出したりもしました。

さらに自らも霊樹の位階にあるマナトレントへ進化するという大業を果たされ、精霊様の生み出したプラントゴーレムたちも進化し、それぞれが頼もしい里の守護者様へと成長なされたのです。

何よりも、里を襲ったならず者たちと、それを率いる教国の騎士らしき者との戦いでは、精霊様なくして被害なく勝利することはできなかったでしょう。

姫様ならば敗北することはなかったでしょうが、やはりまだまだ代替わりして日が浅いのも事実。教国の騎士の実力を思えば、里に大きな被害が出ていたであろうことは想像に難くありません。

他にも美味しすぎる果物を供給してくださったり、里の戦士たちに姫様がミストルティンと呼ぶ特別な武器を授けてくださったりと、精霊様と共に暮らすようになって、まだそれほどの月日を経ていないにもかかわらず、その偉業を数え上げれば切りがありません。

精霊様が里に来られてから、間違いなく里の住人たちには笑顔が増え、心には余裕ができたのを実感します。

しかし、何よりも。

そう、何よりもです。

「ユグ、いこっ！」

『おう！』

ずぼりっと、午前の御勤めに向かうために、鉢植えから引き抜かれる精霊様のお姿も見慣れたものになりました。

そして、そんな精霊様に神でもハイエルフでもない、対等の存在として屈託なく笑いかける姫様の姿も。

あるいは夕食の時。

「ユグ、セフィ、ももがたべたい」

『おいおい、昼にも食べただろ？　あんまり食うとお腹壊すぞ？』

このようなおねだりをする姿も、精霊様がやって来てからのものです。

精霊様が気づいているかどうかは分かりませんが、実は姫様が私たちに何かをねだったり、我儘を言うことはないのです。

このような我が儘を言うのは、精霊様に対してだけでした。

それは精霊様が姫様にとって唯一対等で心の許せる存在……真の意味で、家族のような存在だからでしょう。

「だいじょぶ。セフィのおなかは、さいきょーなので」

『うん？　うーん……言ってる意味はわからないが……仕方ねぇ、あと一個だけだからな』

「ありがとー！」

まあ、だいぶ姫様に対して甘いところはありますが。

「姫様、あーん」

「あーん」

こうしてお食事のお世話をさせていただいている時、あるいは朝起きた時の挨拶でも、姫様のお仕事の最中、子供たちと遊んでいる時でも構いません。

精霊様が来る前でも、姫様は笑みを浮かべておられました。

しかしその笑みは、神として、あるいは私たちエルフを守護するハイエルフとしての、無用に周囲を心配させないための笑みでした。

それが今は、私に対しても屈託ない笑顔を見せてくださるようになりました。

やはりその変化は、精霊様がもたらしたものなのです。

精霊様の偉業は多く、今もなお次々と里に新しい変化をもたらし続けています。

ですがそれらよりもなお、姫様にもたらした変化こそ、私は深く感謝します。

『セフィ……』

と、精霊様が姫様を名前で呼んでくださる限り、姫様は孤独ではないと信じられるのです。

『口のまわり、めっちゃ汚れてますけど？』

「え？　ほんと？」

あら、いけません。

私はスープで汚れた姫様の口もとを、優しく拭いました。

あとがき

初めまして、あるいはこんにちは、天然水珈琲と申します。
本作をお手にとっていただき、ありがとうございます。

自分は田舎に住んでいるのですが、夏になると田んぼの畦道や公園どころか、歩道のアスファルトの隙間から雑草が生えまくる光景を良く目にします。その成長の勢いたるや本当に凄まじいもので、植物の生命力の強さには感動させられます。

特にヨモギなんかは何処にでも生えていて、あちこちで見かけるのです。

ヨモギ、ご存じでしょうか？　七草粥に入れられたり、お灸の原材料になったり、民間療法で良く用いられたりと、食って良し、使って良しの大変優秀な雑草なのです。

ただし、毒草であるトリカブトやブタクサと似ているので、ご自分で摘む時にはご注意ください。

葉っぱの裏側に白い毛のような物がびっしり生えているのがヨモギです。

このヨモギ、最初は柔らかい葉っぱばかりで、丈も低いのですが、生育する場所によっては夏が終わる頃になると、どんどん上に伸びて茎も太く丈夫になって、大きく育っていくのです。

そこまで育つと、もはや雑草というよりは雑木の若木か何かかと勘違いすることもあります。そんなヨモギを見て、ふと「雑草になって異世界転生したら強ぇんじゃねぇか？」と妄想したのが本作を書く切っ掛けだったりします。

我ながら「どんな妄想だ」とは思いますが、昨今のラノベ、漫画、アニメ事情においては妄想のテーマとしてあり得なくもないのではないでしょうか？

そんな妄想が本になるのだから、現実は小説より奇なりです。

ともかく、人類文明にとって植物は衣食住のすべてにおいて無くてはならない存在だと思います。そんな植物の素晴らしい能力を自在に扱える主人公が、活躍していく物語になるはずです。

そんな主人公の相方として、ハイエルフの幼女も元気一杯に活躍してくれます。やはり異世界で植物と言ったら、エルフ以上に相応しい存在はいないでしょう。

主人公と幼女の様々な成長にご期待いただければ、と思います。

さて。

本作を刊行するにあたり、実はいくつかの出版社様から書籍化の打診をいただいていました。

その中でも特に情熱的な誘い文句（？）をくださったのが、アース・スターノベル編集部の担当編集である佐藤様でした。「え、この人めっちゃ褒めてくれるやん」と、作者は即オチでした。

そんなわけでネットの片隅に公開されていた本作へ手を差し伸べてくださった佐藤様並びにアース・スターノベル様に感謝を。

イラストを担当していただいた「にじまあるく先生」にも快くオファーを受けていただき、感謝に堪えません。

どのキャラクターも、作者の頭の中にあったものより何倍も魅力的に、かつ生き生きと描いていただいています。

我ながらどうかとも思いますが、先生のキャラデザやイラストを見て、初めて「こいつらこんな姿だったのか！」と納得した作者です。セフィはドヤ顔可愛いし、雑草は雑草だし、エルフたちは美形ながら個性的です。長老なんて一目見ただけで長老以外の何者でもありません。ザ・長老。

また作者のおかしな日本語に正しい指摘を下さった校正様を始め、本作を出版するにあたり関わってくださった全ての皆様に深い感謝を。

何よりネット上で「雑草転生」をお読みくださった読者の方々なくして、本作を出版することは叶わなかったでしょう。

本作を手にとっていただいた皆様、ネットでお読みくださった全ての皆様方に最大級の感謝を。

ありがとうございました！